# 心路迷宫

张永军 著

新 星 出 版 社 NEW STAR PRESS

死亡是万物的终结，我却用它寻找真爱。

# 目录

# 第一章 蹊跷的自杀

二〇一六年八月一日，星期一，上午

济南开往北京的火车上

陆晓君下了出租车，左肩挎着一个带棕色边线的乳白色皮包，右手拉着一个中型的深蓝色行李箱，从悬挂着“济南西站”招牌的火车站大门走了进去。

她来到自助售票机旁边，查阅当天从济南去北京的列车时刻表。最近的车次是上午十一点零一分的 G182 次高铁列车。陆晓君抬起右手腕看了一下表，现在是十点一刻。她买了一张一等座车票，然后快速地通过安检通道，找到检票口，还有二十分钟才开始检票。

陆晓君找了个座位坐下，不由得感觉有些头晕，她揉了一下自己的太阳穴。这时在她旁边座位上，有一个穿红色裙子的小姑娘娇声喊道：“妈妈，我要喝可乐。”陆晓君这才突然发现自己的嗓子干得厉害，毕竟她从昨晚接到一位北京警官的电话后，一直处于一种恍惚的状态。昨晚好像也吃了点东西，但她却一点都记不起来吃的是什么。

昨天傍晚她接到电话时，正在家里替儿子刷球鞋。当听到警官在电话那边告诉她的噩耗时，陆晓君只觉得双腿一软，差点儿一头栽倒在洗手池边。

她从极度震惊中清醒过来之后，便马上带着放暑假的儿子去了自己的父母家，简要地告诉他们说，她要去北京参加一周的业务培训；然后嘱咐了儿子一些要听姥爷姥姥安排、按时写作业之类的话。随后，她就急匆匆地回家，打电话跟领导请了一周的事假，收拾了一些必要的衣物，准备好了今天的出行。

陆晓君从座位上站起来，到旁边的商店买了一瓶矿泉水和一盒饼干。喝了几口水后，她来到火车站内干净明亮的洗手间。她一边洗手，一边望着镜子里的自己。因为昨晚几乎没有睡着，她的黑眼圈看起来很明显，脸色有些苍白。唯一与其疲惫面容不一致的只有她的眼睛，似乎闪着一种与时下季节并不相配的光芒，就像是大明湖水在冬日阳光的斜射下特有的那种明亮的粼光。

检票进站的时间到了，陆晓君跟着排队的人群慢慢地往前移动。队伍前端靠近入口的两侧，站满了眼光闪躲、脸上若无其事的插队者，使得整个队伍看起来像是一条落满苍蝇的蚯蚓，缓缓地往前蠕动着。不快的蚯蚓有心想用力甩动一下身体把苍蝇赶走，又担心被苍蝇弄脏了身体，不得不悻悻作罢。陆晓君终于挨到了入口，把车票和身份证递给一副严肃扑克牌脸的检票人员，在他呆滞而狐疑的眼光中，匆匆地穿过走廊和电梯，来到等候列车的二号站台。

过了大约十分钟，火车一声长鸣后准时到来，缓缓地停在站台旁。陆晓君提起行李，走进了三号车厢。

陆晓君找到自己右侧靠窗的座位，把行李箱放在头顶的行李架上，坐下后把水瓶插在前面座椅背后的布兜中，然后疲倦地靠在椅背上，让自己一直紧绷的大脑稍事休息。几分钟后，列车缓缓地启动了，随后便逐渐加速疾驰起来。

从上大学的时候起，陆晓君就喜欢坐火车旅行。工作以后，即使大多数时候可以选择坐飞机出差，她也会尽量选择乘坐火车出行。这是因为她很喜欢火车疾驰时窗外快速向后退去的田野景色，而且，在这种强烈的动静对比之下，静静地想着自己的心事，也是一种难得的享受。

今天好像也是如此，高铁列车在快速而稳定地飞驰，在舒适凉爽的空调车厢内，望着窗外闷热的田野和阴沉的天空，大脑不由自主地安静了下来。但在这难得的片刻安静中，她却突然感觉到心脏传来一阵撕裂似的疼痛，疼痛通过神经传导到大脑，昨晚电话中那位警官有力的男中音，在脑中清晰地响了起来。

喂！您好，您是陆晓君女士吗？

我是，您是哪位？

我是北京市公安局朝阳分局的，我叫刘立鹏。

啊？嗯……刘、刘警官？嗯……您好！

请问程路明先生是您的朋友吗？

程路明……是的，有什么事吗？

我很遗憾地告诉您一个消息，请您一定不要太过伤心。程路明先生十多天前去世了……

啊？什么？……去……去世了？！

是的，请节哀顺……

他是怎么死的？

他是在自己的家里，服安眠药自杀的。

自杀？不可能！他绝对不可能自杀！

嗯，是这样，经过我们专案组认真细致的现场勘查和后续调查，确认程先生是自杀的。

确认……自杀？

嗯，是的。

那……您给我打电话是？

哦，情况是这样的，根据程先生留下来的遗嘱，他把他在北京的一套房产和一辆汽车留给了您，所以我给您打电话，是通知您来北京确认和接收这些遗产。

遗产？他为什么留给我遗产？

这个我们就不清楚了，希望您能尽快来北京办理此事。请问您哪天能来？

嗯……我明天就会来北京，我根本不相信他会自杀，你们一定是搞错了！

哦，这个是不会错的。好了，电话里咱们就不再细说了。明天您到北京后联系我就可以了，您现在方便记一下我的电话吗？……方便啊，好的，我的办公室座机号是……我的手机号是……记好了吗？

嗯，记好了。

好，您到北京后给我打电话，我会和同事一起去程路明的家里与您见面。您知道他家的地址吧？

我不知道。

哦，他家在位于朝阳区光华路的阳光花园小区。咱们明天在小区北门见吧，您还有什么问题吗？

没有了，谢谢您！再见！

不客气，再见！

这段时间不长但却给她内心带来极大冲击的对话，在她脑中像自动回放一样过了很多遍。直到现在，坐在这列从济南开往北京的火车上，周围身穿短袖T恤和裙装的男女乘客，来回走动穿梭的列车乘务员，车厢前侧顶部不停闪动的欢迎语，显示屏上逐渐增加的车速数字，似乎都是那么的不真实。她觉得这一定是在做梦，一场她努力挣扎、企图醒来，却又无力挣脱的噩梦。

她站起来，提着自己的皮包，走向车厢前部的卫生间。卫生间里的灯光柔和而明亮，这使得墙壁上镜子里她的脸，看起来是如此清晰。自从去年跟徐磊离婚以来，陆晓君好像从没有在镜子里边仔细地看过自己的脸——她不知道这是因为什么，只是觉得没有丝毫的兴趣。而现在，在火车上的卫生间里，她定定地盯着镜子中的自己。

长久以来，这都是一张叫人印象深刻的脸。随意扎起来的马尾，有几缕头发总是倔强地抗争着她不断将之塞到耳后的右手，悄悄地溜下来遮住她光滑的前额。下巴稍显圆润，眉梢微微向上挑着。眼睛大而明亮，显示出一般女人身上少见的冷静气质，眼眸好似春日阳光照射下深不见底的一泓潭水，清澈而沉静。周正的五官配上冷静的仪态，每次当她告诉别人自己的职业时，大家一定会说："哇，真像！一看就是电影里的女法官哦。"

她又仔细地看了一下自己的眼角，也许是因为没有休息好，有浅浅的几道鱼尾纹。但这仍然是一张年轻的脸，看起来不像三十四岁的样子，显得要年轻几岁。总体来讲，这张脸仍然充满吸引力。但是，这些对现在的她来说，还有什么意义吗？生命前方剩下的道路，应该如何才能继续坚定地走下去？

十四年前的大学暑假里，她坐在从济南去往北京的破旧火车上，与程路明一起。他们都是山东一所重点大学的学生，当时她上大二，程路明则正读研究生一年级。两人不在同一个学院，陆晓君在法学院攻读经济法专业，而程路明在商学院，专业是工商管理。两人来自鲁南同一个县城、同一所高中，是在陆晓君刚上大学时老乡聚会上认识的。认识几周后他们就恋爱了，两人几乎没有丝毫的犹豫，因为他们俩实在太合拍、太相配了。每当两人牵手走在校园里，总有很多羡慕的目光跟随着他们。

那是陆晓君第一次来北京，她来参加英语托福考试，程路明陪着她来。有时候人们会觉得很奇怪，在某个时点发生的一些不经意的小事，在很多年过去后再回想起来，仍然历历在目，每一个细节都是那么清晰，似乎就发生在昨天。

在当时去往北京慢腾腾的火车上，她到卫生间里想清静一会儿。外面车厢里热烘烘的，散发着一股不可名状的难闻气味，过道上都挤满了人，火车吃力地往前拖曳迤行。卫生间里的灯光虽然昏黄，墙壁也显得破旧不堪，但毕竟有一扇微开的小玻璃窗，外面的新鲜空气不断地涌入，让她感觉舒服多了。她当时也是面对墙上的镜子端详着自己，但那时她的心里，满满的都是甜蜜爱情带来的喜悦和对美好未来的憧憬，跟眼下的心境迥异。如果说这个干练的女人从今天这面镜子中，看到了如壶口瀑布般喷涌而下、饱含泥沙的黄河激流，看到了深深坠落跌入潭底后又重新泛起无尽失望泡沫的旋涡；那么十四年前，那个梦境中的女孩儿从破旧火车上的镜子里，所看到的都是从泰山山顶蜿蜒而下、清澈而甘甜的溪水，而且那溪水还在不断地哼唱着甜蜜的小调。

她走出卫生间，来到二、三号车厢接驳处的电动门边，透过落地玻璃门，盯着外面快速后退的田野。鲁北的乡村和小城，都笼罩在一片伴随工业文明而来的雾霭之中，与十四年前原始美丽的自然风光和通透明净的天空相比，完全是两个世界。谁也想不到的是，短短的十多年时间，就能把祖先悠然生活了几千年的田园，变成由冒着黑烟的烟囱、排气管所主宰的纷杂工业区。这些变化带来的结果，就是这些呼啸奔驰的火车、汽车所带来的快捷便利，一片片拔地而起、代表着现代化的楼宇厂房，一个个因高营养饮食导致的肥壮躯体。值得吗？人们在心里仔细地斟酌衡量一番，轻轻地摇摇头，谁也给不出一个明确的答案。

高铁列车来到了一片宽阔的林区，远远望去，林中的树木繁盛茂密。到了眼前仔细地观察，会发现叶片上都覆盖着一层厚厚的尘土。在记忆中的火车上，她和程路明依偎在一起，看着窗外不断缓缓后退的树上筑起的一个个鸟窝，口中低声地数着："十八、十九、二十、二十一、二十二……"她的眼睛模糊了，她是在十八岁时认识的程路明，以为他就是自己的整个世界。但到了二十二岁，也就是她大学毕业那一年，她选择了留在济南，去济南市一个区级法院工作。她没有去北京找程路明，程路明已经在一年前研究生毕业，去北京的一家管理咨询机构上班了。一年前她希望他能留在济南工作，像她原来梦想过千万遍的那样，工作、结婚、生子，直到一起慢慢变老。但是程路明不愿意，他觉得北京作为一个大都市，职业发展的机会更多，生活也会更有意思。程路明当时跟她说，要她大学毕业时去北京找工作，这样两人就能够像林中双栖双息的鸟儿，在更大的城市森林——北京，扎根定居、共筑爱巢。

大学毕业那一年，她怨恨、犹豫、徘徊、放弃，终归没有去北京。从她小时候起，父母就给她描绘了一幅未来生活的图景——考到济南去上大学，大学毕业后留在济南考入法院系统当公务员。这是父母最热切期待的她此后的人生。因为父亲在小的时候，和那个时代很多孩子一样，跟着陆晓君的爷爷，从济南来到县城生活，并在那个小县城认识了陆晓君的母亲。他一直期望自己的孩子能够回到济南，弥补自己当年离开省城的缺憾。

陆晓君念大四的时候，父亲让她报名参加公务员考试，并动用自己所有的社会关系，让她得到了一个很不错的去法院上班的机会。不过，她之所以选择了这个机会，不仅仅源自父母对她未来生活道路的期望，其实这也是她自小所梦想的未来。进入法院系统当公务员，对她来说意味着稳定的职业生涯和受人尊重的社会地位。而到北京随便找一家公司上班，那会让她感觉自己的工作和家庭生活中存在着很多不确定因素，这对她来说很没有安全感。

在大四临近毕业那一年，陆晓君和程路明在电话里经历了无数遍争执、伤心、和好、争吵、抱怨的轮回。两人都觉得对方没有把自己放在最重要的位置上，都希望对方能为自己做出一点让步，都认为听自己的话会让对方更幸福，都觉得对方为了一份工作而置爱情于不顾是多么不可思议的事情。最后，事情演变成了两人都觉得爱情已经不是最重要的东西，如果屈服于对方，对自己来说是一种尊严上的伤害。

就这样，在陆晓君毕业离校的那一天，两人在电话里正式分手了。分手后，陆晓君一个人住在父母早就在济南帮她买好的房子里，躺在床上大哭了三天。她的泪水，是对自己四年爱情的不舍，是对程路明不把自己放在最重要地位的怨恨，是对自己青春年华的祭怀，也是表明坚持自己独立人生道路的勇气和决心。她发誓就这样忘掉程路明，勇敢地沿着自己从小梦想的道路走到底。

毕业后没几天，陆晓君就到单位报到了，然后让自己快速地忙碌起来。她花了一年多的时间来适应工作后的生活，先从实习书记员开始，一段时间后转为正式的书记员。她如饥似渴地学习工作中的各种知识和技能，跟着领导和有经验的同事参加实际案件的讨论和审理，查阅资料并和实践案例进行对比分析。周末她也都用来学习、参加培训，然后参加司法考试和考取各种技能证书。

陆晓君拼命地用工作和学习，把自己所有的时间填满，她不允许自己去想程路明以及和他在一起的日子。她就像风雨天气中的一只蜗牛一样，把自己缩在厚重的壳里，不停地用自己的触角触摸着硬壳内侧的纹理，计算着壳里凸起的斑点颗粒，用忙碌的操劳麻木自己柔软的内心，全然忘记了壳外的春秋变换、阴晴冷暖。

转眼间两年过去了，这期间程路明联系过她几次，但她除了礼节性地应付几句，并没有给他深谈的机会，更不曾问过他的工作与生活状况，后来程路明渐渐地也很少联系她了。

陆晓君的父母看她一直没有再找男朋友的意思，不禁有些着急了，偷偷地发动亲朋好友，为她物色合适的对象。

对于那些推荐来的形形色色的年轻人，陆晓君倒是没有表现出抵触的样子。于是有几个月的时间，她就像走马灯似的不断相亲，见完一个接着见下一个，但总觉得没有合适的。当她见到第十二个还是表示拒绝的时候，母亲从老家跑到了济南，追问她究竟是怎么想的，她淡淡地说：只是没有合适的罢了。

老人当着她的面哭得很伤心，问她是不是因为程路明而拒绝了那些优秀的青年。她笑着摇摇头，对母亲说她多虑了，就是确实没有合眼缘的人。于是，母亲陪着她去见了第十三个相亲对象。徐磊是一个高大斯文、待人客气的小伙子，博士生毕业，在一个著名的科研院所工作，研究的领域在时下很受欢迎。更重要的是，他明显表现出对她的好感，从他偶尔才敢抬起头偷偷瞄陆晓君一下的羞涩眼神中，可以笃定他对她是一见钟情。

在相亲回家的路上，母亲一直对小伙子夸个不停，说他人好、能干又帅气，而且脾气一定不错。最后，她追问陆晓君到底是什么意见，陆晓君回答说让她回家好好想一下。

第二天，陆晓君跟母亲说她同意试着跟徐磊交往，母亲非常高兴，又陪她住了几天就回老家了。不久，陆晓君与徐磊正式确立了恋爱关系，并在交往了半年后结婚了。第二年陆晓君生下了儿子，两家的老人都很高兴，争着帮忙带孩子。就这样，生活虽然有些平淡，但是日子也就匆匆地过去了。

可是，让身边的家人和亲友想不到的是，在他们结婚七年之后，也就是去年的秋天，陆晓君和徐磊悄悄地离婚了。家里人顿时像炸了锅一样，各种惊讶、愤怒、数落、劝说、争吵、逼迫，但终归还是没有挽回这段大家眼中的好姻缘。

这一切，究竟是因为什么？陆晓君也曾在心中不断地问自己。她设想过各种各样的原因——

是因为他不够爱自己？不是！徐磊很爱她，对她的照顾简直可以说是无微不至。

是因为他不能干？不是！几年过去，徐博士已经变成了徐研究员，几乎年年被评为单位的优秀标兵，而且他的多项研究成果还发表在国际顶级的学术期刊上。

是因为双方不般配？不是！这对年轻的夫妻，郎才女貌，一直是身边朋友眼中幸福夫妻的模范和榜样。

是因为儿子不可爱？不是！儿子既可爱又聪明，从幼儿园到小学一年级，一直都表现得很棒。

那到底是因为什么？

她问了自己无数遍，也没有找到真正的答案。

也许是因为……

陆晓君的思绪还飘在远处，耳边突然响起了列车播音员甜甜的声音："各位旅客，欢迎来到首都北京……"

她，陆晓君，终于又一次来到了北京。

此时的陆晓君，根本没有想到她会在未来的一周内，遇到那么多不可思议的人和事。她虽然做过十几年法官，接触过上千件经济和刑事案件，对人性的黑暗面和世事的变化无常也都司空见惯，但她从来没有想到过在这个世界上，有的人竟然会那么阴险而残忍，当然她也想不到会有人那么热诚和善良。更出乎她意料的是，在她此前三十四年的生命里所经历过的一切美好和痛苦，都会在这短短的几天里相互碰撞、纠缠和融合；而且这一切，不但撕裂、重塑了她对爱情和生命的认知，还永远地改写了她自己的命运和人生。

# 第二章 前男友的遗嘱

二〇一六年八月一日，星期一，下午

北京，阳光花园小区

陆晓君拉着行李箱，从北京南站的大门口走了出来。八月里的北京热得出奇，传说中的桑拿天果然名不虚传，虽然阴沉的天空看不见太阳，但空中像有一个巨大无比的隐形蒸锅，笼罩着整个城市，让街上的所有人都无处遁形，只想快点儿钻进配有空调的房间。

陆晓君拿出自己的手机，给刘警官打了个电话，告诉他自己已经到了北京，两人约定一小时后在阳光花园小区见面。她叫了一辆出租车，朝光华路方向驶去。司机是个开朗和气的胖子，从今天早上六点出车后，已经开着出租车绕了大半个城市，现在正是他又累又困的时候，看到陆晓君上车不觉精神一振。他从车里的后视镜看了看女乘客，本来想找个话题闲聊几句，也算给自己提提神。但当他的眼神扫过陆晓君的脸，已经到了嘴边的话却不由得咽了回去，因为那张脸看起来是如此的苍白无助；她那饱含着巨大悲痛的眼神，让他大吃一惊。司机默默地开着车上了二环，在北京马路上难得畅通的时段，把手动挡位拉到了最高，向目的地疾驰而去。

四十多分钟后，出租车来到了阳光花园小区的北门，陆晓君拿着行李箱下了车。她在大门口停住脚步，抬头看着小区里高耸的楼房。楼房外面银灰色的石材外墙，造型独特的楼层布局和圆弧穹顶，处处显露出高档社区的不俗风范；每个房间都配有巨大的落地窗，而家家户户的窗户上，所悬挂着的图案不同、风格各异的窗帘，除了在彰显主人的独特品位之外，好像还在向人们诉说着一个个与众不同的故事。

是的，不同的故事！一念及此，她的心不由得收紧——在她与程路明之间，那又算是一个什么样的故事呢？

她走近大门，想走到小区里面看一下。气派的小区大门两侧，蹲坐着两只威严的石狮，右侧石狮旁边矗立着一个古希腊风格的美丽女神雕像。大门口身穿深蓝色套装、垂手而立的保安冲她点了下头，微笑着问："您好！请问您是业主吗？"陆晓君轻轻摇了摇头，回答说她是等人的。保安礼貌地告诉她说，如果不是业主不能入内，除非业主带领访客进去，或者提前电话通告访客的信息。很显然，这是一个管理规范的高档社区。

陆晓君低头看了一下手表，与刘警官约定的时间快到了。她抬起头打量着周围的路人，想看看其中有没有自己要找的人。

几分钟后，两个身穿公安制服的人来到了她的身边。其中那位男警官身材中等而结实，眼神非常锐利，但看上去却是一副和善的样子；另外一位是个三十多岁的女士，手里边提着一个蓝灰色的文件包。男警官在门口往四边扫了一眼，微笑着向陆晓君打了声招呼，以确认她是否就是自己要找的人。当双方确认彼此就是约定见面的对象后，刘立鹏警官拿出他的工作证让陆晓君看了一下，也查看了陆晓君的身份证。

刘警官带着两人进入小区，门口的保安明显已经认识他了。

在小区中央处有一个大水池，水池里布有假山喷泉。水池四周是一个平坦的广场，估计是为了供社区的孩子们玩耍、运动之用；广场的外围是一大片修剪整齐、生机勃勃的草坪，草坪旁边还有一个漂亮的花园。在草坪和花园之中，间隔种植着几十棵枝繁叶茂的法国梧桐和银杏树。

三人在大树下荫凉处站住，刘警官简单地跟陆晓君介绍了一下大体的情况。程路明是十六天前，即七月十五日晚上去世的；从接到报警的当天（七月十六日）下午开始，公安局刑侦人员和专业技术人员组成的专案组（刘警官是专案组负责人）就进行了细致周密的侦查工作，最后确认程路明是自杀身亡；他之所以联系她，是因为程路明留下的遗嘱中，把本小区里自己的房子和附属物品，以及一辆宝马轿车留给了她，其他的遗产则留给了程路明的母亲。

陆晓君打断了刘警官的话，问他为什么不早一点儿联系自己，而直到昨天才给自己打电话呢？

刘警官说："陆女士，在程先生的遗嘱中，并没有注明您的具体身份和联系方式，而在他的手机通讯录里面，也没有找到您的电话。所以我们接到报警后，在程先生手机里查到了他经常联系的堂兄，他堂兄在电话中跟我们说，程先生是家中的独子，直系亲属现在只剩下了他的母亲。因为他的母亲快七十岁了，身体健康状况又不好，所以他的堂兄建议，暂时先不要告诉老人家程先生去世的消息。程先生的堂兄接到警方电话后，当天就来到了北京，配合警方的调查取证工作，以及负责程先生的后事处理，但他也说不认识您。"

"您说路明是自杀的，有确切的证据吗？据我了解，路明是个很坚强的人，我真的不相信他会自杀！"

“我们都明白您作为死者的亲友，有这种想法是很正常的。但是，专案组经过细致调查和严谨分析，确实掌握了确凿的证据，来证明程先生是自杀的。我现在把专案组之所以把本案定为自杀案件所依赖的主要证据都告诉您，以打消您的疑虑——

“第一，他留在家中卧室桌子上的遗嘱，经过权威机构鉴定，确实是他的笔迹。

“第二，专案组调用了小区六号楼三单元门口的摄像头所连续拍摄的监控视频资料。我们对七月十五日程先生去世当晚，在视频资料中出现的每一名进出该单元的人员，都一一进行了排查和确认；但这其中没有一个人，是去往程先生家的。

“第三，我们对程先生家中大门和常用器具上残留的指纹，进行了采集和鉴别。他平时是独自居住在这个房子里的，房中除了每周来做一次保洁的阿姨所留下的指纹，剩下的都是程先生自己的指纹。而且经过我们核实，保洁阿姨在事发之前的五天里，都没有来过程先生家中，这也就意味着事发当天，只有程先生进出过自己家。

“第四，事发当晚程先生的家门是从里面反锁的，而他家又住在十五层，家中所有的窗子从外面都是没法打开的，这也就排除了其他人进来作案后，又偷偷离开的可能性。

“第五，也是最直接而重要的一个证据。经过法医检查，程先生是喝了掺加大量安眠药的咖啡后去世的，而经过对他卧室里咖啡杯中残留的咖啡进行分析，证明里面的致命成分——苯二氮卓类合成物，与他枕边药瓶里安眠药的主要成分，是完全相同的。

“陆女士，您看，我并没有敷衍您吧？上述这五条证据环环相扣、彼此支撑，确实构成了一条完整的证据链。”

“那……可是，他才三十七岁，生活得好好的，为什么会想到自杀？他的母亲这么大年龄了，又没有其他人照顾，他没有理由不想好好活着啊！”

“这个……您与程先生多久没有联系过了？他得了脑部肿瘤的事情，您不知道吗？”

“啊？脑瘤……我不知道啊，我们有两三年没有见过面了，去年冬天通过一次电话，他也没有告诉过我呀。”

刘警官和他的同事彼此对视了一眼，看上去有些难以置信的样子。也是啊，有谁会把这么一大笔遗产交给一个自己疏于联系的人呢？这不是很让人奇怪的一件事情吗？

三个人沉默了几分钟。刘警官用跟他的朴实脸庞形成强烈对比的敏锐眼神，沉思着端详了晓君一会儿。他的样子，就好像一辆长期行路、饱经风霜的越野车，看上去风尘仆仆、毫不起眼，但当它在夜间启动、车灯骤明的一刹那，那极具穿透力的明亮灯光，却让人不自觉地对其另眼相看。

沉默被打破了，明亮车灯的主人开口说话了。他嘴里发出的低沉声音，也像极了汽车引擎，在蓄势待发时发出的有力怠速声，让人毫不怀疑一旦汽车的油门踩下，必定会轰然加速、碾过所有障碍扬长而去——“陆女士，请问您是在济南市历下区法院工作吗？”

“嗯，是的。”

“那能冒昧地问一句，您与程路明先生是什么关系呢？”

“呃……我们是来自一个县城的老乡。”

“老乡？你们之间没有亲戚关系吗？”

“没有……刘警官，估计你们也会调查出来的，我实话实说，我和程路明是大学时的恋人。这些年虽然有些联系，但是联系得很少，所以我对他的病情确实不知情。”

“哦，是这样啊，明白了。陆女士，按照您刚才提到的信息，与程先生的遗嘱内容进行对比之后，我确信您就是程路明先生遗嘱上所指定的财产继承人。本来按照正规的程序呢，应该先请您去公安局办理一些法定的手续，但考虑到这个案子的实际情况和您的心情，我才约您先到程先生的家里看一下。等您了解了事情的经过之后，咱们再一起回局里，处理一下交接的手续吧。”

三人移步而行，沿着广场往南，经过一条环绕在大片翠绿竹林中间的幽静小径，来到了程路明所住的六号楼三单元门口。

趁着刘警官从兜里拿出门禁卡，准备刷卡打开单元门的空当，陆晓君抬起头来，仔细地查找刘警官刚才所提到的监控摄像头。陆晓君身为省会城市一线法院的法官，过去十多年经办和接触到的实际案件至少也有上千件；而这些案件的历练，使得她对一般的刑事、经济案件中经常涉及的侦查方法和取证工具，均了然于胸。她稍加观察，便发现果然如刘警官刚才所述，在单元门口外的圆柱上，有一个黑色的红外摄像头正对单元大门，进出大门的人员应该是避不开它的镜头的。

这时，刘警官已经拉开大门，三个人一起走进了三单元一层大堂。

大堂的顶棚上，挂着一个造型优美的硕大水晶灯，墙壁上贴着乳白色瓷砖，地面上铺着一条干净的地毯直抵电梯口。电梯间斜对面有一个防火门，应该是通往消防通道和地下车库的。三人走进两部电梯中左侧的那部，电梯里面下半部分，是象牙色的石材轿厢，上半部分则是造型独特的圆镜镶嵌在胡桃木之中，在顶灯的照射下，整部电梯里显得明亮典雅。

十五层到了，三人出了电梯，来到通往住户家门的走廊。整个小区是两梯两户的大户型设计，每层楼只有两家住户。刘警官掏出一把银色的钥匙，打开左侧住户的防盗门，然后率先走了进去。女警官点头致意，请陆晓君先行，陆晓君却不禁在门口踌躇了几秒钟。

防盗门敞开着，门锁在原来警方接到报案、强行破门而入之后，已经重新修复了。从门口径直往里面看去，正对面的墙上是一幅巨大的山水画。没错，她第一次来到了程路明的家——酷爱越野和山水画的程路明的家——却不愿意就这样走进去。因为她的理智告诉她，一旦她走进了这个房门，恐怕房里的摆设和种种印记，都会真真切切地告诉她——这就是程路明的家，但是他却已经不在了；这也就意味着，她从昨天到现在，在心底默默祈求上苍，让她从这场噩梦中醒来的愿望和幻想，都将会化为泡影。

女警官同情地看了陆晓君一眼，轻轻地拍了一下她的胳膊。陆晓君感激地冲她点点头，扶着门把手慢慢地走进了房间。

房子很大，因为南北通透的缘故，整个房间的采光极佳。进了房门后是一条一米多宽、两米多长的门廊，门廊往里连接着宽敞的客厅。客厅的南侧，是一面由完整的落地玻璃窗环绕而成的阳光房。客厅北侧紧挨着餐厅，餐厅的地面比客厅稍高，边缘有一圈平滑的镶嵌凹槽，这应该是特意设计出来的造型，以区隔开客厅和餐厅两个生活空间。

在客厅和阳光房的西侧，就是程路明家的主卧室。刘警官好像非常理解陆晓君最想去往哪里，因为他马上带她来到了主卧。刘警官把卧室的窗帘拉开，房间立刻变得明亮起来。

卧室的尽头是一张大大的双人床，房间的另一侧有一张书桌，陆晓君在书桌旁边的椅子上坐下，环视着整个卧室。

这里就是程路明生活了多年的私密空间，这些是散发着他个人气息的种种生活用品，这是他平常休息又在此永远离开这个世界的大床，这是他平时翻阅杂志也曾是放着他的遗嘱的桌子。陆晓君一时恍惚，眼泪使得眼前的一切渐渐变得模糊，她手肘无意识地靠在桌子上，什么话也说不出来。似乎程路明房间以外的世界都不存在了，它变成了漂在无尽大洋中劫后独存的一叶扁舟，而她是被抛在小舟上的最后一个人，她甚至已经忘记了房间里陪着她的两位警官。

也不知过了多久，陆晓君听见刘警官温暖的声音在耳边响起——“陆女士，您怎么样？”

陆晓君如梦初醒般地移动了一下身体，有些不好意思地擦了擦眼睛，黯然地冲着两位警官笑了笑。

刘警官从公文包里拿出了一个牛皮袋，对陆晓君说：“我想，您最想了解的信息，应该都在这里。您看一下吧！”

陆晓君接过牛皮袋打开，小心地把里面的东西取出来。最上面是程路明留下来的遗书，底下是一沓照片。她急切地翻开遗嘱看着，她想知道他为什么就这样不辞而别，让她在毫不知情的情况下，独自面对这一切。

遗书写在一张明显是从笔记本中撕下来的纸上，内容很简单——

遗书

我去世后，我现在居住的阳光花园小区6号楼3单元1502房间，和我的一辆车牌号为京Q24758的宝马轿车，将交由在济南市历下区工作的陆晓君继承。

其他的所有财产，包括银行存款和我购买的理财产品，以及其他的各种个人财物，将交由我的母亲李淑英继承。

程路明

2016年7月15日

这份遗嘱的内容是如此简单，陆晓君急切想了解的一切信息，在此几乎都无迹可寻。它既没有告诉她程路明自杀的真正原因是什么，也没有说明程路明为什么要把房子和车子留给自己。而更让陆晓君难过和不解的是，在这封遗书里，程路明压根儿没有提及他为什么事先没有向自己说明病情，而让自己连与他一起去面对困难的机会都没有。

陆晓君慢慢地放下遗书，把那些照片拿起来，不禁惊讶得瞪大了眼睛。这些都是她的照片，而且看起来都是最近一段时间的生活照。这些照片里自己都穿着冬天的衣服，但明显是在自己不知情的情况下拍摄的，因为没有一张是自己的眼神正面镜头的。

十几张照片里，有自己从单位大门走出来的瞬间，有自己坐在车里开车的镜头，有自己坐在公园长椅上发呆的样子，有自己去超市买东西时挑选商品的特写，还有自己接孩子放学回家路上母子俩牵手谈笑的温馨时刻，其他的几张照片也是自己的日常生活照。照片看起来都很清晰、很自然，明显是花了很多时间跟拍后，精心挑选出来的。

晓君把其中一张照片翻过来，背后用黑色钢笔字注明——“晓君下班离开单位，2015 年 11 月 13 日”。她不禁愕然，连忙把其他的照片翻过来，其他的照片也是一样的，都标注了晓君拍照时在做的事情——“晓君在开车回家”“晓君在公园想心事”“晓君在超市购物”“晓君接孩子回家路上”，等等。但时间都是一样的，所有的照片都是在二〇一五年十一月十三日那一天拍下来的。

十一月十三日，这是陆晓君的生日。去年生日当天正好是个周五，陆晓君上午在单位把一天的工作都处理完了，中午跟领导请了个假。离开单位后，她就是按照刚才照片标注的顺序，独自度过了一个下午的时光。因为从她生日当天的一大早开始，她的心情就很糟糕。这是她与徐磊离婚后的第一个生日，自从离婚后她的心情本来就很少舒畅过，而在生日当天，她的情绪就更加莫名地低落了。

去年秋天以来，父母因为担忧陆晓君和外孙的生活，特意又在济南买了一套房子，从老家县城搬过来居住。陆晓君明白父母对自己的关心，也知道他们并不赞成她与徐磊离婚的事情。但是对于离婚这件事，她还是很坚持，因为她觉得与其把自己不爱的人绑在身边，还不如放他一条生路，去寻找真正喜欢他的人。不然的话，她一直以来对于徐磊的愧疚之情，就会变得更加强烈。

她记得很清楚，去年生日当天的那个下午，她完全是按照这些照片所勾画出来的轨迹度过的——中午从单位离开，开车到了自己上大学时经常与程路明一起去的公园，消磨了大半个下午的时光，又去超市给孩子和父母买了些生活用品，然后接孩子回家。回家之后，父母已经在她家里做好一桌饭菜等着她，晚上祖孙三人一起，陪她度过了三十三岁的生日。

她记得更加清楚的是，晚上父母吃完饭后待了一会儿就回家了，自己陪着孩子做完作业，然后安排他洗漱完毕后上床休息了，大约九点半时程路明打来了电话。接到电话时，她非常惊讶，但也有些欣喜。这是程路明自她与徐磊结婚后，第一次给她打电话致以生日的祝福。当时她就有一种奇怪的感觉，好像程路明是在离她不远的地方打过来的电话。现在想起来，他当天一定是跟随她拍了这些照片，然后在当晚自己忙完、独处时，与她通话聊了一个多小时。

当晚两人的通话，她几乎记得程路明所说的每一个字。他问候了陆晓君最近几年的生活状况，又介绍了这些年来他在北京的际遇。

程路明说自从毕业去北京后，他就进了一家小型的民营咨询公司工作；四五年后，他跳槽去了一家全球有名的国际管理咨询机构；又过了五年之后，也就是大约三年前，程路明从那家跨国公司辞职，以创始合伙人的身份，参与了一家港资咨询机构北京公司的组建工作，然后一直负责这家公司的整体经营至今。程路明还说，他在二〇〇九年——也就是陆晓君结婚后的第二年——结过一次婚，太太是经朋友介绍在外企做高管的一个海归硕士，两年后两人因为性格不合离婚了。

在当晚，陆晓君接到程路明的电话后非常开心，那是很久以来她最幸福的时刻。她感觉好像时光倒流、回到了大学校园，就像那时每晚宿舍熄灯后，自己在走廊里恋恋不舍地与程路明煲着电话粥，一直不愿意挂断一样。

其实最近两年，两人的关系已经有所缓和了。缓和的契机发生在二〇一三年，当时程路明的父亲在老家突发急病，他打电话给陆晓君请她帮忙，因为陆晓君的母亲在县人民医院工作。后来没几个月，程路明的父亲就去世了，当时他极为伤心，陆晓君也就不忍心对他再像前几年那么冷淡了。

去年陆晓君生日程路明打来那通电话时，陆晓君一直希望程路明多说一些话，也许还在期待他能流露出对自己的一些难忘之情。通话快结束时，陆晓君觉得程路明显然很不舍得挂掉电话，但也没有像她期待的那样有更多的表白。当时挂断电话后，陆晓君还有些失望，但她事后猜测，程路明可能已经有了新的恋情，所以也就断了自己与程路明重修旧好的念头。不过，从程路明现在留下来的这些照片和当时电话中欲言又止的语气来推断，他当时是否因为已经知晓了自己的病情，所以才没有向陆晓君期待的方向迈出那一步？

晓君怔怔地坐在路明卧室的桌边，久久没有作声。

刘警官一直等她回过神来，才向她解释说，公安局的侦查人员是在程路明去世后第二天，详细地搜查他家里的物品时发现的这些照片——照片当时都收在阳光房中的一个大相册里。前几天他们一直试图查找陆晓君的联系方式，但都没能成功，偶然在这些照片的背面发现了她的名字，并且在看到一张照片背景中陆晓君的单位——济南市历下区人民法院——之后，才通过她的单位要到了她的手机号码。

听到这儿，陆晓君大体上明白了事情的来龙去脉，她向两位警官表达了自己的谢意。两位警官微笑着安慰了她一番，便带着她一起去公安局，办理了一些交接手续。然后，刘警官把程路明家门和宝马车的钥匙，他留下来的遗嘱，以及侦查人员从程路明家里带走取证用的手机和其他个人物品，都交给了她。关于程路明的这些个人物品，刘警官还给了陆晓君一张相应的物品清单，这是两周前办案人员在取证时详细记录下来的。

最后在与陆晓君道别的时候，刘警官告诉她，程路明留给她的车，停放在阳光花园小区地下车库的二十八号车位，然后又叮嘱她如果有什么问题，可以直接打电话与他联系。

陆晓君从公安局出来后，打车返回阳光花园小区。等她从出租车上下来，走到小区的北门时，却感觉心里一阵发紧，似乎周边陌生的环境、孑身一人的孤独感，让她有些无所适从。已经分手十几年的初恋情人，在安然离世后留给自己这么贵重的遗产，却又没有做出任何安排，甚至没有留下一句话。仔细想来，这不是太过诡异的一件事情吗？

于是，陆晓君转身往旁边的一家 7–11 商店走过去，她需要平复一下不安的心情，另外也想逐渐开始对这个陌生而牵挂的环境增加一些了解。

陆晓君的眼神无意识地扫过货架上排列整齐的商品，都是些年轻人喜欢的东西。她绕过最前边几排摆放着食品、日用品的货架，踱步到左侧靠窗的角落，书架上摆放的是一些时尚、体育、户外运动和汽车类杂志。

户外运动和汽车，这些不正是程路明最喜欢看的杂志吗？十多年前他们在一起的时候，程路明就经常收集一些关于汽车和户外运动的书刊，津津有味地看个不停。当然那时国内街上跑的汽车种类少得可怜，但即使是面对那些只能在书刊上看到的汽车和越野图片，程路明也是乐此不疲。这是不是意味着，近些年程路明也会经常来这个小店，像她一样在书架面前驻足停留，慢慢地浏览、挑选着这些杂志？

这些年来，她几乎是下意识地不去光顾路边的书摊，因为这会让她想起程路明，以及与他在一起的日子。但现在，她就站在程路明曾经生活的地方，也许还有他经常穿梭其中的商店。人生，很多时候真的就是造物主跟你开的一个玩笑。你也许经常把这个玩笑当真了，可是时间的流水一去不复返，当你站在这条永不停息的滔滔河流旁边，想要追溯陈年旧事、梦中之人时，你会发现当年那么在意的种种，却早已物是人非、无迹可寻。残留在脑中的那些记忆碎片，早已随着时间的长河，被簇拥裹挟着，飘到了遥不可知的远处。如果某天有人在长河远处，偶然发现了镌刻着这些记忆残片的一些朽木枯枝，也只能对这些过往徒然地叹一口气，然后无奈地摇摇头，转身颓然离去。

陆晓君在 7-11 商店里，足足待了有半个小时，这才下定决心朝小区北门走去。进入小区之后，她慢慢地从院中的广场和草坪边经过，一边走一边仔细地观察着四周的环境。到了六号楼三单元门口，陆晓君停留了几分钟，她反复地审视着监控摄像头的朝向，判断其所能监控到的范围。然后，她又乘坐电梯来到了十五层，打开程路明的家门走了进去。

自从下午第一次来到程路明家时，陆晓君就有一种奇怪的感觉，好像冥冥之中有一双眼睛一直在盯着她。她想，那一定是程路明的眼睛，他肯定期待自己能够多陪陪他。经过刚才在 7-11 商店里的惆怅、感慨和自我调适，陆晓君已经能够平静地面对现实，她下定决心晚上要住在程路明家里。她不但一点儿都不觉得害怕，还暗自发誓，以后永远也不要再离开程路明；更何况，自从来到程路明家中之后，不知道因为什么，她现在愈加坚信自己的直觉——程路明肯定不是自杀的。她一定要尽快去解开这个迷雾重重的疑团，为程路明，也为自己，打开通往真相的大门！

傍晚的时候，陆晓君到小区旁边的小店，随意地买了点便当吃了几口，就又回到了路明的家。她下定决心，要仔细查看程路明的手机信息，要一寸一寸地检查程路明家中的每一个角落。她相信——解开谜团真相的线索，通往程路明心灵之门的钥匙，一定就静静地躺在某处，等待着她来发掘……

# 第三章 铂金钻戒

二〇一六年八月一日，星期一，晚上

北京阳光花园小区，程路明家中

陆晓君一直是个喜欢理性思考和逻辑分析的人。当然她也承认，建立在逻辑思考基础之上的直觉，经常会给人出乎意料的帮助。

自今天中午以后，她跟刘警官有了几个小时的面对面交流。在她的印象里，刘警官是一个有责任心、经验丰富的刑侦专家；她也相信刘警官及他带领的专案组，对程路明的死，确实是做了细致的侦查、调查工作，而且针对案情有一个妥善的研究和处置流程。因此，她今天晚上回到程路明家以后马上要做的第一件事情，就是把下午刘警官提及的五条证据写下来，因为他当时信心满满地说，之所以把程路明的死定为自杀，主要就是依据这五条证据构成的完整证据链。

陆晓君把这五条证据写在了自己工作时习惯随身携带的笔记本上。然后，她把套着黑色封皮的笔记本放在客厅的茶几上，自己则靠在沙发旁边，双眼微闭，脑中像过电影一样，一遍遍地推敲着各个证据环节中可能会被忽略之处。

首先是第一条——“他留在卧室桌子上的遗嘱，经过权威机构鉴定，确实是他的笔迹。”

陆晓君把程路明的遗嘱从包里找出来，拿在手中反复地端详。这封遗嘱是程路明自己所写，应该是没有问题的。毕竟依靠现在的笔迹鉴定技术，基本上是不会被模仿的笔迹所骗过的，而且自己看到遗书时的第一反应，也认为这是程路明所写。

十多年来，程路明的笔迹没有什么变化，跟上大学时他写给自己的情书，以及上课做笔记时的笔迹完全相同。更何况，自己太熟悉程路明写字的习惯了，他总是在写到每个字的最后一笔临近收尾时，加重一些力量。这会使得他写的每一个字，都好像经验丰富的老渔夫停泊在海面上的渔船，因为规规矩矩地把锚抛在水底或钩在岸边，而显得稳定且踏实。而且，程路明用钢笔写过的字，都会隐隐透过纸面，用手摸一下纸张背面，会感觉到一个个小的隆起。

陆晓君下午在看遗嘱时，早已经暗自用手指去轻轻触摸过遗书背面了。现在当她再一次手握这封遗书时，背面这些熟悉的小小的隆起，除了告诉她书写遗书的主人是谁之外，又隐隐唤起了她尘封十多年的心动感觉，不免让她有些怅然若失。

那么关于这封遗书，接下来就要考虑下面这几个问题了——遗书是什么时候、什么缘起、在什么情况下写的？除了程路明自己，还有谁曾经看过遗书？这封遗书，会伤害到谁的情感或利益？他为什么把财产留给自己，却又没对自己有任何的提及呢？

第二条，“专案组调用了小区六号楼三单元门口的摄像头所连续拍摄的监控视频资料。我们对七月十五日程先生去世当晚，在视频资料中出现的每一名进出该单元的人员，都一一进行了排查和确认；但这其中没有一个人，是去往程先生家的”。

陆晓君很相信警方对于进出人员的排查报告，而且她已经注意到，如果想要避开一楼门外的摄像头，从单元门偷偷地溜到楼内来，看上去是不可能的。她还想进一步了解的是，除了单元门之外，是否还有其他的办法可以进入楼内，车库和消防通道有可能吗？

第三条，“我们对程先生家中大门和常用器具上残留的指纹，进行了采集和鉴别。他平时是独自居住在这个房子里的，房中除了每周来做一次保洁的阿姨所留下的指纹，剩下的都是程先生自己的指纹。而且经过我们核实，保洁阿姨在事发之前的五天里，都没有来过程先生家中，这也就意味着事发当天，只有程先生进出过自己家”。

程路明是独居吗？他离婚后一直没有新的恋人吗？如果没有新的恋情，为什么从去年冬天那次通话后，他再也没有联系过自己呢？那个保洁郑阿姨，应该是没有问题的吧，不过也不能完全排除；自己要找时间与她聊一下，至少她能提供更多关于程路明生活中的信息和细节吧。

在程路明去世的当晚，是否可能有人来过他家，但是戴着手套或者离开时特意擦掉了自己的指纹？不过这样的话，程路明肯定会起疑心的吧？

第四条，“事发当晚程先生的家门是从里面反锁的，而他家又住在十五层，家中所有的窗子从外面都是没法打开的，这也就排除了其他人进来作案后，又偷偷离开的可能性”。

人有可能从窗子里进来吗？陆晓君站起身来，走到每一个房间的窗子边，逐个仔细地查看了一遍。这似乎不大可能，三间卧室、一间书房、一个厨房、两个卫生间、一个客厅，都是配有或大或小的窗子的，但每个窗子都是上悬塑钢窗，而且均完好如初。要想打开这些窗子，只能从窗子的下半部推开十厘米左右的缝隙，即使有人费尽心机从楼下爬到十五楼来，也是不可能进入室内的。

那也就是说，外人只可能从房门进来了。不过，当晚路明的家门是反锁的，这也就意味着，不可能有人在路明未察觉的情况下进来投毒，然后又顺利离开的吧。

陆晓君记得下午跟刘警官回公安局的路上，自己曾经详细追问过事发之日的具体情况。

当时刘警官说，根据法医的检查报告，程路明是在七月十五日——也就是他写下遗嘱当天——晚上九点至十一点之间，喝下掺有大量安眠药的咖啡的。警方是第二天下午五点左右，接到程路明同事报警的。当时，他的同事之所以选择报警，一是因为路明在七月十六日的中午、晚上，本来都约好了跟客户一起吃饭，但他的同事从十六日上午开始一直联系不上他；二是因为大家都知道程路明有病在身，而且了解他是个从不迟到或爽约的人。所以在那种情况之下，他们都担心程路明是不是出事了。

警方接到报案后，通过程路明的助理、司机和其他同事，与程路明经常有来往的朋友、客户等进行了多方面的联系均未果。后来，接到报警后前来调查的两位警官，来到程路明家门口勘查。当他们试着拨打程路明的手机时，听到手机铃声是从他家里传出来的。由此，他们判断程路明可能在家里出事了，这才决定破门入室进行查看。刘警官还介绍说，因为防盗门被从里面反锁，警方派来的专业技术人员一开始从外面用尽各种办法都没有打开门锁，后来迫不得已用工具把整个门锁撬了下来，才得以进入室内。

既然当天晚上程路明反锁了自己的房门，那自然其他人直接入室投毒的可能性几乎为零了。从理性的角度来讲，陆晓君也能够理解警方所做出的结论——程路明是因自身病重而备受打击，失去了继续求生的信心和意愿，从而选择自杀的。因为从上述种种证据来看，确实很难找出人为犯罪的蛛丝马迹。

但是，人的理性，总有些时候是会犯错的，不是吗？

如果说程路明是受疾病影响，临时起意而造成的情绪性自杀，这与他的性格极不相符——像程路明那样乐观、坚强的人，会被病魔吓倒，而匆匆自行结束生命吗？

如果说程路明是对自己的身体疾病有了充分的了解，从而有计划地选择理智性自杀——但像程路明那样理性、细心的人，会在对自己的身后之事没有充分安排的情况下，就此撒手人寰，而与自己的亲友不告而别吗？

第五条，“也是最直接而重要的一个证据。经过法医检查，程先生是喝了掺加大量安眠药的咖啡后去世的，而经过对他卧室里咖啡杯中残留的咖啡进行分析，证明里面的致命成分——苯二氮卓类合成物，与他枕边药瓶里安眠药的主要成分，是完全相同的”。

程路明经常喝咖啡，这是在大学里就养成的习惯了。那时，每当考试之前需要复习准备，或者需要熬夜撰写论文时，他都喜欢去学校图书馆转角的“水穿石”咖啡馆，买一杯浓浓的卡布奇诺用来提神。这么多年以来，他还是喜欢喝咖啡，可是他原来喝咖啡时，都是为了熬夜学习或工作之用。这么想来，七月十五日当晚，他准备了咖啡应该是为了熬夜加班的吧？他怎么会突然想到，在咖啡里添加过量安眠药呢？难道是当晚临时有了什么突发状况，让他一时难以接受，而做出这样的举动吗？

陆晓君把这些问题在自己的脑子里反复地想了很多遍以后，终于决定首先要确定的一件事，是搞清楚近年来与程路明交往密切的都是哪些人以及他在做哪些事。只有把这些人的身份，以及他们与程路明的交往状况搞清楚，才可能更加细致地了解到程路明最近的工作和生活状况、情感和心路历程。这样，也许能够借此由浅及深、由表及里地剖析自杀事件的真伪，探究程路明去世之谜的真相。

打定主意之后，陆晓君把程路明的手机拿出来重新启动。这是一部新款的黑色苹果手机。开机后，陆晓君发现电量显示不足，于是找出手机电源线，连在手机上充电。她首先打开了手机里的微信，想查看一下程路明的好友通讯录，以及最近与程路明联系过的都有哪些人。有十几个人发来了新消息，看起来这些人还不知道程路明去世的事。不过，陆晓君发现都是些工作上的合作伙伴或客户，谈论的也是与工作相关的事情。

这些联系人和信息，不是陆晓君想要查找的。她现在最想知道的是与程路明关系密切的那些人，因为只有身边的熟人，才有可能了解程路明近来的病情变化、情绪起伏和生活状况。

陆晓君突然间好像想起了什么。她打开了手机上的通讯录，在里面搜索了一下联系人姓名，果然如刘警官所说，没有找到自己的名字。她拿出自己的手机，试着拨打路明的手机。程路明的手机铃声响了，她看了一下手机屏幕，突然间感觉心里有一股暖流在蔓延。这种感觉，就好像藏在湿润土壤里的一颗豆子，当温暖的春风拂过，豆子的胚芽在悄悄地生长，直至幼苗慢慢地伸出地面，逐渐焕发出油油的绿意和勃勃的生机。

手机屏幕上显示的来电人姓名是——路豆豆，这个名字是在大一的春季学期里，他们两人外出春游看到路边大片绿油油的豆苗时程路明给她起的。程路明当时大笑着说——她长得像一枚豆子般纯洁可爱，性格也像豆子那样，安静而倔强，所以他以后就叫她路豆豆啦。路豆豆——路明的豆豆，再加上晓君又姓陆，所以别人听起来也并不突兀。那时她同寝室的女生，都知道她的这个昵称，慢慢地大家也都跟着这么叫了。

陆晓君拿着程路明的手机，好半天才回过神来，她脸上的笑容逐渐退去，冷冰冰的现实又笼罩了她。

这真是一件很奇怪的事情。按道理来讲，现在大家都是通过微信来跟熟人联系的，但是程路明的微信好友似乎都是些工作中的伙伴和朋友，而且所有的联系人加起来也不过一百多人。程路明也很少发布朋友圈信息，看来他并不热衷于网络社交活动。

陆晓君把微信里面程路明和其他人联系的历史信息都粗略地查看了一遍，并没有找出太多对她有价值的内容。唯一可能有些特殊的微信好友，是一个叫邵晶晶的女孩子——下午刘警官也曾经提到过这个名字，邵晶晶是程路明的助理。在她与程路明的聊天记录中，可以看出两人的沟通和互动是比较多的，几乎每天都有交流。两人的对话以工作为主，但也有一些个人和生活上的交流，而且看得出来双方彼此是比较信任的，有些交流也比较随意，不像一般的上下级关系那么拘谨。

陆晓君在想，自己应该尽快找她谈一下吧，她跟程路明的关系比较近，应该对程路明的生活日常比较熟悉。

除了微信以外，程路明的手机上可以查找的信息，也就剩下手机通讯录和短信了。她又翻阅了一会儿，也没看出个所以然来，于是就放下手机，起身走到房间内靠近北侧的书房。

程路明家里的装潢基本上比较偏向于欧式简雅风格，唯独书房具有明显的中式风格。

书房宽敞明亮，应该是当初装修时特意设计的结果。固定在左右两面墙壁上的，是精心设计的红松木板书架，书架上面摆满了或薄或厚、种类庞杂的书籍；靠窗的一面墙壁，是一个双层的板架，上面摆着几盆花卉盆景，分别是些剑兰文竹、松柏盆景之类；在靠门的墙壁上，有几张字画点缀其中；而在房间里侧，则是一张书桌、几方墨宝、一把木椅、一条藤几。浓浓的书香气息，再配以木质镂花的窗棂、精雕细刻的书桌台案，使整个书房显得温润儒雅、安静悠然。

程路明和陆晓君都来自鲁南地区。自元代始，人们就习惯于用“齐鲁礼仪之邦”来泛指整个山东地区的传统文化，但实际上奠定山东人“尊礼重道”的文化基因和传统性格的，是鲁文化。

在古代，周朝裂土分封同姓子弟与异姓功臣为大小诸侯，以封疆分治、屏藩王室。古山东地区，分封的诸侯主要有齐国和鲁国。齐国是姜尚的封国，经济上尊崇因地制宜、发展渔盐之业，政治上倡导尊贤尚功、博取功名富贵，因此造就了功利导向的齐文化。而鲁国是周公姬旦的封地，周公是周礼的制定者，他和继承者不遗余力地推行“以礼治国”，在鲁国全力推行周礼；与此相呼应，经济上则是传统的男耕女织的农耕文化。礼治与农耕，造就了以崇尚伦理道德为特征的鲁文化。后世很多学者都认为，在列国诸侯中鲁国的文化发展程度最高，儒学发源于鲁国，儒文化是鲁国礼治统治的产物。鲁文化及孔子儒学，奠定了中国正统文化的基本模式，也构建了山东人传统性格的基本结构。

来自鲁南地区的程路明，在上学时接受的基本上是现代西方管理学说的教育，书架上摆放的也大多是西方的管理学者的书籍，像彼得·德鲁克的《管理的实践》《管理：使命、责任与实务》，切斯特·巴纳德的《经理人员的职能》《组织与管理》，等等。但在他骨子里，还是受到山东传统文化的影响，其文化喜好和性格特征，都显示出鲁南人的典型风格。

陆晓君在散发着松木香味和油墨味道的书房里，呆坐良久。

人们不可能完全摆脱身边环境的影响。现在想来，自己又何尝不是跟程路明一样，深受传统礼仪文化的影响？大学毕业时，自己为了满足父母的心愿，追求稳定的生活与受人尊敬的社会地位，一心考取公务员去法院上班，离开了自己深深爱着的程路明。

十多年过去了，自己过得快乐吗？当初认为最重要的工作，为自己带来真正的内心满足了吗？现在置身于程路明留给自己的房子里，她能体会到程路明的深切情义，可是这个房子对她个人来说，已经没有了太大的意义。

如果当初自己大学毕业后来北京找程路明，两人为了事业、生活而共同奋斗拼搏，等稳定下来后结婚生子、相知相守，那同样也住在这个房子里，她的生活是不是会幸福一百倍？如果可能的话，她愿不愿意用自己二十年的生命，换取程路明与自己一生的相濡以沫、琴瑟和鸣？她的嘴角嗫嚅抽动着，一句话也说不出来，但手中被泪水浸湿的纸巾，却早已告诉她自己内心的答案。

这时，外面一道关门的响声惊醒了她，好像是对门的邻居外出刚刚回来。她低头看了看表，已经晚上十一点多了。

陆晓君站起身来，用手揉了揉眼睛。从昨天至今几乎一直没有好好地休息，她的眼睛有些红肿干痒。但她还不想睡觉，刚才做出的计划还不断地在脑中盘旋，所以她决定还是先把程路明家里的物品大体整理一下，至于书房里满满的几大书架的书，等以后有时间时再仔细地浏览吧。

客厅里北侧的墙壁边，有两个宽大的实木酒柜。透过酒柜上的玻璃橱窗，可以看到其中一个酒柜里面收纳了几十瓶红酒，看来程路明颇有研究和收藏红酒的雅趣，在这些红酒旁边则摆放着一些茶桶和茶饼。

另外一个酒柜里，陈列着一些从世界各地收集而来的特色工艺品。每件工艺品旁边都有一个自制的彩色小标签，上面标示着工艺品的名称、原产国和收藏时间，看来应该是程路明到不同国家游历、自驾野营时的战利品。这些工艺品里，有埃及的铜盘和银器、土耳其的织染手工地毯、法国的皮具、瑞士的水晶、威尼斯的玻璃制品、古巴的手制雪茄、阿拉斯加的毛皮制品、印度尼西亚的丁香烟、夏威夷的木刻品等。这些来自不同国家的工艺品各具风情，透明玻璃窗和金属支架的搭配兼具通透感和金属质感，在酒柜整体木质纹理的衬托下，使整个酒柜的陈列散发出清新自然、简约大方的艺术感。

透过玻璃柜门，这两个酒柜里面陈列的物品都一目了然。看起来，里面没有什么跟程路明去世有关的线索。

陆晓君走到程路明平时居住的主卧室，这个房间除了摆放着双人床、床头柜、书桌，以及休息用的桌椅之外，还在靠北侧墙壁处放有一个衣柜。

她拉开衣柜门，里面都是程路明的衣服，基本上以正式的西装和衬衣居多，剩下的两套则都是休闲运动服装——这说明程路明平时上班时，应该都是穿正装的。她特意仔细地观察了一下，衣柜里没有一件女性服装。

衣柜下部有一排扁平的抽屉，上面各挂着一把小小的铜钥匙；在这排抽屉里，下面的两个都是空的，里面没有存放任何物品。陆晓君把最上面的抽屉拉开，里面铺放着七八条领带，颜色大多是纯色或带条纹的冷色系，熨烫平整后整齐地绕成圆形码在一起。

一般来说，卧室和衣柜是很多人喜欢放置私密物品的地方，但是陆晓君却并没有在此找到解开心中谜题的答案。她略微感到有些失望，刚要关上抽屉，眼角余光忽然发现抽屉靠里的角落里，有一条单独平放的领带一角微微向上翘起。她把领带拿起来，下面是一个心形的棕色绒布首饰盒，盒子小巧而精致，放在手里只有小半个巴掌大小。

晓君屏住呼吸，慢慢地把盒盖向上翻起，呈现在她面前的，是一个漂亮的铂金钻戒！

戒指上面的钻石呈现出少见的枕形，大大的钻面在灯光照射下晶莹剔透，闪烁着璀璨夺目的光芒；戒臂至简优美，设计成弧形扭臂的经典造型。她把戒指从盒子里拿了出来，凝视良久，然后试着往自己左手无名指上戴了一下，戒圈大小适中，完美地贴合手指弧线。这意味着程路明想要赠送戒指的女孩，应该跟陆晓君一样有着纤细的手指。

陆晓君仔细端详着戴在手指上的钻戒，用右手拇指和食指轻轻地转动了一下，感觉戒指内侧似乎有一些平滑的凹槽。她把戒指摘下来，凑近灯光看了一下内侧，这果然是一款定制的戒指，里面刻着的小字是——“LOVE S FOREVER”。陆晓君把首饰盒底部一张白色的售后服务卡拿出来打开仔细地看了一下，里面除了注明钻石和铂金戒托的等级及成分外，还用黑色钢笔标明了购买的时间——2015.8.16。

陆晓君的心不由得怦怦乱跳，这是她今天在程路明家里，找到的第一件对解开心中谜题有帮助的物品。这个“S”，她是谁？

# 第四章 一只美丽的左手

二〇一六年八月二日，星期二，上午

北京，华贸中心

陆晓君强迫自己睡觉的时候，已经是凌晨一点多了。她先是从程路明衣柜里找出了被子、床单、枕头等床上用品，铺在整理好的客厅沙发上，然后经过简单的洗漱之后就躺下了。心里虽然仍有许多感慨和伤感，但理智告诉她，自己需要好好地休息一下，才能应付明天要去面对的困难局面。

从迷迷糊糊入睡，到第二天早上六点左右完全醒来，陆晓君好像一直处于半梦半醒的状态。大学时与程路明在一起的甜蜜时光，被分解成了无数个断断续续的细小片段，在陆晓君的梦中纷至沓来。而在这些片段之间，又时不时地插进来这两天的所见所思，既有亲眼看到的现实画面，更有挥之不去、痛彻心扉的迷惑和悲伤。她不知道多少次从睡梦中惊醒，却浑然不知身在何处，眯着眼睛看看头顶上的天花板，它在窗外透进来的几缕微弱灯光的照射下，似真似幻、摇曳不定。她有心爬起身来仔细辨别，看看自己到底是梦是醒，身边发生的这一切到底是真是假，但终归屈服于自己大脑所下达的“不许醒来”的理性命令，再次恍惚睡去。

早上醒来后，陆晓君躺在沙发上，盯着天花板上菱形的水晶吊灯发了一会儿呆，真希望眼前的这一刻，能够永远为她驻留。但等她终于决定起床，准备独自去面对这陌生的城市和残酷的孤独时，她立刻又变成了如平时一样，干练而勇往直前的陆晓君法官。陆晓君从沙发上站起身来，用力地朝空中挥了挥右手，把昨晚一直萦绕于内心的伤感和怯懦，暂时赶出了自己的身体。

陆晓君拿过自己的手机，上网查看了一遍程路明的个人百科名片，以及新闻中对他所属的公司——嘉德国际咨询服务有限公司——的介绍。她想在去嘉德公司进行实际调查之前，能够尽量做好充分的准备。

接下来，陆晓君给程路明的助理邵晶晶打了个电话。在电话中，她介绍说自己是程路明的表妹，有些善后事宜需要跟她交流一下，并跟她约好下午三点钟在他们公司楼下的星巴克见面。然后她到客用卫生间冲了个凉，给自己化了个得体的淡妆，又从自己昨天带来的行李箱中，找出一套蓝灰色的职业装穿在身上。

穿戴完毕后，陆晓君站在门厅柜的镜子前端详着自己，还不错，看上去挺像是在外企上班的白领。

她提着自己的皮包，打开防盗门走了出去。在她把门带上之后的一刹那，像昨天一样的奇怪感觉，又一次笼罩了她——有一双眼睛正在盯着自己。她明白，那一定是程路明期待和鼓励的目光。在他温暖的目光注视下，自己一定会在不久的将来，拨开重重迷雾，还程路明和自己一个完全的事实真相。

陆晓君在楼下一个快餐店随便吃了点早点。程路明家离他的单位并不远，她打开手机上的导航地图，按照导航的提示，步行走向华贸中心。

十多分钟后，她面前出现了三幢形状完全相同的写字楼。这三栋写字楼，通体覆盖着透明的蓝绿色玻璃幕墙，配上独特的四十五度角菱形造型，整体风格显得简洁而凌厉。华贸中心是北京东部的商业中心之一，写字楼西侧紧挨着新光天地购物中心。

陆晓君走进三栋写字楼中最靠东侧的一栋，到大堂服务中心办理好访客登记手续，然后乘电梯来到十六层。她走到东侧的办公室门口，往里边看了一下，前台接待处背后的乳白色 LOGO 墙上，印有黑色的行书大字——“嘉德国际咨询服务有限公司”。嗯，就是这儿了。

前台坐着一个身穿职业装的姑娘，她看见陆晓君进来后，主动站起身来致以问候，并礼貌地询问是否有事办理。

陆晓君跟她说，自己前几年参加过程路明总裁主讲的战略培训课程，现在自己的公司需要相关的培训与咨询服务，前几天给程总裁打电话一直联系不上，所以今天才专程过来拜访，希望联系业务合作事宜。说完后，陆晓君微笑着看着接待的姑娘。对方脸上表现出一刹那的犹疑，但马上恢复镇静，把陆晓君带到前台右后侧的会客厅，请她在沙发上就座，并递给她一瓶矿泉水。这个姑娘跟陆晓君说，她马上就去请相关部门的同事过来洽谈。

会客厅只有她一个人，静悄悄的。陆晓君站起身来，走到房间右侧一扇虚掩的木门边。这扇门通向另外一个房间，从门缝里看过去，里面的桌面上放有咖啡机、热水机和一些散置在透明玻璃盘中的点心，这应该是他们公司的茶水间。

她刚想回到沙发那边，突然听到门缝中传来茶水间里的窃窃私语声，似乎还夹杂着“程总”的字眼。

陆晓君不由得屏住了呼吸，静静地站在虚掩的门边。也许是因为刚到上班时间，大家都在忙着准备当天的工作，所以茶水间和会客厅附近静悄悄的，门那边的窃窃私语也就听得很清楚了——那是两个女人在说悄悄话。

“听说程总是自杀的，太可怕了，前几天周末的时候，还有人看见警察来搜查程总的办公室了呢。”一个嗓音尖细而婉转的女人说。

“真的呀？太不可思议了，程总可是个纯爷们儿，为什么啊？”一个略带东北口音的粗嗓门接着说。

“好像说程总近两年身体一直有问题……”

“他不是经常锻炼身体嘛，没看出来啊，身体哪里有问题？”

“听她们说是脑瘤，不知道真的假的。真是好可惜啊，这么帅气又能干的老板，很少见的哦。据说啊，下一步接替总裁工作的，可是现在的李副总裁哎。”

“什么？那个死胖子，一天到晚拉着个死人脸，好像谁欠他两毛钱似的。他能行吗？”

“是啊，我也是这么想的。不过，我倒是更想看看那个邵晶晶，还像原来那么嘚瑟不？整天像只绿皮鹦鹉似的，既聒噪又善变。李总可是一直看她不顺眼，这下有好戏看了。”

晓君听见“邵晶晶”三个字，不由得更贴近门口一些，生怕漏掉门那边传来的任何一个字。

粗嗓门接着说：“大家都不喜欢这个邵晶晶，感觉程总其实对她也不是很满意，只不过她也算是公司的老人了，将就着用呗。”

“那人家自己可不这样想呢，据说啊，她原来还一直想入非非，要做咱们的总裁夫人呢！”

“切，就她那种古怪的脾气啊，程总才看不上她呢，别做梦了……”

这时，陆晓君听见会客厅门口传来一阵脚步声，便马上转过身来，走到沙发边坐下。一个戴着黑框眼镜、身形微胖的男子推门走了进来。

两人握手寒暄了一下，对方掏出了一张名片递给陆晓君，名片上印有“市场部总监 杨文斌”的字样。陆晓君知道这个名字，昨天下午刘警官跟她介绍案件前期调查过程时，提到专案组曾经到嘉德公司调查的情况，在他们单独谈过话的几个人中，就有这个杨文斌。

杨总监简单地介绍了一下自己——他是专门对接客户需求和招投标事务的负责人，他说程总裁出国休假了，所以最近可能不大方便联系，如果有什么项目需求的话，可以先跟他初步沟通。

陆晓君把刚才跟前台那位姑娘说的话，又对杨总监说了一遍，只不过描述得更加详细一些。杨总监频频点头，一边听一边在笔记本电脑上快速做着记录，厚厚的眼镜片在灯光的斜射下有些模糊，让人很难判断，他的眼睛是否会流露出真实的内心感情。陆晓君一边描述着自己的需求，一边仔细地观察他的动作和神情。很明显，这是一位有丰富咨询经验的项目负责人，不露声色、举止得体，在陆晓君讲述的过程中，不时以点头或微笑来耐心地回应，并鼓励她继续说下去。

陆晓君讲完后，稍微停顿了一下，然后用不经意的口气，再次询问程总裁最近两年工作是否很忙、一切是否安好。并说她很佩服程总裁的才华，准备邀请他过段时间去自己的公司，举办一次中高层的培训课程。

杨总监脸上明显有些黯然，他稍微低下头，用手扶了扶自己的黑框眼镜。不过几秒钟以后，等他再次抬起头时，脸上又露出了那种职业的礼节性微笑。他向陆晓君介绍说，最近几年程总裁一直很忙，先是着手组建这家新公司，然后进行部门设置和人员招聘，并建立公司的业务体系。等这些基础性工作完成后，他又带着团队去全国各地开拓市场，高质量地完成所有接手的咨询和培训业务，使嘉德在客户的心目中建立起了良好的品牌形象和市场口碑。所以对于程总来说，出差是家常便饭了，而且出差时经常都是连轴转，从一个城市坐飞机飞到另一个城市，真可谓过着空中飞人的繁忙生活。而关于杨总监自己，他是跟着程总从上一家公司一起过来的，共同参与了嘉德公司的组建和创业过程。

不知为何，杨总监似乎很信任陆晓君，很愿意跟她聊聊关于程路明的工作和生活状况，看得出来他跟程路明之间，应该有着很好的私人关系。也许这些话憋在他心里也不舒服，只是平时很难找到合适的人来倾诉。

陆晓君静静地听着，只是在他说话停顿的时候，稍微插几句话或问个问题，好让他继续说下去。就这样，杨总监对于程路明工作和生活状况的介绍，一直持续了十几分钟。忽然间，杨总监似乎有些惊醒，因为他听到陆晓君问他——听说程总最近身体不大好吧？他快速地抬起头看了看陆晓君，不禁有些吃惊和疑惑，因为他看到她的眼睛有些湿润。

陆晓君掏出手帕，擦了一下发红的眼睛，低声对杨总监说："不好意思，看得出来您跟程总关系很近，听您谈到他的种种生活细节，我实在没有忍住。其实我不是你们的客户，我是程总……嗯……路明的表妹，我叫陆晓君。他的情况我都知道了，我这次来北京是为了处理路明遗留下的一些事情，所以我希望您能多跟我讲一些关于他的事情。"

杨文斌听了陆晓君的话，弯起左手食指，轻轻往上顶了一下自己的眼镜，重新仔细地盯着她看了一会儿，然后说："哦，原来是这样啊！那咱们到楼下的咖啡厅去坐坐吧，在这里聊这些事情不是很方便。”

两个人来到大厦地下一层的商务休闲与餐饮区，找到一家僻静的小咖啡厅，要了两杯咖啡，轻声地聊着。陆晓君问了很多自己关心的问题，杨文斌都不厌其烦地一一作答。

杨文斌详细地介绍了他认识程路明之后，程路明的工作和生活经历——

他是在八年前认识路明的，那时候程路明也是刚跳槽到国际著名的麦永管理咨询机构工作，担任咨询业务副总监的职务，主要负责项目的前期方案设计，以及项目中标后的业务咨询工作。而杨文斌呢，是程路明亲自面试、招聘到自己部门的第一个员工，一直跟着他参与咨询项目的需求调研、招投标和咨询工作，所以两个人私下关系也很要好，经常在工作之余一起郊游、运动。

据杨文斌介绍，两个人在麦永一起工作了五年。在此期间，程路明身上体现出作为一名优秀的咨询专家所应具有的一切素质——知识渊博、善于思考，而且学习力、创造性、沟通力等方面都很出色。他所领导的部门，业绩一直都名列前茅，程路明也逐渐从副总监的职位上，被提升为总监、副总裁。

三年前，程路明被香港嘉德国际咨询与传播集团看中，以创始合伙人的身份创办嘉德国际北京公司，并一直担任总裁。这几年间，嘉德国际北京公司从无到有，完成了若干项有重大影响的咨询和传播项目，逐渐成长为国内具有良好声誉的标杆咨询企业之一。

除了经营管理能力出众之外，程路明对于所从事的业务领域，还表现出很高的深度思考、融合创新水平。他所撰写的几本专著，深受业界好评，其中有两本还曾位居行业“年度十大畅销书”之列。因此在最近几年，程路明去全国各地举办主题演讲或培训时，都会受到学员的热情欢迎和高度评价。

程路明在工作和专业领域成绩斐然，但是感情生活却不很顺利。他曾在二〇〇九年结婚，新娘在一家大型日用家化外企中任职，从事市场管理工作。因为两个人的工作都需要经常出差，所以平时聚少离多。另外，程路明的爱人是一个海归硕士，很小的时候就到国外留学了，她对家庭生活的看法，与程路明的传统家庭观相去甚远，所以过了一两年两人就离婚了。离婚后，程路明也没有再结婚。

听杨文斌讲的这些事情，都是陆晓君很容易就能够想象得出来的。此时此刻，她更想知道的是最近两年程路明的感情经历，不知道杨文斌对此是否了解。她试着问了下他，杨文斌怔了一下，低下头来用小勺搅着咖啡，半天没有作声。

过了一会儿，他跟晓君说，最近两年程路明好像有一个女朋友，但是大家都不知道她是谁，程路明也从来没有跟他提起过。不，没有听说过程路明近两年又有结婚的打算。哦，好像也没听程路明提起他与前妻有什么交往。

陆晓君看到杨文斌不时低头看看左腕上的手表，知道他可能有其他的事情急着处理，便向他抛出了自己最为关心的话题："杨总监，既然您跟路明之间这么熟悉，我想再请教一个让我感到困惑的问题。昨天朝阳区公安局的刘警官，给我介绍了路明一案的调查过程和结论，他说路明是自杀的。但从我过去对路明性格的了解来看，我觉得他不是一个会因病自杀的人。您觉得呢？"

"嗯……实不相瞒，我也是这样想的。我觉得程总是个很坚强的人，说他仅仅因为生病就自杀，那我是不会相信的。但是呢，据我所知，程总是个特别重感情的人，在我认识他之后的八年时间里，他的感情生活经受了多次挫折。曾经有很多次，他在半夜里打电话把我叫醒，让我陪他去酒吧喝酒。我印象中最深刻的一次是在大约半年之前，当时也是我和程总两人一起在外边喝酒，一直喝到了凌晨两点多；程总当时喝醉了，喝着喝着突然流下了眼泪，那还是我第一次看见他流泪呢。他说他这一辈子注定是不会幸福了，感情上总是遇到各种不顺和意外。但当我向他追问发生了什么事情时，他却又不愿意告诉我。所以，如果说程总因为生病之后，又遇到了难以解决的感情问题，那警方判断他自杀也许是有道理的。毕竟，一个人不管性格有多么坚强，他也不是铁打的，对吗？”

“杨总监，您刚才所说的路明流泪那件事情，他跟您说过是因为谁吗？跟他这两年谈的女朋友有关系吗？”

“这些情况我可就不知道了，当时程总并没有告诉我他的具体遭遇。”

陆晓君看到很难从杨文斌这里得到更多的信息了，便客气地向他表示了感谢。两人互留了联系方式后，杨文斌就离开咖啡厅，回公司上班去了。

杨文斌离开后，陆晓君一个人坐在咖啡厅，把今天上午收集到的信息，从头到尾在自己脑中整理了一遍——程路明去世的消息已经在公司传开；他的职位，将由一个人缘不太好的李副总裁接任；据说邵晶晶是个聒噪善变的人，而且对程路明很有好感；程路明的事业发展得很顺利，在业界也很有影响力；程路明的前妻，是个事业型的外企高管，与程路明近来联系甚少（这一点尚未证实）；程路明的感情经历很不顺利，半年前似乎遭遇了一次感情变故；程路明近两年应该有女朋友，但从杨文斌欲言又止的样子来看，他也不能确定那个女人是谁。那么，她——也就是戒指上刻的那个“S”——到底会是谁呢？

陆晓君在咖啡厅坐了一会儿，低头看了下手表，已经快十二点了。往外看去，在楼上工作的一些青年白领，已经三三两两地来到餐饮区，准备找自己喜欢的餐厅用午餐了。陆晓君步出咖啡厅，走到附近一家港式茶餐厅，找了一个靠近角落、视野开阔的座位坐下。随便点了一些餐品后，她就静静地坐在那里，观察着外面熙熙攘攘的人群。

外面来来回回走动的白领们，大多穿着较为正式的职业装，看起来像是金融机构和高端商务行业的从业者。当然也有一些人，穿着诸如圆领 T 恤、短裤凉鞋之类的休闲服装，脸上的表情看起来轻松而不羁，可能就是传说中的互联网创客吧。

如果自己大学毕业后，没有留在济南当公务员，而是来北京去外企或民企上班，现在应该也像这些白领一样，对工作驾轻就熟，工作之余能够出来购购物、逛逛街，或者约几个好姐妹一起去美美容，打发一下闲暇时光。这种生活，应该也挺好的吧。现在想起来，自己也不明白当初那么抗拒来北京，到底是因为什么。

心中虽有许多感慨，但她的思绪并没有为此停留太久。陆晓君脑中还有一个念头，急切地想去查询和验证一番。她快速把午餐吃完，然后经过地下步行通道，来到了隔壁的新光天地购物中心。

新光天地是北京有名的高端购物场所，里面有众多国际顶级品牌入驻。陆晓君来到购物中心一楼，在导购图上找到了那家国际闻名的珠宝厂商。她从程路明家里发现的戒指，就是这家珠宝厂商的定制产品。从今天早上来到嘉德公司时，她就在猜测，去年程路明很有可能是在新光天地的这家珠宝店定制那枚钻戒的。她想去找店里的服务人员聊一下，看看她们对于去年前来定制戒指的主人是否还有任何的印象。

她沿着一楼中间的主通道往前走，经过位于中心位置的总服务台后，转向右边的几家奢侈品牌旗舰店，等她走到第三家店时，马上看见了两个分别印在橱窗和门厅口的巨大LOGO。陆晓君站在店门外向里边看了一下，展厅空间很大，在精心设计的橱窗、地毯、壁灯、展柜的交相辉映下，整个展厅显得华贵典雅。

陆晓君把放在自己包里的首饰盒拿出来，迈步走进了展厅。从右侧展柜后面，走出来一个长发披肩、身穿黑色套裙的年轻女孩儿，她面带微笑地轻声问候："您好！请问有什么可以帮您的？"她一边热情地向陆晓君打着招呼，一边似乎不经意般，扫了一眼陆晓君的穿着打扮。

陆晓君向她点了下头，把手中的首饰盒打开，让对方看了一眼，然后说："这枚钻戒，是去年我老公送给我的结婚礼物。最近我们结婚一周年纪念日快到了，我想挑一个戒指送给他，与这个戒指配成一对。"

年轻的店员听到晓君的话，脸上的笑容更甜了，眼睛都眯成了一条缝。她把陆晓君让到里侧的小洽谈室坐下，请陆晓君把钻戒的服务卡拿出来递给她。她拿过服务卡仔细地看了一下，然后请陆晓君稍候，自己则走到展厅后面的房间去了。几分钟后，年轻店员怀中抱着一个笔记本电脑，陪着一位三十五岁左右的干练女士一起走过来。店员对陆晓君介绍说，这位干练女士是她们这家旗舰店的店长。

店长客气地问候过晓君以后，跟她介绍说，这枚戒指是去年推出的一款经典定制婚戒，并笑着问陆晓君——对先生送的这份珍贵礼物还满意吧？

陆晓君轻轻地点点头，脸上露出幸福而开心的笑容，然后冲店长眨了眨眼，轻声说："我想挑一款能跟它配成一对的戒指，作为今年结婚纪念日的礼物，送给我老公。但是呢，我又不想让他提前知道这件事情，希望到时给他一个惊喜。麻烦您查看一下您的电脑记录里，有没有去年给我买戒指时，我老公留下的适合他佩戴的戒指尺寸呢？”

店长想了一下，把放在桌上的笔记本电脑打开，通过陆晓君给她的服务卡上的商品标号，在数据库中搜索查找了一下，然后抬头高兴地对晓君说：“嘿！好巧，去年就是我接待的您和您先生哦，时间太长，我都不大记得那天具体的情况了。不过很不好意思，我看了一下电脑上的信息，并没有记录您先生佩戴的戒指尺寸呢。”

陆晓君听了这话，马上便明白过来，去年路明是和那个 S 一起，来这家店定制和购买的戒指——这就是她今天来这里调查的目的。这么说，那个 S 是知道程路明准备向她求婚的，而且戒指是两个人一起来挑选的。可是为什么这个戒指，直到现在还在程路明家里呢？也就是说，程路明在拿到戒指后，并没有按照原来的计划向 S 求婚吧？

如果事实真是这样的话，那么设想一下，导致程路明的求婚计划取消或推迟，最可能的原因是什么呢？第一种可能的原因，是程路明和 S 分手了；第二种可能的原因，是程路明在求婚之前，查出来自己患了脑瘤，结果把求婚的事情耽误了。

她心里这样想着，觉得今天真是不虚此行——既然已经证实这个 S 和程路明确实保持着相当亲密的关系，自己便一定能够找到她。

陆晓君微笑着对店长说：“啊，真遗憾，看来从您这里，找不到我老公佩戴戒指的尺寸数据啦。那么我回去再想想其他的办法，等知道他戴多大的戒圈合适之后，我再过来挑选戒指吧，谢谢你们！”

说完这句话之后，陆晓君把自己的戒指收起来放到包里，站起身来准备离开。店长的脸上浮起一丝失望的表情，低下头又重新看了一下电脑，然后抬起头来，略带歉意地对晓君说："女士，真不好意思！当时确实没有留下您先生的相关数据。可能由于只是为了帮您定制戒指，所以只详细测量过您的手指尺寸。您看，当时为了确保我们定制生产的钻戒让您满意，我们还一直保存着您试戴钻戒样品时，特意拍下来的手部特写照片呢！"

陆晓君本来已经准备离开，听到店长的话，不禁心头一震。她强压住内心的惊喜，假装淡定而有点意外地对店长说："是吗？你们可真够细心的呢，我都忘了这回事啦。"

店长马上殷勤地请陆晓君再一次坐下，把电脑屏幕转到陆晓君的面前，屏幕上有四张不同角度的手部特写照片，看来是为了使定制的戒指完工后交付给客人时，能够确保让客人对实际效果满意而拍摄的。

陆晓君屏住呼吸，用右手转动着电脑鼠标，把照片放大了些，仔细地查看了几遍。这几张都是无名指上佩戴着钻戒的女人左手照片，那堪称一只完美的玉手，手指白皙细长，指甲上涂着淡粉色的指甲油，在璀璨钻戒的衬托下，显得优雅而脱俗。可以想象这只手的主人，一定是个与众不同的女人。除了出众脱俗的美，这只手上还有两个特征值得陆晓君记住——其中一个是这个女人的无名指很长，远远超过食指的长度；另外一个是在这只左手的小手指外侧下方，有一颗细小的黑痣，与手上白皙的皮肤形成了鲜明的对比。

陆晓君把这两个特征记在心里，再次站起身来，高兴地向店长表示感谢，并强调说自己一定会尽快回来为先生购买戒指的。然后她在店长的热情欢送中走出店门，向远处走去。

# 第五章 助理和司机的证词

二〇一六年八月二日，星期二，下午

北京华贸中心

陆晓君离开珠宝店后，走到周边的一些品牌店随便转了转，然后沿着刚才前往新光天地的步行通道，走回了华贸中心。等她找到位于华贸中心二楼的星巴克，并买了一杯卡布奇诺坐下来时，离她与邵晶晶约好见面的三点钟，只剩下不到十分钟了。

她坐在靠咖啡厅里侧一个安静的角落，把咖啡纸杯上面的杯盖拿掉，用小勺在杯子里轻轻地搅了几下。咖啡很烫，陆晓君稍微侧脸看了一下杯子外面，杯外本来套紧的防烫隔热垫有些松动，滑到了杯子底部，她轻轻地把它拉高，紧紧地箍在咖啡杯上。

陆晓君虽然称得上是一个长相出众、待人平和的女人，但当她出现在公共场所，却并不特别引人注目。这是因为她身上有一种与生俱来的独特气质——冷静、淡然；不卑不亢、不动声色。这种气质和姿态，有种天然的距离感。这种距离感，是女人对自己最好的保护色，既让自己减少很多被人搭讪的麻烦，更使身边看到她的人，不由自主地在心里产生一丝尊重和敬意。

陆晓君从小就在学习和生活中展现出富有条理的本性。她上大学后，参加学习之外的学生组织与社会活动多了起来，像什么辩论社、英语苑等。在参加社会活动的过程里，她又逐渐发现了自己的另外一项特质——她对人的脸部特征和身体姿态，有天生的辨别和记忆能力，而且她还非常乐意通过人们的外貌和行为，来推断他们的性格和思维习惯。可能这些特质，是让她愿意从事法官职业的一个原因。因为这种职业，既需要调用人的理性思考和逻辑分析能力，又使她对人们外表长相和性格特征的天生直觉，有了用武之地。

陆晓君天资聪慧并且勤奋好学。她在参加工作几年并积累了一定经验之后，很快就从书记员转为助理审判员，然后一步一步地晋升为审判员、副庭长和庭长。法院里的工作环境，对于学习法学的年轻人来说，在其个人成长和经验积累方面具有较大的优势。一般来说，在法院工作的年轻人，一年接触一两百件诉讼案件是很平常的事情。在此过程中，他们可以看到形形色色的当事人，接触到各种各类的代理人（包括但不限于律师），随之而来的是对社会全景和人生百态的了解和洞察，这是年轻人职业生涯中最宝贵的经历。在地方法院内部，法官和领导、同事之间是相对比较独立的，他们有较为自主的工作裁决权。因此，陆晓君在外人看上去从容镇定、冷静淡然的气质，也与她的工作经历息息相关。

她一边慢慢地转动着箍紧隔热垫的咖啡杯，一边看了看周边座位上的客人。客人不多，大部分人现在正是上班时间。她突然想起了些什么，马上把刚才放在包里的首饰盒拿出来打开，取出里面的戒指，戴在自己的左手无名指上。戒指的内侧手感平滑，与手指的皮肤十分贴合。铂金戒托被精心处理成低调的亚光灰，衬托出钻石的晶莹炫目，当戒指戴在陆晓君手上时，原本白皙的手指更显得楚楚动人。这枚戒指虽然算不上太过奢华，但设计与做工上的种种精细之处，仍然体现出大牌设计师的深厚功力和良好素养。

这时，一个高个女孩扭动着腰肢，从电梯口向咖啡厅走来。

陆晓君一看到她，不由得在心里暗笑一声，这是她最近两天深陷烦忧之余，第一次难得有想笑的冲动。因为正在向她走过来的这个女孩，正如上午在嘉德公司茶水间里那对窃窃私语的同事所言，太像一只绿皮鹦鹉了。不，绿皮鹦鹉还不够准确，应该说是一只鸮鹦鹉。她曾经在电视节目上，见过对这种生活于新西兰、长着一张猫头鹰面庞的濒危鸟类的介绍。

迎面走来的女孩，身穿一件翠绿色的韩式长衫，搭配以白色的七分裤，脚上穿一双鞋跟细细的高跟鞋。她的衣着，配上她一步三摇的走姿，简直要把连接电梯口和咖啡厅之间的廊桥窄道，生生地变成超模们释放撩人风情的 T 台。

女孩似乎察觉到了陆晓君关注的目光，站住后稍微迟疑了一下，便向陆晓君的方向走来。陆晓君站起身来，轻声地向她打了个招呼，询问她是否就是自己约见的人——程路明的助理邵晶晶。女孩点点头，冲陆晓君咧嘴笑了笑，她似乎不用确认，就认定了陆晓君的身份。于是两人寒暄了几句，在座位上坐了下来。

女孩跟陆晓君随口寒暄着，趁陆晓君为她去柜台点取饮品的时候，不停地上下打量着她。有这么一种女人，在与同性打交道的时候，会先在心里对对方做一番品鉴和评估，首先把她归在自己“敌军”或“友军”的菜单里，然后再决定如何对付她。但今天这个女孩，盯着陆晓君看了几分钟后，却少有地感到难以像平常那样，轻易地给她打上明确的标签。因为，她感觉陆晓君是个成熟内敛、待人友好的人，初次见面，很容易给人留下良好的印象。不过呢，在她稳重平和的外表背后，似乎还有一种难以捉摸的气质蕴藏其中。这种感觉究竟从何而来，她一时也说不清楚。

陆晓君取完咖啡回来就座后，便准备开始跟邵晶晶聊程路明的事情。一听陆晓君提到程路明，邵晶晶脸上马上露出一种古怪的悲伤。她的表情之所以让人感觉奇怪，是因为她作为程路明的助理，感到难过本是人之常情；但现在浮现在她脸上的悲伤神情，总是让人觉得有些表演的成分。而且这种表演，还是那种蹩脚演员用力过猛的夸张戏码——就像是把舞台剧中表演的风格呈现在现实生活中，多少会让人感觉有些突兀。

陆晓君饶有兴味地端详了邵晶晶几秒钟，面前是一张很容易被人记住的脸。饱满的前额，颧骨很平，鼻梁很高且像凸起的鸟喙一样弯向鼻尖，经蓝色眼影和黑色眉笔夸张修饰之后的眼睛显得大而且圆。浓彩重抹的面容，明亮游移的眼神，再加上说话时喜欢瞪大眼睛、嘟起嘴巴的习惯，轻易就会给人留下过目不忘的印象。

"邵小姐您好！我是程路明总裁的表妹，我叫陆晓君。很感谢您能够抽空跟我聊一聊。"

邵晶晶突然有些诡秘地笑了一下，一秒钟后，又恢复了一本正经的表情。"您才不是程总的什么表妹呢，您是他的初恋情人，前几天警察来程总办公室搜查过他的东西啦，还特意找我了解是否有您的电话呢。"

晓君有些惊讶地说："可是警察也并不知道我和路明的关系啊，您怎么会了解呢？"

"那您就不知道了吧，去年冬天程总去济南，跟着您偷拍了一天的照片。那些照片，还是我帮着去照相馆洗出来的呢。您想想，世界上会有跟在表妹屁股后面偷拍照片的表哥吗？这明显是情哥哥和情妹妹的把戏呀！"邵晶晶一边说，一边做出瞪眼嘟嘴的表情，这次还附送了两条高高挑起的眉毛。

被她这么一说，陆晓君也不禁莞尔一笑。

“邵小姐，您真可爱。您与程路明一起工作很久了吧？其实这几年我跟程路明没有太多交往，听说他的身体这两年不大好吧？”

“对呀，我给程总做助理有两三年啦。不过呢，我只是对他的工作情况比较清楚，说到身体健康和生活方面，我就不大了解了。”

“嗯，明白了。不过呢，我听公安局的刘警官介绍说，程路明对您可是非常依赖和信任的，很多个人的事情，也委托您帮他办理呢。请您把对程路明病情所知道的细节，都跟我说一说吧，我真的非常想了解他生前的病情变化和生活状况。”

邵晶晶嘟着嘴巴，斜着眼睛看着左前方的桌子腿，半天没有吱声。陆晓君带着期待的笑容，盯着她的眼睛。邵晶晶的眼光，终于从桌腿回到陆晓君的脸上，然后像雷达一样，在面前这张恳切的脸上来回扫视了几遍。这时，她好像下定了什么决心一样，开口说道：“嗯……是这样的，程总是从去年九月份开始，经常去医院做检查的，据说他得的是脑瘤。但是他去医院时，我从来没有陪他一起去过，基本上都是程总的司机李晓明开车送他去医院，然后陪他挂号、看医生的。所以，说到程总的具体病情，我可能帮不上太多忙！”

“哦，是这样啊。那路明回单位后，有没有跟您聊起过他的病情啊？”

“从来没有哎。除了少数几个高管之外，我们公司的大部分员工，在程总出事之前，基本上都不知道他生病的消息呢。”

“那李晓明跟您提起过，路明生病的具体情况吗？”

“这个，嗯……不瞒您说，我和他呀，倒是经常在工作之余，一起聊聊家常。他跟我说过，程总有可能得的是良性脑瘤。不过有一次他跟我提起过，好像听程总说，大夫建议这个病要做手术的。所以这次警察突然说程总是自杀时，我还挺惊讶的呢。我都不敢相信，像程总这样坚强的人，怎么会做出这样的选择呢，人家大夫都还在努力找办法给他治疗呢。不过，反过来想呢，这也说明程总的病情可能还是挺严重的，只不过他在公司时从来没有跟大家提起过，也许是怕影响公司的业务发展吧。”邵晶晶又一次瞪圆了双眼，眉头微皱地说。

听到这话，陆晓君心里一阵激动。看来这个邵晶晶，还是比较了解程路明的性格的，她对具体的病情虽然了解得不够清楚，但是作为程路明身边比较熟悉的人，也觉得事情的发展有些出乎意料。

“是呀，您说得很对，我也是这样想的。对于路明自杀的结论，我是很难一下子接受的。请问李晓明现在还在公司吗？我想找他聊聊，了解一下路明的病情，以及替他看病的医生的情况。”

“李晓明呀，他现在已经从公司辞职了。在配合警察做完取证工作之后，他就离开北京回老家了。因为他是几年前在公司刚刚创办时跟着程总一起过来的，程总发生这个事之后，他感觉以后没有领导罩着他了，所以也就离开了。其实呢，现在恐怕连我在这个公司也干不久啦，一朝天子一朝臣嘛，这也是很正常的，对吧？不过，您可以给他打电话聊聊，我等会儿把他的电话号码发给您。”

对于眼前这个被同事在背后非议的女孩，陆晓君的印象倒是不错。虽然她的有些行为举止看起来稍显浮夸，但是做事情还是比较靠谱的。当然啦，她是程路明的助理嘛，肯定不会是个笨蛋。陆晓君沉默了一小会儿，假装不经意地把戴着戒指的左手放在桌面上，轻轻地用手指转动着咖啡纸杯。

果然，邵晶晶不断转动的眼珠，一下子定住了。她突然变得专注的神色，明确显示出是被陆晓君手上的戒指吸引了。陆晓君悄悄地注视着她的脸，她脸上这一刹那显现出的表情，是惊讶，还是带有一丝犹疑的成分？

好像都不是！那种表情，只是她不加掩饰地流露出来，对这枚钻戒单纯的羡慕和喜欢而已。陆晓君在心里叹了口气，悄悄地对自己说——坐在自己面前的，只是一个有些前卫、容易被事物外表迷惑的年轻女孩而已。她还只是个简单的孩子，不善于也不屑于去考虑和处理那些复杂的人际关系。她觉得只凭她睁大眼睛、嘟起嘴巴，就已经可以解决天下所有的难题了。

这个女孩不是S，虽然她的姓名第一个字是以S打头。她肯定不是S，她没有见过这枚戒指。况且，在邵晶晶刚刚坐下的时候，陆晓君已经观察过她的左手了，她的无名指并不长，手掌外侧也没有任何的黑痣。

陆晓君又跟邵晶晶聊了一会儿，问了一些程路明工作上的点点滴滴。这些事情，对于她心中所寻找的答案，虽然没有多少帮助，但是对于此刻的陆晓君来说，却是她很乐意了解和知晓的。好像聊起这些话题，不但让她能多了解些程路明近几年的经历，更让她感觉到自己的心，与程路明稍稍拉近了一些。

下午四点多的时候，邵晶晶回公司上班去了。看着她远去的背影，陆晓君在想，像这样的女孩子，思维敏捷、狡黠善变，脑中有着无数新鲜前卫、稀奇古怪的幻想和念头，她们对各种事情都充满着好奇，凭着自己得意的小聪明和小把戏，游离于形形色色的人和事之间。她们虽然做事不够专注持久，热情来得快去得也快，且看待事物流于表面、稍显肤浅，但是从另一方面来讲，她们也不用背负那么多的心理负担，过得很自由也很快乐。

那么自己呢？与邵晶晶相比，多年前自己在她这个年纪时，背负着父母的期望枷锁和人们追捧的所谓社会地位的压力。更重要的是，自己的内心在不知不觉之间，屈从于这些外在的压力，放弃了心中对自由和远方的梦想，更错过了自己最爱的那个男人。白驹过隙，人生中最美好的青春年华，就这样从指尖溜走。十多年以来，自己再也没有过哪怕一刹那的脸红心跳，没有过哪怕一次死去活来的心灵放纵。而且，她不仅自己过得毫无光彩，还辜负了徐磊的一番爱意，浪费了他几年的宝贵时光。

女人本质上还是需要爱和被爱的。再让人羡慕的工作，或者光鲜亮丽的财富地位，也不过是优昙钵华、过眼云烟。现在的自己终于真正成熟了，能够从容正视自己的内心，懂得了自己的渴求和需要，可是很多事情早已时过境迁、沧海桑田。

她现在才真正明白，自己该是有多爱程路明！而她和程路明之间的爱情，又该是多么难得而值得珍惜的呀！现在他已经永远离开了这个世界，自己只不过是感念于内心对他的依恋，就这样为了找出他去世的真相而不畏艰难、勇往直前。那么，假如程路明现在还活着，自己又会为他做出什么样的事情来呢？

良久之后，陆晓君掏出手帕，轻轻地擦了擦眼睛。她长吁一口气，重新振作精神。思忖片刻之后，她从包里拿出手机，按照刚才邵晶晶留下来的电话，给李晓明拨了过去。

嘟嘟的手机铃声，在她耳边响了半天，但没有人接电话。她又一次拨打电话，这次对方直接挂断了。陆晓君想了想，可能对方不熟悉她的手机号码吧，但不管怎样她是一定要联系上对方的。她执着地又连续多次拨这个手机号，最后对方估计终于按捺不住，接通了电话。

“喂……谁呀？”手机里传来很不耐烦的男高音。

“您好！请问您是程路明总裁的司机——李晓明先生吗？我是他的表妹，我叫陆晓君。”

“哦……您好……啊，嗯……我是李晓明。”

手机里传来的声音，听起来有些困惑。可能陆晓君的来电出乎他的意料吧，所以他一时之间感到有些惊讶，也是人之常情。

陆晓君赶紧接着说下去：“是这样的，我表哥路明去世前，曾经留下一份遗嘱，让我来继承他的一部分财产，所以负责办案的刘警官，通知我来一趟北京办理交接手续。他告诉我说，您为路明开车时间很久了，如果有些事情需要了解和帮助的，可以打电话找您帮忙。麻烦您啦，李先生。”

“哦，是这样啊，我有什么能帮上忙的，您尽管跟我说吧。”李晓明一开始有些僵硬的声音，逐渐和缓了下来。

“好的，谢谢啦！听说我表哥生病以后，都是您陪他去医院检查身体的。您能为我介绍一下他的病情，以及他就诊的医院和医生的情况吗？”

“嗯，好的。没错，大多数时候是我陪他去医院的。不过也有几次是程总自己开车去的医院，他跟我说因为不需要做检查，只是去咨询医生的意见，所以不需要我陪。他一直是在北京天坛医院看病的，挂号的科室是神经外科，帮他看病的大夫，好像是一个叫林复生的主任医师。但是我没有见过这位林大夫，因为程总看病的时候都是让我在外面等着，每次都是他自己去见大夫的。”

“哦，那您对路明的具体病情了解吗？他到底是什么病啊？病情很严重吗？”

“程总没有跟我说得太清楚，只是听他说好像是脑部的问题。我有一次在帮他挂号的时候，看到他的病历上写的是脑瘤。对了，程总在最后一次看病后，当天中午曾经让我给他复印过历次看病的病历，当时他说医生建议他尽快做手术，所以把病历复印一份留着备用吧。现在好像有一份复印件，还在他的宝马车里。不过，在程总出事后，病历的原件都被警察拿走了，说是调查要用。”

“那路明第一次检查出生病，是在什么时候呢，您还记得吗？”

“我想一下哈，嗯……好像是去年九月份，具体哪天我不记得了。病历上应该都有记录的。”

“好的，等会儿我去车里找一下。对了，在知道自己生病之后的这段时间里，路明的情绪有什么变化吗？”

“嗯……好像基本没有什么太大的变化，刚开始的一两个月，我感觉程总情绪有些受影响，比平时说话少了一些。不过呢，过了那段时间之后，好像跟平时就没什么差别了，他也很少在我面前提起他的病情。噢，对了，好像只有一次，他在车里不知道给谁打电话的时候，说可能需要做手术治疗来着。”

“哦，是这样啊。那在他出事的当天，也就是七月十五日当天，路明去过医院吗？”

“对，没错，那就是他最后一次去看病。那天上午，是我陪他去了一趟医院。”

“啊！那他从医院出来以后，情绪看起来怎么样呀？”

“嗯，那次他看起来心情不太好，回来的路上，也一直没跟我说话。”

“那您能把当天他的具体行程，跟我详细地说一下吗？比如说，他具体几点去了哪里，以及都见了什么人之类的。”

“哦，好的。早上大约八点钟我去程总家接上他，九点钟左右到了天坛医院，然后他在十一点左右看完了病，中午去公司附近用的午餐。下午程总好像在公司开会来着，晚餐他是在东三环一家餐厅跟别人一起吃的。吃完饭我就送他回家了。”

“他晚上在哪家餐厅用餐？您知道他是陪谁吃饭的吗？”

“餐厅的名字叫松海楼御膳坊，程总原来经常去那里宴请客户。他那天跟我说是陪客户吃饭，我没有跟到餐厅里边去，具体他是跟谁一起吃饭，我还真不知道。”

“哦，那您晚上送他回家时，是在几点钟啊？”

“我想一下啊，我记得是在九点多钟吧，具体时间不记得了。”

陆晓君稍微停顿了一下，然后问对方：“李先生，您现在是住在北京吗？如果方便的话，我想见面跟您聊一下，可以吗？”

“啊，陆小姐，不好意思！我前几天已经回老家了，因为程总的原因，我今后也不想再留在北京工作了。不过您要是以后还想了解什么事情，直接打我电话就行。”

“嗯……那好吧，非常感谢您哈。我以后再联系您，再见！”

挂断电话以后，陆晓君觉得自己的心情稍稍好转了一些。不管怎样，从刚才与李晓明的通话中，她总算在眼前的一团迷雾中，找到了几个可以去尝试的方向。也许，尽快去找林医生了解一下程路明的病情，或者去松海楼餐厅找相关的服务人员聊聊天，都会带给她新的启发和思路。她快速地收拾好自己的东西，起身离开了星巴克。

陆晓君叫了一辆出租车，乘车回到了阳光花园小区。她没有上楼回家，而是直接坐电梯去了地下车库。地下车库只有一层，里面停满了各种高档汽车。

二十八号车位位于地下车库南侧的中间位置，离去往六号楼三单元的入口不远。程路明的那辆黑色宝马轿车，静静地停在车位上，长长的车身落了薄薄的一层灰尘。

陆晓君从包里找出汽车的钥匙，打开车门，然后坐到了副驾驶的位置上。她在车里静坐了片刻，默默地前后打量着车里精美的内饰，以及任何可能残留着程路明个人气息的私人物品。车里很整洁，并没有太多杂物置于其中。

她打开副驾驶前方的储物盒，里面有几张经典的交响乐CD，还有一些汽车保险、驾驶手册之类的书面资料。在储物盒中最靠里侧的地方，有一个蓝色透明的文件夹，她拿出来看了一下，里面夹着的正是程路明的病历复印件。

陆晓君急忙取出这些复印的病历记录，打开汽车顶部的阅读灯，迫不及待地读了起来——程路明因有段时间经常感觉头晕，于是在二〇一五年九月九日，第一次去天坛医院神经外科检查身体，经初步检查，医生怀疑可能是脑部病变；二〇一五年九月十六日，经脑部CT检查，在脑颅颞叶后部，发现直径约一点五厘米的肿瘤；二〇一五年九月二十三日，经核磁共振成像检查，发现高、低混杂信号，信号强度基本均匀但不够清晰，对肿瘤的结构及周围水肿状况，还需进一步检查和确诊；二〇一五年九月二十八日，进行了PET脑部扫描，对肿瘤的性质和边界做了进一步检查，但仍无法确诊肿瘤是良性还是恶性，医生建议手术治疗，并在肿瘤切除后进行进一步的活检，以确定后续的治疗和康复方案。

不知道为什么，这本病历的记录中，并没有进一步检查的任何信息。其中的原因不得而知，也许是程路明自己在犹豫是否马上接受手术，也许是他与大夫达成了共识，希望进一步观察后再确定治疗方案，也可能是程路明想把生活上的事情安排妥当之后再进行下一步的诊断和治疗吧。

再往后看，下一次的检查记录已经是在二〇一六年——也就是今年——的五月份，而最后一次检查时间，则正是二〇一六年七月十五日！

最后一次的诊断建议是这样写的：建议患者尽快采取手术治疗，然后视术后实际情况，制订下一步的康复或治疗方案。

从这本病历的内容来看，从去年九月份开始，一直到今年七月份的历次检查过程中，一直都是林复生大夫作为主治医生为程路明进行检查诊断，并提出具体的诊疗方案。而林医生对于程路明的脑瘤病情，似乎一直都不能确诊是良性还是恶性，但是他始终在建议手术治疗，然后在术后进行肿瘤活检，以进一步确定康复治疗方案。

这么推测起来，医生的上述检查结果和治疗建议，应该可以与邵晶晶和李晓明的话相互印证。他们两人都说，程路明在去年九月份初次检查后，曾有一段时间比较低沉，但此后又慢慢地恢复了平时的样子，精神状态也比较稳定。这可能跟程路明对病情的了解逐渐深入有关，也可能跟他在病情以外的其他遭遇有关。从去年九月份到两周前，程路明的身上，都发生了哪些故事呢？

至少有一点基本是可以确定的，程路明于去年八月份定制了那枚求婚戒指，但却在后来放弃了求婚的计划。或者，也有可能是程路明已经向S求过婚，但后来S又把戒指还给了他。这一点，肯定与他的病情有关。无论如何，这是目前最可能有所突破的线索。陆晓君决定要沿着这条线索，尽快往下发掘更多有用的证据。

陆晓君从车里出来，锁好车门，然后经过地库连接单元门的入口，来到六号楼三单元的电梯口。很快右侧电梯便下来了，陆晓君走进电梯，按下十五层的按键，电梯慢慢地升起。

不过，电梯在一楼停住了。电梯门口有一个身穿黑色套裙的女人，正在弯腰提起地上的一个储物袋。那个女人长发披肩，戴着一副时尚的墨镜，快速地进入电梯。但很显然，她好像没有料到电梯里还有别人。她在进入电梯后，不禁稍稍迟疑地停住脚步，然后转过身去。陆晓君看她手里提着不少物品，便轻声问："您到几层？我帮您按一下按键吧。"

那个女人稍微停顿了一下，露出些许笑容的脸上，有一对好看的酒窝。"哦……我是到十六层，谢谢您！"

电梯在十五层停下后，陆晓君向对方轻轻地点了点头，便走出电梯回到了程路明的家中。

现在已经是傍晚六点多钟，陆晓君决定等会儿随便叫个外卖，等吃完饭后，便要继续着手整理程路明家里的物品。她决心要把昨天晚上还没来得及检查的地方，都细细地查看、整理一遍，希望能为解开程路明之死的谜团，找到更多有用的证据。

不知道为什么，也许是源于优秀女法官的第六感吧，陆晓君心里隐隐地感觉到，除了那枚戒指之外，程路明的家里一定还有某个重要的线索尚未被警察和任何人发现，正在等待自己去找到它。

# 第六章 交错的时光

二〇一六年八月二日，星期二，晚上

北京，松海楼餐厅和阳光树茶餐厅

晚上六点多钟，随便叫了个外卖吃完之后，陆晓君开始便着手整理各个房间。

程路明的主卧，昨天已经仔细地检查过了。剩下的两个卧室，其中一个是作为客用起居室使用的，看起来已经很久没有人住过了，床上的被褥全部叠得整整齐齐，上面都罩着防尘被罩和床单。另一个卧室则被改造为储存间，里面存放着程路明的一些个人物品和杂物，其中最多的是越野用具和户外用品。陆晓君把这两个房间细细地清扫整理了一遍，并没有发现什么有价值的线索。

客厅显得很空旷，没有太多的地方需要整理，因为摆放的家具和物品很少。东面靠墙放置的电视柜上，摆放着一台大屏液晶电视，电视旁边立有两个黑色的音箱。在电视柜对面的西侧墙壁下，是一组呈现为“U”形的真皮沙发，沙发环绕的中间位置，则是一张配有茶具的木质茶几。

陆晓君把客厅收拾完以后，来到靠近南侧的阳光房。这儿摆放着一张深褐色的藤质躺椅，看来程路明以前在空闲的时候，会躺在上边休息。陆晓君在藤椅上半躺下来，透过三面环绕的落地玻璃窗看着窗外，想象着程路明以前躺在藤椅上休憩的样子。

大约一刻钟后，陆晓君收回自己的目光，重新打量着身边阳光房里的布置。藤椅旁边有一个不大的圆桌，圆桌分上下两层。上层桌面上有一个小小的杂志架，架子上插着几本汽车和旅游杂志。下层则放置着一个圆形笔筒，笔筒里随意地摆放着几支铅笔，笔筒旁边是一个厚厚的硬壳纸盒，看上去像是影集外面的封套。

她赶忙坐直身体，欠身把纸盒拿过来。打开纸盒后，里面果然装有一本影集。陆晓君如获至宝，起身把阳光房里的顶灯打开，然后翻开影集仔细地看了起来。

打开影集后，里面是一张张透明的照片夹页。在扉页的夹页里，竟然插着一张白色的目录，里面用黑色钢笔写成的漂亮小楷，标示着影集里每页照片的内容。陆晓君不禁哑然失笑，这可真是典型的程路明风格，总是这么细致而有条理。

不过，当她随手翻过目录，看到第一张照片的时候，她的笑容却一下子僵住了。这竟然是一张程路明和自己的合影，而且是一张旧时的照片。陆晓君仔细地看着照片里的程路明和自己，好像是他们上大学时的样子。照片下面题有一行小字——“陪晓君来北京参加托福考试，2002.7”。

陆晓君急忙翻回到扉页上，盯着目录上的小字，仔细地看了起来。

看来这本影集，是程路明对自己十多年来感情生活和工作经历的纪念。里面的几十张照片，都是按照时间顺序的先后排列着，有程路明在大学里读书时的留影，有他来北京后在几个单位的工作照片，有他与前妻俞婧的合影，有他与朋友外出越野游玩时的留念，还有几张照片记录下了他在讲台上演讲的风采。

陆晓君一张张地浏览着。等她看到程路明与前妻的合影时，不由得停下翻动照片的右手，仔细地看了一会儿。照片里的俞婧，看上去一副精干的模样。干净利索的短发，挺直的鼻梁，再配上她脸上自信的笑容，很像是电视里女强人的样子。影集中俞婧的照片并不多，只有两张她和路明的合影，看时间应该是在他们离婚之前拍下来的。

陆晓君沉思了片刻，按照这本影集扉页目录中标注的时间来看，应该是程路明今年上半年才整理出来的，但是关于俞婧的照片只有这两张，而且都是五六年之前的老照片了，那么这是否说明，最近几年程路明和俞婧联系得很少？自己还有必要去找俞婧，跟她了解一下有关程路明的情况吗？

陆晓君轻轻摇了摇头，暂时在心里把这个念头按下，接着翻看其他的照片。在后面工作和游玩时的照片里，程路明脸上都挂着她熟悉的笑容，爽朗、热情，却又有一丝丝的腼腆。程路明笑着的时候，两条浓眉总是高高地耸起，眉间的皮肤皱成几条竖着的浅纹，像是一个“川”字。

看到这些年来程路明有过这么多开怀大笑的时刻，陆晓君心里感觉很欣慰，毕竟这是她最爱的男人，而他又这么早地离开了这个世界。这些快乐时光好像在告诉别人，他为了理想来京城打拼，虽然辛苦奔波在所难免，但总体来说还是快乐满足的。欣慰之余，陆晓君心里却也不由得感觉到一丝酸楚，如果程路明这些定格的镜头中，都有自己陪伴的身影，那该多好。

看来昨天刘警官跟自己提到的相册，就是自己手上的这本影集了。因为在这本影集的后半部分，中间缺少了十来张照片，而从空白处程路明标注的文字来看，确实是在去年陆晓君生日那天，程路明去济南偷偷拍下来的她的照片。根据昨天刘警官所言，那些影集中空缺的照片，是在前些天被警察收集证物时拿走的，也就是昨天他还给自己的那些。

陆晓君把影集来来回回翻看了几遍，心中不禁有些失望，因为在这些照片里，她没有找到自己最想找的那个人——程路明想要求婚的那个“S”。

这真是一件奇怪的事情，陆晓君心里非常肯定，那个女人一定是真实存在的。这可不是她的臆测，在程路明衣柜中找到的那枚戒指，新光天地珠宝店电脑里那只美丽的纤纤玉手，杨文斌跟她谈话时脸上欲言又止的表情，都明明白白地告诉她，程路明近两年的生活中，一定有这么一位关系亲密的女朋友。可是，为什么程路明的手机里既没有她的照片，也没有跟她之间的聊天记录？而且就连这本程路明最近整理出来的影集里，她都没有出现？

难道说，在程路明出事之后，有人偷偷地把他留存的相关照片和其他地方存放的证据，都拿走、删除或者销毁了？如果当真如此，那么这个人的嫌疑可就很大了。

还有一种可能，那就是这个“S”在知道程路明生病之后，已经与程路明分手、离他而去，从而使得程路明感到非常伤心，导致他自己删除或毁掉了这些照片或证据？如果实际情况是这样的话，陆晓君原来认为S是最大嫌疑人的假设，推敲起来就很不合理了——因为如果S当真已经离开了程路明，她当然没有理由再来伤害他呀。

陆晓君在房间里面来回走动着，推测着各种各样的可能性。种种念头纷至沓来，在她脑中来了又走、纠缠不清，最后终于让她感到有些头疼胸闷，不得不站在窗边稍事休息。

程路明的房子，位于小区最靠南侧的一排楼房中。从楼下的通道往南穿过小区南门，小区外面是一片宽阔、平整的草坪。经过草坪之后，有几排郁郁葱葱的参天大树，树干很粗，看上去至少有几十年的树龄了。在城市快速发展的这些年里，能留下这些年代久远的树木，真是非常难得。

这几排沧桑的古树之间，有一条东西走向的小径，在冲天的硕大树冠间隙里若隐若现。小径边上有几盏间距很远的路灯，昏黄的灯光洒在树林和小径中，看上去一派静谧闲适的气息，与都市的喧嚣繁忙，形成了鲜明的对比。陆晓君数了一下，几百米的小径上一共有九盏路灯。

经过这九盏路灯之后，在小径西侧尽头，可以看到一座两层楼房的古式建筑。小楼四周砌有灰白色的砖墙，楼顶铺着青灰色的瓦片，西侧是一片宽阔的院子，里面停满了一排排的汽车。整个建筑，笼罩在周围高耸居民楼里透出的灯光中，看上去古色古香，煞是好看。古式建筑西墙的楼门上方，悬挂着几个白色的霓虹大字——“阳光树茶餐厅”，看来这是一个颇有情调的港式茶餐厅。“阳光树茶餐厅”？这个名字听起来有些耳熟，陆晓君却不记得在哪里见到过了。

休息了一会儿之后，陆晓君感觉到心情平复了一些。她回到客厅坐到沙发上，把自己的黑皮笔记本从包里拿出来，翻到昨晚自己写下的五条证据和相关思路，重新认真地看了起来。

片刻之后，陆晓君来回扫视笔记本内容的目光定住了。不知为什么，她突然想起程路明的一本著作《思考的力量》中，在谈到思考的逻辑与分析方法时，有这么一段文字——

逻辑推理即演绎推理，就是从一般性的前提出发，通过推导演绎过程，得出具体陈述或个别结论的过程。演绎推理的逻辑形式，对于理性的重要意义在于，它对人的思维保持严密性、一贯性，有着不可替代的校正作用。

逻辑推理包括演绎、归纳和溯因三种推理方式。其中，演绎和归纳都不是新知识、新发现所由以形成的推理形式。新知识产生的任务，只能通过溯因推理来完成。皮尔士曾经说过，溯因推理是形成解释性假说的程序，它是导向任何新观念、新观点的唯一逻辑运作。溯因法或溯因推理，是从结果推理到最佳解释的过程。换句话说，它是开始于事实的集合，并推导出最合适解释的推理过程。

在溯因推理的过程中，其中最为核心的关键点，在于是否能形成正确或接近事实本源的核心假设。如果缺少这个前提，一切逻辑推理的过程，都将出现南辕北辙的结果。或者也可以这样说——核心假设偏离事实，哪怕只是一个极其微小的误差，也会造成失之毫厘、谬以千里的结论。

陆晓君当初看到程路明书中的这些观点时，就觉得非常有道理。而在她眼前急需找到程路明之死的原因时，不恰恰就是面临这种局面吗？那好了，在她这两天接触到的几个人里，不管是公安局的办案人员，还是程路明身边的同事朋友，大家虽然都对程路明的意外死亡表示出遗憾或惋惜，但他们对于他死于自杀的结论，似乎又并不怀疑。这其中的原因，就是基于她记在笔记本中的这五条证据。

但是陆晓君自始至终一直认为程路明死于自杀的可能性为零。她之所以这样想，一方面是因为她实在太了解程路明的性格了，她的直觉告诉自己，程路明绝对不会在没有安排好后事之前，就突然不顾家人而撒手人寰。另一方面，在她的内心深处，总觉得刘警官给出的五条证据中，隐约有些难以发现的破绽或意外因素存在。而这些破绽或意外因素，一定是解开这桩蹊跷案件的关键环节。

如此想来，就可以按照上述溯因法的原理，从事件的核心假设开始思考，来仔细地分析这五条证据的相互关联。

陆晓君发现，第一条关于遗书的真实性，肯定是不会出错的；而第二条（单元门外摄像头的监控视频）、第三条（家中无可疑人员的指纹）和第四条证据（家门反锁，窗户不可能进来人），却都是建立在第五条证据——也就是程路明是在家里喝了掺有安眠药的咖啡——的前提之下的。这样看来，这第五条证据成为整个证据链的核心假设。那么，这个核心假设如果不是事实，或者如程路明的书中所言，这个假设并不完全正确或者偏离了事实本源的话，那么整个证据链就完全崩塌了。

对，一定是这样的！陆晓君狠狠地攥了一下拳头。她把这些想法，都详细而有条理地记在笔记本上——陆晓君勤于记录各种思路和线索的这种习惯，也许与她在法院工作中必须把每个案件的判决结果和依据都仔细整理成卷宗进行存档有关。

这里面有一种可能一直被忽略了，那就是七月十五日那天晚上，程路明有没有可能是在外面喝了咖啡之后，才回到家中的？根据刘警官的说法，程路明是晚上九点到十一点，喝下了掺有安眠药的咖啡，而司机李晓明说他当晚是九点多钟送路明回家的。如果程路明是在外边喝了咖啡，然后马上就回家了，从时间方面来看是有可能的。现在，只要陆晓君能够证实程路明是在外面喝了咖啡后才把咖啡杯带回家的话，那所有的线条脉络就都能够对得上了。

如果真是这样的话，那么很多谜团将会迎刃而解，程路明死于自杀的原有结论也将完全被推翻。所以，为了判断这种可能性是否存在，有两件事情是必须要首先搞清楚的——第一，程路明喝的咖啡，到底是在外面购买，还是在家里冲泡的？第二，程路明当天晚上是和谁一起吃的晚餐？

一念及此，陆晓君马上站起身来，重新开始清点房间里的物品。这次她的目标很明确，就是要看看程路明家里，是否有他平常自己冲泡的咖啡，不管是速溶咖啡还是现磨咖啡，都必须考虑在内。

没有！程路明家中没有任何一种咖啡！陆晓君只找到了几种比较名贵的绿茶，丝毫不见咖啡的踪影。

那么，还有一种可能，就是咖啡被当成证物，让办案的警察带走了。但昨天刘警官和自己在公安局办理交接手续时，其中的一张纸上列出了办案人员从程路明家里和办公室中带走的物品清单，这些物品中没有提及咖啡的事情。所以，目前看来最可能的情况，是那天晚上程路明在外面喝了咖啡之后，才把咖啡杯带回家里来的。

关于咖啡的事情，也许可以打电话问一下刘警官。但是陆晓君自己心里很明白，在她找到程路明案件的确凿证据之前，要想向刘警官打听与案件相关的一些细节，可能都是比较难办的，因为这不符合相关的司法程序。

在目前的情况下，陆晓君觉得自己急需去了解的，是程路明在七月十五日晚上回家之前，到底和谁在一起。目前来看，要得到这个问题的答案，最好的办法就是去松海楼御膳房餐厅进行探查——因为，根据今天下午李晓明在电话里跟陆晓君所说，那天晚上在他送程路明回家之前，程路明就是在这个松海楼与人共进晚餐的。

陆晓君看了一下表，现在是晚上八点多，正是餐厅用餐的高峰时段。她穿好外出的衣服，带上程路明的手机，坐电梯来到楼下，然后穿过小区中间的广场和花园，朝着小区北门走去。当她走过花园旁边的几棵银杏树时，忽然觉得脊背上升起了一股凉意，这是一种奇怪的感觉，好像花园和树丛的阴影里，有人在窥探着自己。陆晓君停下脚步，快速地转过身体，锐利的眼神向自己走来的方向扫去。附近并没有什么可疑的人，除了影影绰绰的路灯和树木的影子，她什么都没看到。陆晓君不由得轻咳了一声，在心里暗笑自己是不是有些神经过敏，便转身继续往前走去。

她急匆匆地来到小区门口，叫了一辆出租车，赶往东三环边上的松海楼餐厅。在出租车行驶的过程中，陆晓君在程路明的手机通讯录里，用“松海楼”作为关键词搜索了一下，果然搜到了一个人的联系方式——松海楼客户经理马群莉。她猜测程路明在平时电话订餐时，应该是通过这个马群莉来预订的，陆晓君打算直接去找她聊一下。

餐厅离程路明家并不远，出租车很快就到了餐厅门口。陆晓君从出租车上下来以后，抬头看了看餐厅的大门口。一块金色背景的硕大招牌，矗立在高高的门楼顶上，上面六个红色大字“松海楼御膳房”在不断地闪烁。陆晓君从高高的黑漆大门走了进去，马上走过来一个穿着宫廷式马褂的男服务员，热情地向她打着招呼。陆晓君跟他说准备预订下周的宴会，想找客户经理马群莉安排一下。男服务员听完这话，马上便把陆晓君请到前台旁边的休息区就座，然后到后面找马群莉去了。

不一会儿，一个身材丰满、穿着黑色西装的高个姑娘从后面走了过来。休息区里只有陆晓君一个人，她的脸上马上泛起职业性的笑容，热情地跟陆晓君寒暄起来。

陆晓君站起身来，微笑着向对方说明自己的来意，大体意思是说——自己是程路明总裁的朋友，下周需要举办一个商务宴会，招待几十位贵宾，所以程总向她推荐了松海楼餐厅；自己今天专门过来找马经理，就是希望能当面交流一下，把下周的宴会流程提前安排妥当。

马群莉听了陆晓君的介绍，脸上的笑容更加灿烂了。她马上带着陆晓君往三楼的宴会厅方向走去，一边走一边给陆晓君介绍相关情况，并主动地询问参加宴会的人数、招待规格等细节问题。

陆晓君一边跟对方交流着，一边不动声色地观察着她脸上的表情。看起来马群莉并不知晓程路明去世的消息，因为当自己有意提到程路明的时候，她脸上没有任何异样的表情。从这一点上，陆晓君也可以推测出一个事实——公安局的办案人员在前期调查的时候，并没有来餐厅询问过程路明去世当晚的用餐情况。

两人来到一个气派的宴会厅，站在里面聊了一会儿，把陆晓君虚构的商务宴会相关细节一一谈妥。这时候，马群莉对陆晓君的来意已经深信不疑了，送上门来的一笔大生意，就这么轻松谈成，让她明显有些心花怒放。

趁此时机，陆晓君装作不经意地向对方问道："听程总跟我说，他经常过来用餐的，是吧？"

马群莉开心地回答道："没错，他基本上每个月都过来几次呢，每次宴请客人时，都是通过我来安排的。"

"哦，真棒！我今天见到程总了，他跟我说两周前还来用餐了呢。"

"对，是的。他上次来也是我帮他安排的，就在二楼的一个小包间里呢。"

"哦，你们还有小包间呢？能坐几个人呀，程总上次几个人一起来的？"

“嗯，我们有几十个包间呢。大的能坐二十多个人，小包间可以坐五六个人。上次程总来用餐时，一共只有两个人，就他和一位女士一起来的。不过呢，因为他是我们的老客户了，所以我也把他安排在包间里了，包间的用餐环境会安静些。”

听到这里，晓君心里不禁一阵激动。她脸上露出一丝戏谑的笑容，“哦，是吗？他们上次只有两个人过来用餐呀，我知道了，一定是跟他的女朋友一起过来的，哈哈。我今天还跟他开玩笑，问他什么时候结婚，他支支吾吾地没有回答，看来有些不好意思呢。下次我见到他，一定让他请朋友们吃饭，谁叫他有了女朋友，也不跟大家宣布一下呢。”

“哈哈，没错，他女朋友可漂亮了，而且人也很温柔。他们都一起来过好多次啦，每次都是两个人单独来的。下次您让程总请客的时候，只要打电话通知我就好了，我一定安排最好的包间给你们。”

“好呀，没问题。对了，他女朋友叫什么名字啊？下次见了程总，我要是冷不丁说出她的名字，一定会让他大吃一惊。”

“哎呀，她的名字还真不知道。每次他们来的时候，都是程总自己预订包间的，我跟那位美女没有太多的交流啦。不过，她应该不是北方人呢，普通话说得不太标准，但是听起来特别好听，特别像前些年香港电视剧里面女主角说话的声音啦。”

“哦，是这样啊。说到这里，我突然想起一件事情，你们这里卖咖啡吧？参加我下次宴会的几个朋友特别喜欢喝咖啡，我要提前给他们准备好。”

“嗯，我们有咖啡卖的，都是精选上等咖啡豆现磨的咖啡，您放心，到时候我一定提前给您备好。”

陆晓君觉得该了解的情况也了解得差不多了，更多关于 S 的信息，估计马群莉也无从知晓。于是，她又跟这位热情的客户经理随口聊了几句，并相互留下手机号码，便从店中离开了。

松海楼餐厅距离阳光花园小区并不远，走路差不多半个小时也就到了。陆晓君没有搭出租车，她想步行走路回去，顺便也能散散心。于是她在寂寥的夜色中，一个人孤独地走着，马路两边的路灯把她的影子拉长又变短，恰似此刻她在心中展望未来人生旅途的感触——远处的希望灯塔忽明忽暗，内心的生命菩提忽近忽远。

陆晓君不敢往远处看得太远，太遥远的距离、太长久的未来，都是现在的她不愿意去眺望和面对的。她只想抓住眼下的时光，把与程路明相关的这一切都彻底做个了断。陆晓君很清楚自己内心的真实想法，她不仅希望能够找到程路明去世的真相，也希望找到自己通往爱情和命运之门的钥匙。

她前天跟领导请了一周的假期，到今晚已经过去了两天。还有五天的时间，让她去完成自己的使命，寻找关于爱情和命运的答案。她能够在这么短的时间里，完成这么艰巨的任务吗?

她沿着光华路一路往东，慢慢地走着。不知不觉间，她已经走到了阳光花园小区西侧的马路口。站在路口旁边的角落往南看去，这条窄窄的马路，应该能够通往刚才她在程路明家里，从窗口往下眺望时所看到的茶餐厅吧。不知道怎么回事，陆晓君的心里好像有一个声音告诉她，让她去那里走一走。她稍微犹豫了一下，便转身沿着这条小路往南走去。

走了几百米的样子，陆晓君就来到了茶餐厅的西门口。这里果然是刚才看到的阳光树茶餐厅，现在从近处欣赏建筑正面的风格，与刚才俯视时所看到的感觉完全不一样，就连原来印象中砖墙和房瓦的颜色，与此时看起来也相去甚远。这是一栋风格独特的两层小楼，完全是一派徽式建筑的特点，与周边的其他楼房大不相同。

这栋两层的楼房，有一个两进院落式的宅院。建筑的布局沿中轴线对称分列，中为厅堂、两侧为室，两边的房间依次排列，厅堂前方为三合院式的天井。院子全由砖墙封闭，墙线错落有致；房屋配上黑瓦白墙，色彩典雅大方。房屋的雕饰让人赞叹，青砖门罩、石雕漏窗、木雕楹柱——徽式雕饰的“三雕之美”，与雅致的建筑融为一体，整体看上去简直精美如画。

陆晓君蓦地感到自己的内心如受重击——这个风格独特的建筑，她以前好像来过！

陆晓君抬手用力揉了揉自己的眼睛，仔细地辨认着眼前这栋建筑和周围的环境。没错！这里就是当年上大学时，程路明陪自己来北京考试那次所住宿的地方，只不过当时这栋两层楼的典雅建筑，并不是茶餐厅，而是一家叫作“阳光树”的假日旅馆。

一时之间，十四年前的记忆瞬间复活了。陆晓君记起了当时的很多细节，那次英语托福考试，就在CBD国贸大厦旁边的一幢写字楼里举行；当时他们之所以选择住在这家旅馆，是因为这里距离考场不远，还有一路公交车可以直达国贸大厦。而眼前的这座小楼，在陆晓君的心中，更是留下了刻骨铭心的记忆。她在大学毕业后的这些年里，曾经在数不清的夜晚醒来，眼角带着泪花，朦胧中好像自己又回到了阳光树假日旅馆。因为这是记录自己最珍贵回忆的地方，这里记载着她和程路明之间，最难忘的如梦青春。

这么说，今天傍晚自己从程路明家里看到的那些大树，就是十几年前被程路明命名为“阳光树林”的那片白杨林了。陆晓君急忙从阳光树茶餐厅北侧的小径穿过，来到了后面的白杨林中间。棵棵白杨望天耸立，茂盛的树冠上布满了层层的密集树叶，从树叶中间往天空看上去，只能看到些微小的空隙。陆晓君走到树林中间最大的一棵白杨树边，当年程路明用小刀刻上去的“丘比特之箭”图案，竟然还能够清晰地辨别出来，只不过随着树干长高、变粗，那颗被箭头穿过的爱心也变大了一圈而已。

陆晓君突然觉得自己的腿有些发软，好像双腿已经支撑不住她的身体一样，她在大树旁边的长椅上坐下来。有些事情，似乎完全超出了她的预料，她必须让自己激动的心情平复下来。程路明当时买阳光花园小区的这套房子，是为了纪念十四年前与晓君在一起的时光吗，还是说这一切都仅仅是巧合？

眼前的一切，使陆晓君内心深处对破解围绕在程路明身上种种谜团的迫切愿望，变得更加强烈了。因为，她的种种努力和探索，已经不仅仅是在侦破程路明之死的事实真相，更是要走出陆晓君自己的心路迷途。

# 第七章 死者的文稿

二〇一六年八月二日，星期二，晚上

北京阳光花园小区，程路明家中

陆晓君在阳光树茶餐厅东侧的树林中，静静地坐着。

夜沉似水，林中渐渐浮起一层薄雾，身边有不知名的小虫在鸣唱。天地氤氲，万物寂寥，陆晓君一时之间浑然不知身在何处、当下何年。十多年前，程路明刻下的丘比特之箭犹在眼前，而斯人却已阴阳两隔，永不复有再见之日。

不知过了多久，陆晓君终于回过神来，转头看了看四周。旁边小区楼上的居民家中，逐渐有人熄灯睡觉了。她从长椅上站起身来，沿着横穿树林的小路，慢慢地走回程路明家中。

陆晓君换上家居服，简单地洗漱了一下。经过一天的奔波劳神，她的身体异常疲累，但脑中却无一丝睡意。

她坐在客厅的沙发上，拿过自己晚上放在茶几上的笔记本，准备把今天一整天的行程和收获，都补充到里面。陆晓君打开笔记本，翻到了她去松海楼餐厅之前写下最新思路的那一页，不由得感到非常惊讶，她把里面的书签拿出来，仔细地端详着。

陆晓君平时做事一直都井井有条，尤其当涉及文案工作时更是如此。她平时在看书或做笔记时养成了一个习惯，即当她最后把书本合上时，总会一丝不苟地把一张书签，夹在当时正在看的最后一页上。陆晓君明明记得自己在几个小时前离开家的时候，是把这张印有彩霞图案的书签，正面朝上地夹在了笔记本中，可是现在书签却是反过来的——印有彩霞的正面在下，没有任何图案的粉红色背面在上。

陆晓君警觉地抬起头打量了一下客厅，然后站起身来快速地走到厨房，从厨房的刀架上，拿起一把尖尖的不锈钢长刀。她右手拿着刀，依次走到程路明家里每一个房间，把任何可能藏着人的空间和角落，都仔细地搜查了一遍。

家里没人，也没有任何外人曾经进来翻动过的迹象。陆晓君又检查了一遍家里所有的窗户，每扇窗户都完好如初，关得紧紧的。

陆晓君回忆起自己刚才回来的情况，她记得在用钥匙开门时，钥匙是转了两圈后门才被打开，也就是说她回家之前门锁是锁死的——这与她离家外出锁上房门时，是完全一致的。那如此说来，是自己把书签放置的朝向记错了，还是说在她外出的几个小时里，有人曾偷偷地进入房间，翻看了她的笔记本（或许还有其他的物品），然后又悄悄地离去？

陆晓君轻轻地摇了摇头，如果是后面这种情况，那么自己必须要当心了——这说明还有其他人手中持有路明家门的钥匙，并且那个人还在密切关注着自己的一举一动。

陆晓君暗自决定把各种疑虑暂且放在一边，她重新拿过茶几上的笔记本，把今天的经历和对下一步工作有启发的要点，都一一列出——

上午九点半——华贸中心嘉德公司，见到嘉德公司市场总监杨文斌，他详细向我介绍了路明近些年的工作和生活情况，并提到路明在大约半年之前，曾经心情非常糟糕。

下午一点半——新光天地珠宝旗舰店，向店长了解去年路明定制求婚戒指时的情况，在电脑中看到S当时佩戴戒指的左手照片（左手无名指很长，小指外侧下方有一颗细小的黑痣）。

下午三点——华贸中心里的星巴克，约见路明的助理邵晶晶，聊天过程中得知，邵晶晶不太相信路明是个可能自杀的人，另外排除了邵晶晶是S的可能性。

下午四点半——与路明的司机李晓明通电话（他已经回到老家），他向我介绍了路明的病情和主治大夫的情况，以及七月十五日当晚，路明晚上用餐的地点（松海楼御膳房）和回家的时间（当晚九点多）。

下午五点——阳光花园小区地库的宝马车中，找到路明的病历。

晚上六点一刻——路明家的阳光房，发现路明生前整理的影集，里面有我和俞婧（路明前妻）的照片，但没有找到S的照片。

晚上七点半——通过使用溯因分析法，推测路明在去世当晚，可能是在外面喝了掺有安眠药的咖啡，然后回家的。所以警察办案人员的五条基本假设，是建立在一个错误的核心假设上的（即路明是七月十五日晚上回家后，喝咖啡自杀的）。而且自己在路明家中，没有找到他平时自用的咖啡。

晚上八点半——松海楼御膳房，约见客户经理马群莉，向她了解到七月十五日晚上，路明是和一位女士单独用餐的（据马群莉介绍说，那位女士是路明的女朋友，两人以前多次来该餐厅用餐）。推测她就是那个S。

晚上九点多——来到阳光花园小区南侧的阳光树茶餐厅，认出这儿就是十四年前，路明陪我在北京考试时，两人所住的阳光树假日旅馆，而且还找到了当年路明刻在大树上的丘比特之箭图案。

晚上十一点多——回到路明家中，发现好像有人翻看过我的笔记本。是把书签放置的方向记错了，还是晚上外出时，确实有人曾偷偷打开房门进来过？

陆晓君对着自己记录下来的内容，反复地推敲了几遍，仍然感觉找到那个S，是目前最为重要和急迫的事情；另外推想起来，假如刚才真的有人潜入过房间，那这个人很可能会是S吧，毕竟她和程路明的关系那么亲近，手里有程路明家里的钥匙也不是什么奇怪的事情。那么，陆晓君究竟该怎么找到她呢？今天在与杨文斌、珠宝店店长和马群莉交流的过程中，自己都或多或少地察觉到S的存在，但没有一个人能够给自己一个明确的信号，来找到这个神秘的S。

她忽然想到一个细节，既然现在已经可以基本判定，程路明在七月十五日当晚是与S一起在松海楼御膳房用餐的，那么他们当晚一定用手机联系过。

陆晓君把程路明的手机从自己的皮包中拿出来，打开手机，翻到手机里的通话记录栏。最近两周，这部手机大部分时间应该处于关机状态，不仅没有拨出的通话记录，也没有太多拨入的电话。这两天仅有的几个来电，还是她昨天开机以后拨进来的，但从手机显示的来电者姓名来看，好像都是程路明在工作方面的联系人，所以陆晓君并没有接起这些电话。

在七月十五日当天，路明手机上有过几次通话记录。在这些通话中，有与林复生医生、邵晶晶、李晓明等人的通话记录，但是却没有一个通话者的名字，看起来像是那个S。陆晓君把通话记录一直往前翻页，情况同样如此。

这就让人感觉非常奇怪了，如果程路明和S既没有通过手机联系，也没有使用微信来进行沟通，那么他们之间是如何保持交流和联络的呢？

陆晓君轻轻地叹了一口气，从客厅沙发上站了起来，暂时把这些念头从脑中赶了出去。她决定去把程路明书房里的藏书和物品再仔细地浏览和清点一遍，看看能否找到一些有用的东西。

程路明书房中的藏书颇为丰富，摆满了左右两侧墙壁上的红松木书架。陆晓君仔细地浏览了一遍，发现这些书籍主要有四种类型。

第一类，是程路明所学的工商管理专业方面的著作。最显眼的位置上，摆放着一些管理学大师的经典著作，诸如彼得·德鲁克、亨利·明茨伯格、切斯特·巴纳德、彼得·圣吉等人的著作，几乎无一遗漏。除了这些大师的著作之外，管理学领域主要研究方向的专业书籍，也都分门别类地整齐排列，且都用打印出来的卡片标注出来，主要分为战略管理、市场营销、财务管理、人力资源管理、集团管控、流程再造、知识管理等几大类。

第二类，是与管理咨询和培训业务相关的著作。比如有麦肯锡的咨询方法论、大前研一的专著，以及国内外其他诸多咨询专家、咨询公司、培训公司的专业著作和培训教程。

第三类，与不同行业的业务经营相关的书籍。从这些行业图书的类型，能看出程路明最近几年主要涉猎的行业领域，比如互联网、物联网、人工智能、房地产、制造业等。

第四类，心理学著作。这里面有一些经典的书籍，比如西格蒙德·弗洛伊德、保罗·艾克曼、乔治·弗兰克尔等人的著作。这部分书籍是陆晓君最感兴趣的，因为心理学方面的知识，与她的工作也密不可分，而且除了工作的原因，她本身就对心理学研究有着很浓厚的兴趣。

这么多的经典著作，都是程路明生前的最爱，当然是值得好好收藏的一大笔精神财富。但对目前陆晓君急于破解的谜题来说，却没有太大的帮助。她在心里对自己说——好吧，等把程路明去世之谜解开之后，再找时间来慢慢整理和阅读这些书籍吧。

书房中除了这些藏书之外，目所能及之处，都是些花卉盆景、名人字画了。程晓君的目光，缓缓地依次掠过这些物品，最后落在了房间中央的书桌上。这是程路明家中陆晓君没有检查整理过的最后一个地方了，希望能够找到有用的线索。

陆晓君在书桌前边的木椅上坐下来。在桌面上随手一翻，没有她想找的东西。她又低头看了一下，书桌台面下方有三个竖向排列的抽屉。

第一个抽屉里，放有程路明的一些证书和证件。在这里面，既有程路明攻读大学和研究生时的毕业证、荣誉证书，也有他的护照、驾照等身份证件。陆晓君打开他的护照从头到尾翻看了一遍。程路明生前去过很多国家，欧洲、美洲、非洲、大洋洲、亚洲，全球各地值得自驾游玩的国家，他几乎都跑遍了。

第二个抽屉里物品不多，都是一些纸笔文具之类。

第三个抽屉里，放置了一些文档资料。这些资料，大多是些与工作有关的备忘录和复印件。她拿出来简要浏览了一遍，在最底下放置的一份文档引起了她的注意。

陆晓君打开书桌上的台灯，把这份打印的文档拿出来，仔细地阅读起来：

工作日志 21——2016.6.10 晚，周五

我担任北京水云天度假酒店的高级顾问，已经有三年的时间了。三年中，该酒店从一家不知名的郊区旅游酒店，逐渐转型升级为一个拥有良好口碑的知名酒店品牌，并开创了一个旅游酒店业的新品类——生态度假酒店。

在这三年时间里，水云天酒店的营业收入翻了两倍多，从三年前的严重亏损状态，逐渐扭亏为盈，并进入北京酒店经营收入和利润排行榜的前五名；从酒店的影响力和品牌价值来看，有了很大的提升；不管是对个人、家庭用户还是企事业单位用户，品牌的知晓度和美誉度均有大幅提升，网络搜索指数和到店成交率等指标表现优异；酒店的平均入住率从三年前的 18% 提升到 62%，考虑到每年季节性的影响和每周工作日客源的正常波动，这已经创造了一家郊区度假酒店的入住率纪录；酒店的单客消费额提升了 125%，老客的重复入住率提升了 87%；酒店的服务水平和服务标准有很大程度的提升，但酒店员工总数却从三年前的 302 人，减少到了目前的 258 人；成本控制大有改善，餐饮、客房、康乐等主要成本科目的削减比例，均有较高水平的提升。

那么，这三年来，我是怎么帮助水云天酒店，在经营业绩和管理水平方面，做出如此大幅度提升的呢？

总结起来，主要有如下几点改变：

1. 酒店重新定位

三年前，该酒店并没有一个明确的定位，缺乏基于核心定位的基本假设体系。

其实，水云天酒店拥有良好的周边环境和硬件设施。酒店周边三面环山、一面临水，位于一个国家级风景区和世界地质公园内，拥有全球同等高纬度罕见的喀斯特地质结构与风貌，周边遍布极具特色的山峰、峡谷、河系、溶洞和历史文物遗址。酒店内的基础设施完善，建筑风格具有浓郁的休闲度假特色，既有适合公务交流的商务客房，也有适合家庭度假的别墅与四合院群落，再加上配套齐全的国际会议中心和康乐项目设施，已经具有了很好的发展潜力和硬件基础。

水云天酒店原来的定位是“温泉度假酒店”。但是，该酒店所在的位置和地下温泉水资源，在北京同类温泉度假酒店中并不占优势，这也就直接使得水云天酒店的品牌推广很难收到良好的效果。一般来讲，在一个独立的细分市场中，企业的资源禀赋和品牌构成要素，能够进入市场品牌清单的前三名，是一个企业能够建立强势品牌的前提。如果没有机会进入细分市场的企业品牌清单前三名，那企业的经营会有很大的难度。

所以，在我的建议下，该酒店重新调整了核心定位，把原来的“温泉度假酒店”调整为新的定位——“生态度假酒店”。这样一来，该酒店目前所具备的资源禀赋，就能够被完美地组织起来，构成一个全新的酒店品牌品类，即“水云天生态度假酒店”。而且，因为此前的酒店业中，并没有人明确提出生态度假酒店的品类定义，这也意味着水云天酒店可以自由地定义这个新品类。

水云天酒店把所有的品牌构成要素进行了重组，形成了生态餐饮、生态客房、生态康乐、生态温泉、生态旅游和原生态歌舞六大运营体系，把客户定位聚焦于企事业单位会议客户和旅游团队客户，并抓住酒店到达客户的路径关键点——企业会议组织者和旅行社，进行精准的营销和推广。

从近三年该酒店的品牌宣传效果和经营状况来看，上述企业定位的调整和品牌体系的构建，无疑起到了核心的作用。

2. 业务模型优化

传统的酒店行业，把运营体系划分为餐饮部、康乐部、客房部、会议部等业务单位，希望通过提高每一个业务单位的收入，来提升酒店的营业收入和利润。但是我认为，这种业务模型只是各个业务部门的简单组合，对于业务模型优化和业务体系创新，毫无帮助之处。

我给该酒店提供了一个全新的业务模型，即“营业收入＝到店顾客数 × 人均消费”。把模型进一步分解，则到店顾客数＝有效曝光量 × 需求率 × 咨询转化率，人均消费＝（客房价＋会议费＋餐饮消费＋康乐消费＋活动费用＋商品消费＋合作收入）× 在店天数。这些分解后的二级变量可以继续分解，如：有效曝光量＝品牌内容 ×（有效广告渠道 × 广告投入＋公关活动 × 公关投入＋宣传渠道 × 宣传投入＋口碑传播数 × 正面口碑传播率），需求率＝适合的需求／总需求，咨询转化率＝咨询专业度 × 订单成交率 × 顾客到店率。经过这种金字塔式分解后，这些三级变量可以与运营行为直接挂钩，使得每一项相关运营工作的改善，都会对酒店最终的经营水平提升产生正面的影响。而且这些运营工作的改善水平和成果，都是可以进行衡量的。

3. 营销体系重塑

经过重新定位和业务模型的重建，该酒店已经有了一个可靠的经营改善基础。接下来，我为该酒店提供了一个新的营销体系。如上所言，该酒店的客户定位调整为企事业单位会议客户和旅游团队，这样接下来就需要把营销渠道、定价体系和促销活动进行相应的调整。经过仔细研究和分析，该酒店的营销渠道选取了三大类：网络营销渠道、电台广告渠道和直销渠道。其中，网络营销渠道选择竞价排名推广为主，电台广告渠道选择与该酒店用户重叠的交通电台广告，直销渠道选择企业会议组织人员、旅行社线路组织人员。然后，针对上述渠道和人员，制定了灵活的定价方案和优惠措施，并与自行车协会、世界旅游小姐组委会等机构进行合作，承接运动员训练基地、世界旅游小姐大赛等活动，从而使得该酒店品牌能够成为媒体传播的热点，迅速地在用户中传播开来，抢占了“生态度假酒店第一品牌”的客户心智资源。

4. 服务质量提升

经过一个季度的内部经营基础调整和营销推广，该酒店从第四个月开始，到店顾客数有了显著的提升，此后三年间该酒店的平均入住率提升了近四倍。而如何在接待如此多客户的前提下进行服务质量和客户体验的改善，使得老客户重复入住、客户口碑不断提升，是保证经营状况持续优化的重要条件。

因此，该酒店根据自己的位置状况、客户定位和员工素质，对酒店的服务体系进行了大幅的调整，删减了很多繁杂的商务酒店服务流程，提出了一个简单有效、便于执行的郊区度假酒店标准服务方案，集中资源满足客户的核心、基本需求，提升服务效率和服务质量，提高客户满意度。

总之，这家酒店的经营状况在过去三年里，有了翻天覆地的变化，这也是我作为一个咨询业资深从业人员，感觉最幸福的事情。学习、求知、思考、悟道，得到有效的知识和技能，并利用这些知识技能，为各行业的企业提供高质量的咨询服务，对企业经营状况和社会发展产生良好的影响，这就是我一直以来所孜孜以求的职业梦想。

有一位哲人曾经说过，一个人是否感觉到幸福，取决于三个要素：财富、感情和知识。知识的获得及其产生的价值，就像一份美好的爱情一样，对于我这样的人来讲，是如此让人痴迷和沉醉。如果一个人能够把感情和事业兼顾，并且经营良好，那该是件多么幸福的事。但是，在现实中，这又是多么难以兼顾的一件事情啊！

陆晓君呆呆地坐在书桌边，把这份文档反复看了几遍，内心五味杂陈。

是的，这就是程路明从大学时就喜欢做的事情——学习、总结、思考、应用、创造价值。他虽然喜欢读书和思考，但并不是个单纯的书呆子，他更喜欢把学到的知识应用到现实中，产生有益的经济价值和社会价值。

而自己之所以那么爱他，不就是因为他的上进、执着和学习精神吗？可是在自己大学毕业的时候，却因为个人的喜好，非要逼着他在事业和爱情之间，做一道非此即彼的选择题。那时，程路明心里该是多么痛苦和惆怅啊，一方面是大都市的事业机会和梦想生活在吸引着他；另一方面是自己的爱人执意要他留在故乡的城市。

陆晓君回想起大学毕业时的种种，在当时的自己看来，程路明也在逼自己做选择题——要么跟他来北京，要么独自留在济南工作。最后自己负气与程路明分手留在济南，似乎对双方都是公平的自由选择。

但是，其实并不公平。

因为，自己当时选择的那份法院的工作，并不完全是由于自己的理想，而其中大半是源于父母自小给自己灌输的观念。换句话说，如果自己来到北京，找一份与法律相关的工作，陪伴着程路明共同生活，日后一定会感觉非常幸福。

反过来，如果把程路明留在济南，陪着自己生活的话，他们两个人会幸福吗？如果真是那样的话，也许慢慢地，因为人生道路和生活环境的不同，人的视野、志趣、追求和气质都会随之不同，程路明可能就不是原来自己喜欢的那个程路明了，对吧？

陆晓君再一次叹了口气，站起身来，在书房里来回踱步。

从书房的窗子看出去，小区里北侧的居民楼上，大多数人家都已经熄灯入睡了，剩下仅有的几个亮着灯光的窗口，看上去显得那么缥缈而遥远。

夜深了……

突然，陆晓君心里隐约觉得有哪里不对。她用左手把刚才那份文件拿起来，眼睛紧紧盯着文件开头的部分，右手轻轻地划过纸张的边缘。

“工作日志 21——2016.6.10 晚，周五”？

这是一份工作日志，是写于今年六月十日的第二十一号工作日志，那么就还应该有其他的工作日志，对吧？而且既然特意标注出来这是一份工作日志，那么推断起来，程路明除了写工作日志，还应该写有其他种类的日志吧——比如说生活日志？

陆晓君的呼吸突然急促起来。

这份日志应该是在家中写的，而且看样子肯定是通过电脑打印出来的。但在程路明家里并没有找到电脑，宝马车里也没有，而昨天刘警官跟自己交接程路明的个人物品时，同样没有提到电脑的事情。那么程路明的个人电脑在哪里呢？

应该是在程路明单位的办公室里吧？

对，一定是这样。

陆晓君上午去嘉德公司时，并没有到程路明的办公室里去。她决定明天再去一趟嘉德公司，把程路明的办公室整理一下，一定要把程路明的电脑找到带回来。

这时，另一个念头浮上她的心头。对了，明天早上起来后，她首先要去天坛医院一趟，找林复生医生了解一下程路明生前的病情和心理状态。

嗯，就这样吧。陆晓君站起身来，重新把程路明家里每一个房间都检查了一遍，这才在客厅的沙发上躺下，准备睡觉。

# 第八章 医院内外

二〇一六年八月三日，星期三，上午

北京，天坛医院附近

陆晓君睡着的时候，已经凌晨两点了。白天实在太累了，加上这两天都没休息好，她夜里睡得很沉。但是第二天早上不到六点钟，她还是早早地醒来了。

今天天气好了很多，一缕清晨的阳光，透过窗帘射到阳光房的藤椅上。陆晓君爬起身来，走到阳光房，拉开米色的粗纱窗帘。天空浮现出北京近些年难得一见的瓦蓝，在几朵薄薄的白云衬托下，空气显得通透清澈、清新怡人。

二〇〇二年夏天，程路明陪她第一次来北京。当年的北京，远没有现在这么发达和现代化，空气也干净许多。彼时的北京街头，马路比现在要窄得多，行驶的车辆也比现在要少得多。十多年后的今天，宽了几倍的马路却显得拥堵不堪，路上挤满了私人汽车、共享单车、电动自行车和快递三轮车。人们走在马路上，感觉都像是加入了一场战争，一场抢夺行路空间和私人时间的战争。日渐忙碌的生活，逐渐丰盛的饮食，日益宽大的腰围，苍白空泛的心灵——也许这就是快速工业化带来的不可避免的后遗症吧。

陆晓君拿起程路明的手机翻阅了一下，通讯录中有林复生医生的联系电话，微信通讯录中也有林医生的名字。

她点开程路明和林医生的微信聊天记录，发现历史信息保留得很完整。陆晓君粗略地浏览了一遍，从这些信息中可以看出，程路明和林医生彼此之间很熟悉，并不仅仅是普通医生和患者之间的关系。里面既有关于程路明病情和治疗情况的互动，也有彼此工作和生活的交流。这些聊天记录维持了快一年的时间，而且在七月十五日程路明去世当天，两人还在对病情和治疗方案进行沟通。陆晓君从头到尾查看着这些聊天信息，发觉程路明在整个治疗期间，虽然也有情绪的波动，但是却从来没有感觉到他有对自己的身体健康和未来失去信心的时候。

八点钟时，陆晓君给林医生打了一个电话，把自己的情况跟对方简单介绍了一下，并希望能够尽快约他见面，请教一下程路明生前的病情。在电话中，林医生的声音显得温和而平稳，而且听起来很愿意与陆晓君见面。

林医生跟陆晓君说，他现在马上要去进行晨间例行查房，九点半左右可以忙完。他让陆晓君去天坛医院附近的尘事咖啡厅等他，那里环境比较安静，适合工作之外的交谈。

陆晓君赶紧简单地洗漱了一下，换上一身干净的裙装。在离开程路明家之前，她观察了一下客厅与家门口之间的门廊，发现在门廊边紧挨家门口的地板上，铺着一块半平方米左右的蓝灰色地毯。这块地毯，估计是为了有人打开家门从外边走进来时蹭掉鞋底的泥垢之用。陆晓君用放在门廊边上的一把刷子把地毯清理干净，然后从书房的花盆里取来一把干燥的细沙，轻轻地撒在地毯上，形成均匀的薄薄一层。这层细沙，看上去像是落在地毯上的浮尘一样毫不起眼，但是当有人从室外进来时，一定会在地毯上留下脚印。

做完这些准备工作之后，陆晓君便离开程路明家，去附近的早餐店买了份早点，然后叫了一辆出租车，往天坛医院驶去。等她坐在尘事咖啡厅二楼一个安静的靠窗座位上时，时间刚刚到了九点钟。

她把程路明的手机拿出来，打开程路明与林医生微信里的聊天记录，再一次仔细地看了起来。医生这个职业，在大部分人心里，都是很值得尊重却又有些距离感的——医生的天职是救死扶伤，但从国内现实的环境来看，与公立医院的医生建立起私人的感情联系，又是如此的困难和不现实。不过，程路明与林医生的交往似乎突破了这个一般性的规律。他们在微信中的交谈内容，不仅涉及对病情的沟通，还有很多病后心理方面的交流，甚至曾多次涉及人的生命意义的探讨。

在这些聊天记录里，有一份今年五月份程路明发给林医生的PDF 文件，引起了陆晓君的注意。她打开这篇标题为“生命的意义”的文章，仔细地读了两遍。从微信中聊天记录的上下文来看，这篇文章是程路明给林医生写的一封信。

生命的意义

从去年生病至今，有大半年的时间了。震惊、痛苦、怀疑、绝望、希望……个中滋味他人难以体会，种种极端的情绪在心中来回激荡，对身体健康的担忧、对身边亲人的牵绊、对生命价值的怀疑、对幸福生活的希望，凡此种种，不一而足，轮流在心中翻腾、纠缠、战斗和妥协。一点切身体会，与林医生您分享。

在去年生病之前，我总觉得自己拥有整个世界。有自己奋斗十几年积累下来的资源和财富，有自己勤奋学习和总结出来的知识和技能，有自己的母亲陪伴着自己前行，有几次经历过的爱情和自以为悟透的爱情观，有亲身体验的快乐和痛苦……这一切，都是那么的真实和深刻，直到知道自己患病的那一刻。

疾病，改变了我心中原有的种种世界观。曾经有段时间，感觉世界已经在离我远去，将要抛弃我。后来在林医生您的鼓励和疏导之下，我的内心慢慢恢复了平静，快乐和希望不再像飘舞的肥皂泡那样虚幻而易碎，而快乐和痛苦的轮回让我能够穿透生活的表面色彩，去探究更加深远和永恒的生命主旨。

一个人的生命，不过是浩瀚宇宙中的一粒尘埃，是异常渺小和脆弱的沧海一粟而已。爱、欢乐、悲伤、自信、消沉……每个人的种种情绪，不过是小小尘埃上面的一丝涟漪、一个褶皱，微风吹来就云飞雾散。

既然如此，我们该如何看待自己，以及自己生命的价值，才能够让生命之花盛开得更加丰盈和坚实？

古希腊哲学家德谟克利特认为，必要的物质享乐是合理的。他说："一生没有宴饮，就像一条长路没有旅店一样。"

但是，德谟克利特又认为，幸福和快乐不是纯粹的感性享乐和物质刺激，无约束的物质欲望，是暗淡而粗糙的原子刺激的结果，虽然有时是必需的，但往往又是带来与人的幸福的愿望相反的后果。为避免这种后果，首先要节制欲望。他说："节制使快乐增加并使享受变得更加强烈。"其次，他主张生活的目的是灵魂的安宁，人要想办法找到心灵的安适和宁静。他认为这种安宁，和某些人追求的表层快乐并不是一回事——由于有了这种安宁，灵魂才能平静安泰地生活着，不为任何迷信、恐惧或其他情感所困扰。

希勒尼学派却持有与之截然相反的看法。这个学派的基本哲学主张是感觉主义。其创始人希勒尼认为，人生的目的是寻找快乐，故被称为“唯思乐派”。其所说的快乐包括肉体快乐和精神快乐。他们认为，最重要的快乐是身体的快乐，和直接的当下的快乐。但我感觉快乐不是无节制的，人们应当成为快乐的主宰而不能让快乐主宰人，不然可能会反得痛苦。

十五六世纪被称作欧洲的文艺复兴时期。此时哲学的研究对象从面向神，转变为面向人和自然。在批判神学的斗争中，以人和自然为中心的人文主义、自然哲学思潮蓬勃兴起。

人文主义的基本精神是抬高人的地位，贬抑神的地位。他们称颂人的价值尊严，反对盲目信仰。享受现实的幸福，追求肉体的快乐，满足尘世的生活，是人文主义者所了解的人之本性的重要内容。

彼特拉克大声疾呼——“我不想变成上帝，或者居住在永恒中，或者把天地抱在怀抱里，属于人的那种光荣对我就足够了。这是我所追求的一切，我自己是凡人，我只要求凡人的幸福。”

此外，还有一个重要方面，就是所谓性爱。薄伽丘说：“在所有的自然的力量中，爱情的力量是最不受约束和阻拦的。”

自从进入现代社会，随着科技革命的不断兴起，世界上的物质财富，也以惊人的速度不断增加。逐渐地，人们更多地将眼光放在财富的积累，以及现实的物质享乐上，却忽视了对生命意义的追寻与探索。也许这就是所谓人的异化吧。现代的人，正在逐渐失去所谓万物灵长的地位，并沦为物质和金钱的奴隶；而他们失去的东西，并不是以金钱和财富所能够衡量的。

以我个人的成长经历而言，我曾在大学和研究生阶段感受过纯粹的快乐。那种快乐的来源有两个，对未来的期待和单纯美好的初恋。这两种来源都萌生于自我的本能，没有任何尘世俗物的沾染和玷污，想来是人生最美好的时刻了。但好景不长，等我毕业准备工作时，这两种来源打起架来了。对未来的期待，促使我来到北京寻找更好的职业机会；而我心心相印、彼此依恋的初恋情人，却希望我陪她留在济南工作生活。锥心的痛苦！从我的角度看，明明是生命里最重要的两种幸福要素，却偏偏彼此不能相向而行。无尽的失落！工作后的几年时间里，我都几乎很难走出这种情感的创伤。

后来，我把所有的精力放在工作和工作技能的提升上，这使得我的事业比同龄人更早地有了突破，我早早地成为团队 leader，并随之成为一个咨询机构的总负责人。随后的两段感情，一次以和前妻的离婚为终结，一次正在接受此次重病的折磨和考验。

对我来说，似乎上述哲人提到的物质享受和爱情快乐，都没有真正同时得到过。一次是期望的职业追求和倔强初恋在打架，一次是两个同样重视职业追求的灵魂在格斗，还有一次是职业有所成就之后的爱情，被自己的病痛所折磨。

这个世界上，有真正幸福、完满的人生吗？

林医生，这段时间以来，跟您交流很多，很有知己之感。您也对我谈到您的生活经历和心路历程，很感谢您对我的鼓励和帮助，我很重视和在意您的友谊和观点，期待下次与您见面时，聆听您的见解！

程路明

2016.5

陆晓君静静地把这封信反复看了好几遍，一股压抑不住的苦涩味道，从口中慢慢地往食道延伸，最后感觉到胃在隐隐作痛。

胃疼是她的老毛病了，尤其在她感觉压力过大或情绪剧烈波动的时候，这个小小的器官总会出来提醒她，她需要好好休息一下。每个人应对压力的身体表现各不相同，有的人是偏头疼，有的人是嗓子发炎，而陆晓君每次都是胃部疼痛。她记得很清楚，自己人生第一次感觉到胃部不适，就是在大学毕业跟程路明闹分手的时候。那次持续了很多天的撕心裂肺的疼痛，真是让她毕生难忘，而且从此以后时不时的胃疼，总会提醒她回忆起大学四年初恋时的种种。

她明白，现在这突发的胃部疼痛，是因为程路明信中的几句话——“我曾在大学和研究生阶段感受过纯粹的快乐。那种快乐的来源有两个，对未来的期待和单纯美好的初恋。这两种来源都萌生于自我的本能，没有任何尘世俗物的沾染和玷污，想来是人生最美好的时刻了。但好景不长，等我毕业准备工作时，这两种来源打起架来了。”

嗯，虽然胃部有些不适，但她的眼睛却散发出明亮柔和的光芒。十多年过去了，陆晓君在与程路明分手后，心里边一直埋藏着一个问题——“路明，你到底爱不爱我”这个问题，她无数次地在心中问过自己，也多次回到当年大学里曾经留下两人甜蜜足迹的大树下，向那个倾听过两人甜蜜低语的树洞寻找答案。

久违了的爱情波浪重新涌上她的心头——内心的战栗，手心的汗珠，发干的咽喉，皮肤因为燥热而迭起的层层丘疹，女人眼中最美的闪闪波光。爱与恨，似乎融到了同一个轨道。爱的温度，在陆晓君独自一人的内心升腾；恨的影子，却已不知投射到谁的身上。

程路明明明像自己爱他那样，深深地爱着自己；他当年明明和自己那么痛苦一样，因为失恋而备受打击；自己明明知道，再也找不到这样一个人让自己深爱，却直到今天才真正把心底的恨意驱逐得烟消云散；自己的内心和身体一直在提醒着她，那就是世界上最完美的情人，但年少倔强的自己，却总以为终有一天，会遇上让她更加疯狂的男人。

没有了，那样的爱，那样的男人，那样的美妙感觉，再也不会有了……

陆晓君的目光，穿过咖啡厅的窗口，落到外面茂盛的古槐树冠上。在一根向斜上方蜿蜒生长的树枝上，挂着两条红色的细长绸布。南风徐徐吹来，两条红绸都在空中飘向北方。南边那根稍稍短一些的绸布，每当微风拂来，努力往北飘起，去触碰北边稍长的布条，但无奈那条长布条也同时被风吹起，所以两根布条只能偶尔轻触一下，却是不能缠结在一起了。两根布条，总会有交集的时候吧？也许等北风吹起，长布条去追逐短布条的时候，可能性会大一些吧。这么小小的可怜布条，完全不能自主决定自己的命运，只能随风飘荡、随波逐流。但即便风再大，二者不能相向而行的话，也永远不能真正拥抱彼此……

就在陆晓君出神地盯着布条时，耳边响起了温暖的男中音——“请问是陆晓君女士吗？”

陆晓君匆忙回头，一个穿着蓝白斜纹短袖衬衣的男人，微笑着站在她的桌边。她急忙站起身来，对对方说：“是的，我是陆晓君，您是林医生吧？”

两人握手寒暄了一下，便在桌边坐了下来。

虽然是完全陌生的两个人，但因为程路明的关系，陆晓君和林医生很快就不再拘束地交谈了起来。从林医生的话中，陆晓君发现他是很了解自己的情况的——这一方面是因为程路明早先跟他谈到过自己；另一方面刘立鹏警官前段时间在调查程路明去世的案件时，曾经向林医生了解过程路明的病情和个人生活状况，并让他看过程路明的遗嘱。

林医生是个和善、稳重的男人，嘴角总是挂着一丝微笑，看起来四十岁左右的样子。他身材瘦长，脸色有些苍白，两道浓眉下是一双明亮的眼睛。

虽然自己的心情因为程路明的变故而阴郁冷寂，但林医生温暖的话语和他与程路明的友情，却让她内心感受到一些难得的慰藉。

“陆法官，您约我见面，我想不外乎是想了解路明的病情，以及他在治疗过程中的心路历程吧？”林医生微笑着说。

“林医生，不用叫我陆法官，您叫我晓君就行。您说得没错，在上周日刘立鹏警官联系我之前，我对路明的病情和他遭遇的变故一无所知。虽然我最近几年与路明联系得很少，但我实在想不出，像他那样的人，怎么会选择自杀来结束自己的生命，更不用说是在没有安排好身后之事的情况下了！”

“嗯，我很理解您的这种感受，而且说实话，我对路明的去世也感到有些困惑。我先把路明病情的诊断和发展过程跟您说一下吧。

“去年九月初的时候，我的一个同学把路明介绍给我，那是路明第一次来找我看病。随后的二十多天里，我给他做了几项检查，逐渐确诊了他的病因，是在脑颅颞叶后部的肿瘤。但通过当时的外部拍片和扫描成像检查来看，并不能确定肿瘤是良性还是恶性，我建议他进行手术治疗，并在肿瘤切除后进行进一步的活检，以确定后续的治疗和康复方案。

“但路明自己对于手术治疗一直有些犹豫，到今年五月份的时候，路明感觉头部有些不适，我又给他做了详细的检查，并建议他还是要进行手术治疗。直到七月十五日那天上午，经过进一步检查后，我跟他说一定要尽快手术，否则病情会有恶化的风险。他的病情比较复杂，只有做完手术之后，才能进一步制定有针对性的治疗方案。

“当时路明听到我的诊断建议后，并未表现出很大的情绪波动，还跟我说当天下午要回公司参加重要的业务会议。他离开我的时候，跟我约好第二天会联系我，以确定具体的手术时间。但是，谁知道他在当天晚上就去世了呢……

“说实话，他的病情，并没有马上致命的危险，我还有很大的机会来让他恢复健康！”

林医生的情绪有些激动，脸上露出非常懊恼的表情。他用右手使劲揉了揉自己的太阳穴，因为手上用力过大，而使得手背上的血管显得突出而清晰。

看着林医生因为激动而变得红润的脸，陆晓君心里不由得涌上一股暖流。

“林医生，看得出您对路明很关心，这让我也很受感动。那从去年九月份检查出患病之后，路明的心情应该也有很大的波动吧？您能把这大半年来路明的心理变化过程，给我讲一下吗？”

“心理波动是肯定会有的，这种情况我见得太多了。任何一个一直保持健康的正常人，在突然检查出重大疾病之后，都会面临严重的情绪波动和心理重建过程。有的人会因为过度震惊而拒绝接受现实，有的人会表现得愤怒而怨天尤人，还有的患者甚至会做出伤害自己和身边其他人的失控举动。大部分病人在经过初期的震惊和愤怒期后，会逐渐接受患病的现实和进一步的治疗。但是随着病情的反复和治疗过程的深入，很多病人的情绪都会出现周期性的反复，甚至有些人会因为情绪上的低落和失望，而完全失去对于治疗和恢复健康的信心。

“但是在我见过的所有重症病人中，路明是唯一的例外。他虽然在刚刚得知患病时也有些失落，但几天之后来找我复查时，我发现他已经恢复了平静和治疗的信心。当时他镇静而坚强的表现，给我留下了极为深刻的印象，所以我更加希望能够帮助他重新恢复健康。在此之后，我跟他的交流非常频繁，我们几乎成了无话不谈的朋友，除了他的病情，他还跟我聊起了很多他的经历和故事。

“路明的病情，虽说看起来很严重，也存在着恶性肿瘤的可能，但是毕竟没有经过确诊。如果是良性肿瘤的话，手术是完全可以保证让他恢复健康的。退一步讲，即使手术后确诊是恶性肿瘤，但因为发现和治疗的时间比较早，经过科学和系统的治疗，他也能维持较长时间的寿命和较好的生活质量。

“这些话，我都曾经对路明说过，再加上他又是一个坚强而成熟的男人，他完全能够以平和的心态来面对后续的手术和治疗。所以当刘警官告知我路明去世的消息，并来找我询问路明病情的时候，我很难理解和接受他自杀身亡的结论。但是，刘警官后来告诉我，经过负责该案的专案组周密而细致的工作，完全排除了他杀的可能，而且他把发现的证据都跟我说了，听起来确实无懈可击。

“但是呢，在我的心里，确实感觉有些疑惑。难道说，是路明去世当晚发生了什么事情，让他在一时之间难以接受而临时起意决定自杀？不管怎么说，这件事情都显得非常蹊跷，简直有些不可思议！”

听完林医生这一番话，陆晓君的内心更感欣慰。看来林医生真的很熟悉程路明的情况和性格，听他讲述过去一年程路明的遭遇和心路历程，想到这个世界上还有人像自己一样如此地理解程路明，这对因疏于关心程路明而愧疚不已的自己来说，也算是一种内心的补偿和安慰吧。

“林医生，关于路明的病情，我在他留下来的病历中，已经通过您写下的诊断意见大体了解到一些，再加上您刚才的一番介绍，我基本上搞清楚了他的病情和心理状况。对路明死于自杀的结论，我是深表怀疑的，但现在因为缺少确凿的证据，我也没法去向警方提出正式的申诉。过去几年，我和路明的联系并不多，对他身边亲近的人和发生的事也不了解。去年至今您与他联系紧密、交流很多，您能跟我介绍一下他身边来往密切的都有哪些人，并发生过哪些重要的事吗？”

“嗯，晓君，我很明白你的想法。他曾经多次跟我在这家咖啡厅深聊过，除了交流他的病情之外，他还跟我谈起他的生活和感情经历。除此之外，路明还通过微信给我发过信件，探讨他对生命意义的感悟，以及他心理世界的变化起伏。

“说实话，对于我来讲，路明既是一个值得深交的朋友，还是一个珍贵的病例研究对象。他不但有丰富的学识和成功的事业，而且还拥有极具个性的灵魂和坚强的意志。我非常乐意观察像他这样的人，在面对脑瘤重症和后续治疗时会做出怎样的反应，以及这些反应会如何反过来影响他身体的病症发展。

“在我的印象中，他是个乐于学习、善于思考的人，不但具有扎实的专业知识和理论基础，而且很擅长把这些知识运用到实际中去，他并不是一个学院派学者。

“最近一年，除了工作伙伴之外，似乎与他走得很近的人并不很多。据他所言，他前几年跟前妻离婚后，本来已经对感情和婚姻不抱太大的期望，但是两年多以前，他遇到一个彼此都很欣赏的女人，两人恋爱了并且感情非常稳定。但是，我从来没有见过他这个女朋友，也不知道她的具体情况。对于路明身边的其他人呢，我了解得就不多了。”

“林医生，我在路明的手机通讯录和微信联系人中，仔细查找过那个女人的信息，但一无所获。这真的很奇怪，他们平常是怎么联系的呢？”

“那我就不大清楚了，看来你要去想其他办法了。”

陆晓君一时之间也不知道如何跟林医生询问更多的信息，因为她自己对于想要了解的问题也尚不明确。她决定暂时先跟林医生告别，等有了更多线索之后，再来找他探询也不迟。

陆晓君站起身来，对林医生表示感谢，并约定后续必要时，还会来打扰并咨询他的意见。林医生欣然同意了，两人便结账走出了咖啡厅。

在咖啡厅外，两人握手道别，陆晓君转身便欲离开。等她走了几步，林医生突然回头叫住了她——“对了，晓君，路明曾经跟我说过，你是最了解他的人，而且你也是他最近的亲人。希望你能早日把发生在他身上的谜团，完全破解开来！”

林医生握紧右拳，高高地举起，脸上露出了鼓励的笑容。

陆晓君紧紧地抿着嘴唇，用力地冲他点了点头，用左手擦掉模糊了她双眼的泪水，转身匆匆离去。

在与林医生道别之后，陆晓君便从咖啡厅门前的胡同小道走出去，很快就转到了天坛医院东侧的一条马路上。马路两侧排列着郁郁葱葱的古树，粗大的树干上，覆盖着因历经风雨而皲裂的粗糙树皮。从东边天空斜射而来的阳光，努力地想要穿透茂密树冠的屏障，偶尔从密集的树叶缝隙逃逸出来的几缕光线，在地面上形成一个个黯淡的光圈，像来自他乡异客孤寂的眼神，寂寞而悲伤。

陆晓君的脚步慢了下来。

刚才林医生对她所讲的程路明生前那些事，尤其是程路明患病之后种种坚强的表现，并不出乎她的意料。对程路明性情的深刻了解，早就在她脑中刻画出一幅幅生动的画面，既有程路明面对病情的喟叹和不甘，又闪现出他震惊之后决心坚强应对的笑脸。

但林医生谈话时提到的一点，却深深击中她内心一直小心翼翼、不愿触碰的部分。当林医生说起他本来很有把握能够治好程路明的疾病，并让他在后半生拥有良好的生活质量时，陆晓君的内心感到撕裂般的疼痛和无尽的懊悔。

如果自己从来没有离开程路明，他是不是会生活得更幸福？这个问题，已经在她心里浮现过无数次。如果自己一直陪着程路明，她肯定不会让他在一个男人最光彩照人的年华，轻易地离开这个世界。

内心虽然感伤不已，但大脑却提醒她，现在还不是悲伤和缅怀的时候，她还有责任去揭开程路明去世的真相。就像林医生临走时所说的那样，程路明在去世前之所以留下遗嘱，把他大部分的财产留给自己，这就意味着在他心里一定把自己当成了最亲的亲人。更何况从自己的角度来说，又是如此刻骨铭心地深爱着程路明，这份爱就足以让她克服一切障碍，去寻找程路明去世谜团的答案。

陆晓君轻轻地摇摇头，把皮包从肩头摘下来用左手提着，然后用右手拉开皮包的拉链，准备从里边拿出自己的手机。她在往外掏手机的时候，不小心把包里一张折叠的白纸也带了出来，掉到了地上。一阵风刮过来，那张纸被吹往路边的水沟。

那是程路明的遗书！陆晓君急忙转身往路边追去。当她刚追出去没几步，身后不知道从哪里冒出来一辆黑色的轿车，毫无预兆地全速向她撞了过来。当陆晓君听见车辆全力加速的马达轰鸣声时，那辆车离她也就只有两三米的距离了。陆晓君赶忙往路边躲避，她敏捷地用力往前一跳，一下子躲到了路边的一棵大树后面。

那辆车并没有减慢速度，而是一直加速朝她的身后冲了过来。当陆晓君躲到大树后面的同时，那辆车的前保险杠左侧，也同时撞到了大树粗壮的树干上，发出了巨大的响声。

这条路上的车辆和行人非常稀少。在附近视野范围内，只有几十米之外有一位老年环卫工人正在用扫帚清扫路上的垃圾。听到那辆轿车撞击大树发出的巨响后，扫地的大叔把手中的扫帚扔掉，就向陆晓君这边跑了过来。这时那辆轿车快速往后倒行两米，车上的司机既不理会陆晓君有没有受伤，也不管自己的车辆是否受损，径自加速一溜烟地往前开去。等那位大叔跑到陆晓君身边时，那辆黑色的轿车早已经冲出去好远了。

在大叔急切的询问声中，陆晓君用右手压住“扑通扑通”直跳的心脏，往那辆车逃走的方向看去——那是一辆没有车牌的老款黑色雪佛兰轿车，很快就跑得不见影子了……

# 第九章　恋爱日志

二〇一六年八月三日，星期三，上午

北京，华贸中心

也就几秒钟的工夫，那辆撞上树干的无牌雪佛兰轿车快速逃走了。陆晓君在刚才匆忙躲避的惊慌中，曾下意识地朝着车辆驾驶室瞥了一眼。因为车窗上贴着深色防晒膜，她并没有看清楚司机的模样，但是她仍能确定，那是一个壮实的短发男人。

从远处跑过来的环卫大叔，急切地询问陆晓君有没有受伤。陆晓君感激地冲大叔摇摇头，告诉他自己没事，那辆车并没有碰到她。在她的手中，紧紧地攥着刚才自己从风中追抢回来的遗书——感谢上苍，或许程路明也在冥冥之中保佑着她，刚才要不是恰巧跑着去追赶程路明留下来的这封遗书，她恐怕很难逃脱那辆汽车的撞击。

大叔长出了一口气，似乎也对刚才看到的一幕感到心悸不已。他向陆晓君问道："你认识那辆车上的司机吗？十多分钟前，我在尘事咖啡厅对面清扫马路时，就看见这辆车停在那条胡同的花圃后边，但车子并没熄火。我当时没有在意，只是在想这辆车也没挂牌，怎么会开出来了呢？但是呢，刚才在马路和胡同的拐角那里，当你从我身边走过时，我看到车子开始慢慢地开动起来，然后从那条胡同小道上拐过来，一直跟在你的身后。我还以为司机正要开车离开呢，没想到你走了没多远，他就加速向前冲了过来。我觉得那个司机肯定是故意的，你认识他吗？”

“我完全不认识这个司机，也从来没有见过这辆车。大叔，您刚才有没有注意到那个司机长什么模样？”

“哎呀，具体的样子我可说不上来，因为当我在胡同里扫地的时候，他一直坐在车里，隔着车窗玻璃看不太清楚。不过，那个司机肯定是个男人，而且感觉他应该长得很壮实。”

“是呀，我也看到好像是个男人。但我和他无仇无怨的，他干吗要来撞我啊？”

陆晓君又和大叔交流了几句，但两人也没讨论出一个所以然来。陆晓君再一次感谢了大叔的关心之后，便匆匆地往尘事咖啡厅的方向走去。

陆晓君走回到尘事咖啡厅门前的那条小道上，找到了刚才大叔提到过的花圃。这条小道是个死胡同，路面很窄，进深也短，而且还是一条没有硬化的黄土路。胡同里没有什么杂物，路面被环卫工大叔清扫得非常干净，所以一眼就能够看到道路的尽头。小道上唯一可以隐藏行踪的地方，就是这个小小的花圃。

陆晓君走到花圃旁边，仔细地辨认着地上的痕迹。花圃好像早上刚浇过水，因为花圃旁边的地面看上去都很潮湿。这条小道平时没有什么车辆经过，所以通过黄土路上显眼的车辙来看，刚才那辆黑色雪佛兰应该就是停在花圃的里侧。除了车辙之外，潮湿的地面上还有不少脚印，这说明车上的司机曾经下过车。在靠近车辙左前方的地面上，有好多烟头散落着，这应该是司机在驾驶室抽完烟之后扔在这里的。陆晓君挨个数了一下，一共有八个烟头。

陆晓君看了看手表，现在是上午十点半。那么从她九点左右进入尘事咖啡厅到刚才几分钟之前跟林医生道别，她一共在咖啡厅里面待了八十多分钟。从这些烟头的数量来看，雪佛兰轿车停在这里的时间应该不短了。这么说来，那个司机很可能是尾随着她来时所乘坐的出租车，一路驾车跟踪而至的。

如此想来，这个人应该认识陆晓君，并一直在暗处监视她。他今天上午驾车撞人，是为了什么呢？是想图财害命，还是要杀人灭口？不管他是出于什么动机，必然是跟程路明之死有关系的，因为陆晓君在来北京之前，虽然是从事法官工作，但她还从来没有牵扯进任何的私人恩怨中。

这个人是谁？他今天铤而走险，是因为他了解到，陆晓君已经掌握了什么相关证据吗？不过，陆晓君并没有觉得自己已经得到了什么有用的信息。这么说来，现在的调查方向一定是正确的，有可能她正在做的一些事情，已经引起了某个人的注意和恐慌，才让他决定尽早阻止调查。

陆晓君又绕着地上的车辙转了几圈，辨别出车辙中压痕最重的四个凹坑。从这四个凹坑的深度、尺寸及彼此间的距离来看，它们应该是雪佛兰轿车停在此处时四个车轮所压在地上的位置。这时，在靠近胡同右侧的两个车轮凹坑之间，有一颗小小的平头螺丝钉引起了陆晓君的注意。这颗螺丝钉正好位于两个凹坑中间。它周围的地面上干干净净，没有其他杂物散落在附近。所以很显然，这颗螺丝钉原本不应该在这里，莫非——它是从车上掉落下来的？

从车辆开进来的方向和地上的车辙来看，这两个凹坑应该是汽车后轮所留下的压痕。而从地上遗留下来的脚印方向来看，在司机把车停在花圃旁边的时间段里，他当时下车时应该是从驾驶室出来，先走到汽车后备厢的位置——也就是留下这颗螺丝钉的地方；他在此处应该停留了一会儿，因为附近留下了若干杂乱的脚印；然后又从汽车的另外一侧，绕到了车头位置，在这里也留下了不少杂乱的脚印；随后，他又从车头绕到了驾驶室的位置，最后回到了车上。

嗯，推想一下当时轿车司机的一系列动作——他绕着汽车转了一圈，在后备厢和车头位置分别停下来一会儿，并在后备厢旁边的地面上落下了一颗螺丝钉。他当时在干什么呢？这颗平头螺丝钉，又是用来做什么用的呢？

晓君把螺丝钉捡了起来，放在手上端详了半天，也没有理出个头绪来。她决定暂且把此事搁在一边，因为她还有更重要的其他工作，要尽快去完成。

陆晓君把螺丝钉用一张纸巾包了起来，放进自己的皮包里。然后，她从包里拿出手机，给程路明的助理邵晶晶打了一个电话，告诉她自己想现在去程路明的办公室整理一下他的遗物，可能半个小时内就能赶到。

陆晓君坐上一辆出租车，没多久就来到了位于华贸中心十六层的嘉德公司。她在公司前台给邵晶晶打了一个电话，邵晶晶很快就扭动着腰肢走出来，带着她来到了程路明生前用过的总裁办公室。

当陆晓君走过办公大厅的通道时，她发现坐在工位上的大部分员工都悄悄地抬起头来，仔细地观察着她的一举一动，相互之间还交换着眼色，仿佛在嗅探着空气中阴谋和秘密的气息。从古至今，人们的生活方式和工作场所日渐现代化，但人性中天生爱好八卦的灵魂似乎一以贯之。

陆晓君走进总裁办公室后，邵晶晶给她送进来一杯水，两人简单地交流了一下。邵晶晶把早就打印好的一份程路明个人遗物清单递给了她，然后轻轻地带上房门走了出去。

陆晓君上次来到嘉德公司的时候并没有进入程路明的办公室。在今天之前，她对程路明办公室唯一的印象，来自程路明家中相册里的一张照片。那张照片是他坐在办公室座椅上拍的，照片里的他微笑着面对镜头，交握的双手放在胸前，眼神温和而明亮，身着正装的职业形象与背后高大书柜里的藏书相得益彰。

陆晓君抬起头，往书柜的方向看了一下。书柜里的书都不在了，估计是程路明在生病以后把它们都搬回家了吧。

现在书柜里面没有放太多东西，空荡荡的。书柜中唯一引起陆晓君注意的，是一个尺寸很大的玻璃相框。她拉开书柜的柜门，把玻璃相框拿出来，上面落了薄薄的一层灰，她用纸巾仔细地把它擦拭干净。

这是程路明生前在自驾越野时拍摄的一张照片。照片里，他穿着白色的粗布衬衫，和三四个男人兴高采烈地簇拥在一起，背后是一片平坦辽阔的沙漠。沙漠看起来无边无际、人迹罕至，没有任何植被和建筑。背景里打破一片寂寥、毫无生机的大漠景色的，是不远处停着的几辆粗犷高大的越野汽车，以及汽车从远处驶来留下的几道深深的车辙。

陆晓君转过身来，仔细地观察着整间办公室。办公室面积在四十平方米左右，整个布局显得空阔大气。墙壁上覆盖着浅蓝色条纹的壁纸，配上米黄色的办公家具，色彩和格调看起来很协调，这是天空与大漠的颜色。整个房间充满了视野高远、生机勃勃的氛围，与程路明乐观向上的性格甚是相配。

这个房间的视野非常好。从办公室南侧的窗子看出去，天空中透出瓦蓝的晴朗，有几只尾巴长长的彩色风筝在半空游弋，偶尔有一两架飞机向南方飞去，那是故乡鲁南的方向。陆晓君在沙发上坐下，想象着程路明以前坐在这里的样子，感受着他留在座位和房间里的温度与气息，揣度着他在工作繁忙之余，偷得片刻闲暇时的心境起伏。

在这个房间里，他会想起自己吗？会想起十多年前在大学的种种快乐时光吗，还是都在思念他的那个“S”，那只戴着钻戒的美丽左手的主人？

不知道为什么，现在坐在程路明的办公室里，想象着他以往的思绪，陆晓君突然感觉很想见到那个女人。这倒不仅是想通过她找到一些线索，让陆晓君更加期待的是通过认识和了解这个女人，来探究程路明近些年来的经历和故事。

女人真是种奇怪的动物。如果现在程路明还在世的话，陆晓君绝对不会有丝毫兴趣去认识这个“S”，更不用说去了解她和程路明之间的故事了。喜欢同一个男人的两个女人，几乎是水火不相容的两极；而现在她们共同喜欢的那个男人不在了，陆晓君却对另外一个女人充满了兴趣，丝毫没有了情敌之间的嫉妒和排斥感。

陆晓君站起身来，再次仔细地搜查房间里的物品和痕迹。房间虽然很大，但是所有的摆设一目了然。目光能及之处，很明显没有太多值得研究的地方。

陆晓君走到办公室门口，拉开房门，把坐在附近工位上的邵晶晶叫了进来。陆晓君低声问道：“晶晶，我前天听刘警官说起，两周前路明去世后，专案组曾经到办公室来搜查和收集过证据。你知道他们都找到和带走了些什么吗？”

“这个呀，当时来了三个警察，中间有段时间，还叫着我一起配合他们的搜查工作呢。我对程总办公室的物品很熟悉，等警察走了之后我把办公室重新整理了一遍，发现他们并没有带走什么物品和资料。不过看他们的样子，好像心里对这个案子很有把握，在办公室里待的时间不长，只是把我们公司几个与程总工作联系比较紧密的同事分别叫过来聊了一会儿。跟我们几个聊完之后，他们在办公室商量了一下，就离开办公室回去了。”

“哦，是这样啊。对了，路明平时应该有自己的电脑吧？我怎么在他家和办公室里，都没有找到呢？真是很奇怪呀。”

“哦，对了！您要是不提，我都忘了这回事了。程总的笔记本电脑，这几天放在公司业务部陈总那里了。上周我们要去参加一个投标项目，需要查找程总电脑里原有的一些资料，所以陈总他们把电脑拿走了。昨天我还听同事说呢，电脑开启需要密码，大家尝试了很多次，发现密码都不对，所以电脑一直没有打开过。您稍等一下，我去把电脑要回来给您。”

邵晶晶说完后，风风火火地跑去找电脑了，陆晓君于是重新在沙发上坐了下来。按照刚才邵晶晶的说法，似乎专案组来公司调查时，本来就认定程路明是自杀身亡的，所以并没有花太多的时间和心思来进行详细的调查和取证。也许，在他们看来，这个案子的案情再清楚不过了，实在没有什么值得深入探究的必要。

陆晓君在心里叹息了一番，这个总裁办公室，自己以后很难有机会再来了。估计很快就会有新的主人搬进来，并且想要尽力抹掉程路明遗留下的痕迹。城头变幻、人走茶凉，并非人心不古，世事本就如此。可是陆晓君对路明曾待过的每个地方都深感不舍。她拿出手机，把房间的每个角落都拍了一张照片，权当留作日后的纪念吧。

没多久，邵晶晶就提着一个黑色的电脑包，快步走了进来。这是程路明的电脑，陆晓君从邵晶晶手里接过电脑，告辞离去了。

离开嘉德公司后，陆晓君并没有急着回程路明家。她来到华贸中心二楼的星巴克，也就是昨天下午她第一次约邵晶晶见面的地方。

点了一杯咖啡后，陆晓君找了一个座位坐下来，着急地把程路明的电脑取出来放在桌子上。她把电脑启动起来，果然如邵晶晶所说，电脑桌面弹出了“请输入密码”的对话框。

密码会是多少呢？上大学时，程路明倒是用过陆晓君的生日做电脑密码，这么多年过去，物是人非，估计他不会再用了。但是怀着一丝恶作剧般的心情，陆晓君还是输进去了“八三一一一三”这几个数字，果不其然，电脑显示密码错误！

陆晓君苦笑着摇了摇头。会是程路明自己的生日吗？她又输入了“八〇〇一二九”，密码还是显示错误。

陆晓君皱着眉头，呆呆地想了半天。突然，她的眼睛一亮，嗯，对了，程路明原来喜欢用他的农历生日作为银行卡的密码。她急忙在电脑桌面上输入了“七九一二一二”这六个数字，然后就开心地笑了起来。没错，就是这个密码！她顺利地进入了电脑主页面。

带着一丝难得的兴奋心情，陆晓君把程路明电脑上的文件夹依次打开查看。除了用来安装程序的 C 盘之外，电脑上只有 D、E 两个磁盘。

D 盘里面全部是工作文件，从竞标方案、咨询方案、项目过程管理文件、企业培训教案等业务资料，到公司内部的流程制度、财务制度、人事档案等管理文件，琳琅满目，足足占用了接近 20G 的电脑空间。这些都是程路明十多年职业生涯中积累下来的宝贵财富吧，等自己日后有时间的时候，好好地帮他整理归类，肯定会有很大的学习价值。

但是，眼下她没有时间和心情去查看和处理这些工作文件。她马上打开 E 盘，仔细地浏览了起来。

E 盘里面存放的内容，都是程路明个人的一些文件、照片和生活资料。在这些资料里，照片应该对陆晓君是有帮助的，她也很有兴趣去翻看。照片文件夹下面，有程路明工作时拍的一些照片，有他和俞婧结婚时的婚礼照，有他外出旅游和越野时的留影，还有去年自己生日时程路明跟拍的那些照片。

对于程路明和俞婧的结婚照，陆晓君仔细地翻看了一遍。他们的婚礼是在二〇〇九年六月份举办的，婚礼举办地应该是一家高档酒店的宴会厅。这些照片里最让人印象深刻的，是现场的背景布置得非常豪华漂亮。到场参加婚礼的宾客很多，大多衣着光鲜、气度不凡，看得出来都是一些事业成功的人士。在这些照片里，俞婧身穿定制的高端婚纱和不同颜色的旗袍，身材高挑、笑容灿烂，留着利落的短发，显得优雅而干练。而程路明呢，身穿得体而名贵的正装，一副认真而淡然的样子，与不同的来宾有很多的合影，像极了出席盛大晚宴的男主人。但是，陆晓君怎么也不能把这些照片里的他，与她自己心目中程路明作为新郎的形象对应起来。

当陆晓君在大学里和程路明谈恋爱时，在她最近一年与徐磊离婚后，甚至在与程路明分手这么多年来经常让她午夜惊醒的睡梦中，她都曾无数次地想象过，自己如果与程路明结婚会是什么样子。不需要高档酒店，不需要高朋满座，不需要定制服装，她需要的只是自己跟程路明深情的对视、紧握的双手、如梦的笑靥，还有至亲好友的祝福、艳而不俗的鲜花，以及洋溢在两颗心中，让所有人一看就感受得到的——爱情。

爱情，是某一类女人终其一生所追求的最重要的东西。陆晓君是在最近几年，才惊讶地发现自己竟然属于这一类女人。所以，她与徐磊离婚，让他从爱的枷锁中逃离；她平静地陪伴着孩子和父母，在个人感情上宁愿一个人独行，也不愿意再次闯进一份不能真正打动自己的爱情；她听到程路明去世的消息后，才能不顾一切地来寻找他离世的真相。

所有这一切，都是因为爱情，以及爱情所迸发出来的巨大能量。

除了结婚照外，程路明工作时的照片也有很多：有的是他在讲台上演讲的样子，有的是他在商务洽谈时的侧影，还有他外出考察时的纪念留影。不管在什么场合，工作照中的程路明看上去都神采奕奕、自信满满。人们都说自信而认真的男人最有魅力，此言不虚。

至于程路明外出旅游和越野时的照片，则大多是和一帮朋友在一起。照片里的景点，有全世界各处的沙漠、草原、戈壁、雨林、国家公园，都是些人迹罕至或自然风光极美的地方，好像他不大喜欢去繁华热闹的都市旅游。

她把所有的照片都浏览了一遍。令人奇怪的是，这些照片里，除了有程路明与俞婧比较亲密的合影外，竟然没有其他看上去与他关系密切的女人。那么，那个神秘的S呢？她长什么样子？自己怎样才能找到她呢？

陆晓君一边浏览着电脑中的照片和文件，一边在脑中快速思索着。

一个多小时过去了，陆晓君把程路明电脑里的所有文件都浏览了一遍，但并没有发现太多有启发和帮助的内容。

陆晓君疲倦地把身体靠在座椅后背上，揉了揉干涩的眼睛，啜了一口已经凉透的咖啡。

下一步该怎么办？找不到这个S，就没法进一步深挖程路明生前的经历和他去世当晚发生的事情。

现在已经午后一点多了，当陆晓君从自己的思绪中回过神来，她发现咖啡厅里坐满了午餐后小憩的男男女女。周围人们的窃窃私语声突然扑面而来——特别像人们在电脑里静音欣赏影片时，突然被人打开了声音开关那样——瞬间让她进入了人声鼎沸的嘈杂世界。

陆晓君僵硬地站起身来，还是去找个餐厅吃点东西，再来研究如何寻找S的问题吧。

她弯下腰，准备把电脑关掉收到电脑包中。

突然间，她发现电脑屏幕的右下角有一个图标在闪烁。她重新坐下来，用鼠标点击了一下闪烁的图标。屏幕上跳出来一个弹框，原来这是一个叫作“日志星”的软件，账号已经自动登录了，弹框提示的内容是——“您的账号已有二十五天没有登录，本软件有新的版本，现在已自动更新”。

陆晓君关掉弹框，打开了日志星程序。从日志星的首页介绍和菜单来看，这是一款个人日志生成软件。也就是说，用户可以应用该软件，以图文编辑的方式生成日志，并上传保存到网络空间。

陆晓君发现在日志星首页的菜单中，有一个“我的日志”专区，她点击进入后，赫然发现有几十篇程路明写的日志。

噢！天哪！这就是陆晓君一直在找的东西！

她根本顾不上吃饭的问题了，先点开了最新的一篇日志。这是写于今年七月八日的一篇日志，也就是程路明去世前一周才上传的。日志的主要内容是最近工作上的心得，最后的部分提到了下周要去天坛医院复查的事情。日志还写到程路明已经对自己的病情有了深入的了解，做好了进行手术治疗的准备。

从这篇日志的内容来看，程路明的情绪非常稳定和乐观，丝毫看不出有激烈的情绪起伏。不过，因为日志写于路明去世之前的一周，所以对于了解路明七月十五日当天的遭遇，并没有太大帮助。

陆晓君仔细看了一下所有日志的日期，最早的一篇写于二〇一五年九月份，也就是去年程路明刚刚检查出来患病的时候。这些日志基本上每周更新一次，陆晓君从最早的一篇开始，依次打开快速浏览。现在还不是仔细阅读这些日志内容的时候，她目前最需要的，是通过这些日志找到程路明去世的线索。

一共有四十多篇日志，日志篇幅或长或短，主题也各不相同——有对程路明病情逐渐深入的介绍和他内心的感受，有对他生活细节的记录和对工作心得的总结，有对生命意义的感悟和反思，还有对几段爱情的回忆和比较。在这其中，陆晓君也找到了昨天晚上她在程路明家发现的那份工作日志的原件。

陆晓君从头到尾把这些日志粗粗地浏览了一遍，但涉及爱情的内容，她却不由得细细阅读起来。这里边有十多篇日志涉及程路明的爱情经历和体验——其中有一篇在回忆与俞婧的婚姻，有五篇讲述了与陆晓君的恋爱过程和感悟，有七篇提到了他与 S 的爱情。

不到两个小时，陆晓君就把所有的日志都看完了。看完之后，她静静地靠在座椅后背上，透过大厦的玻璃窗盯着远处的天空。在她的眼神里，混杂了无数种难以辨别的思绪和体悟。在这其中，有悲伤、有幸福，有遗憾、有庆幸，有痛苦、有释然……

最终，这些五味杂陈、纠缠融合的情绪，化成了两行晶莹剔透的泪珠，从她微微上扬的美丽眼角，静静地滚落下来。

陆晓君任由泪水从她光滑的脸颊流下，直到泪水打湿了裙装前襟，她呆呆的眼神才从远处恍然收回。她拿起桌上的纸巾，擦拭了一下脸上和衣服上的眼泪，摇了摇头，让自己的思绪重新回到现实中。

陆晓君是个女人，坚强而聪明的女人。

她通过这两天锲而不舍的努力所找到的这些日志文章，可以说是程路明对过去十几年来他自己生活经历和人生感悟的总结与升华。从这个角度来说，这些文字是程路明留下来的生命悟道和心灵密码；对于他深爱着的或爱着他的人们来说，这是解开路明短短三十七年人生之谜的精神密码和心门之匙。

通过这些日志，陆晓君现在对于近几年日渐成熟的程路明有了全新的印象和深入的了解。这种印象，与她记忆中校园里程路明稍显稚气的形象，当然大不相同；但是他那种做人做事特有的傲骨和风格，始终如一、从未改变。

陆晓君用大拇指揉了揉两侧的太阳穴，让自己从激动的情绪中冷静下来。她明白，现在最急迫的是通过各种渠道尽快找到S，向她了解程路明去世当天的具体情况。

在这些日志中，有一篇记录了程路明和S爱情生活中的种种细节，是写于今年五月份的。陆晓君把这篇日志找出来，从头开始仔细地读了一遍。

生活日志18——2016.5.12晚，周五

我与静雯从相识相恋，一路走到现在，整整有两年时间了。

永远忘不了第一次见面的时候，你的样子——是那么无助而美丽。在那么巧的时间，那么巧的地方，仿佛时间

老人驾驶着快速穿梭的时光列车，帮我剪掉了十多年的时间，让晓君和静雯在同一个站点交融在一起，汇聚到我的生命里。我真的很幸运，感谢爱神赐予我两段至真至美的爱情，连接了我青春和成熟后的时光。

我曾经在与晓君分手后，经历过几年无欲无求的日子，奋力把所有精力寄托于事业，并在事业小有所成时，风光地迎娶了女强人类型的俞婧，但终归如两颗同样炙热的太阳，彼此因互相炙烤和伤害而分离。

我曾经在都市的繁华喧嚣背后，孤独得几近绝望。我曾经问自己，这个城市属于自己吗？我远离家乡和亲人，来到这里奋斗这么多年，是为了追求什么？幸福究竟是什么？

与俞婧离婚之后，我本以为自己此生此世，是无缘再次拥抱真正的爱情了。梦中完美的情人，终归只能在梦里出现。现实中的人们，有不同的背景、不同的际遇、不同的梦想和不同的渴望，怎么会有一个女人，真如我梦想的那样，如此完美，如此契合于我的心？

直到我遇到了你，善良而美丽的静雯——
你像地平线上初升的太阳，温暖却内敛；
你像清晨阳光下纯洁的百合，动人而芬芳；
你像百合花瓣上欲滴的露珠，情深至忘我；
你像露珠蒸发后形成的薄雾，润物于无形。

有了你，我才明白，自己背井离乡来到北京究竟是为了什么；

有了你，我才明白，世上芸芸众生里真有如梦中完美的女人。

我们每晚下班后，都在阳光树咖啡厅静坐，享受喧嚣都市中难得的静谧；

我们周末休息时，都去大学校园挽手漫步，假装校园情侣在幸福地徜徉。

我们曾经无数次遐想，如果时光重来，我们能够重新回到大学校园里学习、相识、相爱该有多好。青春时相爱，相爱时疯狂，疯狂过后成熟时结婚，结婚后生儿育女，子女长大后两人携手慢慢变老。我心中所谓理想的爱情，不过如此吧！

滚滚红尘中，你就是那个让我安静、给我温暖，使得我由衷感激此生没有虚度的女人。如果时光可以重来，我希望我能在你十六岁、我二十岁的时候认识你，你十八岁、我二十二岁的时候与你相恋，你二十四岁、我二十八岁的时候娶你，你二十八岁、我三十二岁的时候生个可爱的宝宝，你四十六岁、我五十岁的时候带你去环游世界……

本来，我们应该在今年走进幸福婚姻的殿堂。可是我的疾病，像噩梦一样锁住了我的心。我知道，你会不离不弃，永远陪伴着我。但给我一点时间好吗？当我恢复健康以后，此生一定永远与你相伴。

希望终有一天，如浪漫的诗人所讲——面向大海，春暖花开！

当然，那要与你在一起……

世事变幻莫测，人之本性难移。程路明的这篇日志写得深情而隽永，一如既往。看完程路明对静雯——肯定就是那个S——的内心表白，陆晓君并没有因此而嫉妒。反之，她还为程路明能够在有生之年重新找到自己梦想的真爱和幸福，而感到庆幸不已。

当然，对于自己没能陪程路明走到最后，陆晓君心中确实有遗憾。青春时相爱，相爱时疯狂——这些她与程路明都一起经历过，也从来没有后悔过。但疯狂过后，两人的爱情却败给了各自选择的职业与城市——不，是败给了各自内心不同的追求，哦，或许是恶魔！

好了，这一切都过去了，悔恨没有任何的意义。

但是，她至少知道应该去哪里找到那个S了，对吗？

# 第十章 阳光照在白杨树上

二〇一六年八月三日，星期三，下午

北京，阳光树咖啡厅

在华贸中心匆匆吃了份快餐后，陆晓君看了一下时间，已经是下午快四点钟了。

她离开华贸中心，步行走回阳光花园小区，也不过是十几分钟的路程。陆晓君来到昨天晚上探访过的阳光树茶餐厅，从院子西侧的大门走了进去。

阳光树是座两层的徽式建筑。一楼是茶餐厅，主要用来接待顾客就餐；二楼是咖啡厅，里面摆放着不同颜色的圆形绒布沙发，三三两两的沙发中间，放置着古色古香的实木桌案。咖啡厅布置得安静优雅，适合客人闲暇时在此静静地消磨时光。

陆晓君在二楼咖啡厅找了个东侧靠窗的座位坐下。

咖啡厅北侧部分是前台和操作间，西侧靠墙摆放着几个书架，上面摆满了书和杂志。在下午这个时间段，咖啡厅里的客人很少。为数不多的几个客人散坐在不同的角落里，没有人发出太大的嘈杂声。

陆晓君朝着前台方向招了下手，一个身穿淡蓝色裙装的大眼睛女孩儿走了过来，脸上带着热情的笑容，把手里的茶水单递给陆晓君。她随手点了一杯咖啡，并用手机支付了账单，女孩儿把茶水单拿走，去安排准备咖啡了。

陆晓君打开电脑包，把程路明的笔记本电脑拿出来放在桌上。她打开电脑，找出电脑里面的照片文件夹，从中挑了一张程路明的生活照。

几分钟后，等大眼睛的女孩儿端着托盘送咖啡过来的时候，陆晓君微笑着低声对女孩儿说："您好！我想请您帮个忙好吗？"

女孩儿腼腆地笑了一下："没问题，请问有什么能帮您的？"

"您在这里工作很久了吗？我有一个朋友就住在旁边的阳光花园小区里，他经常来这里喝咖啡。前几天我的手机坏了，找不到他的联系方式了。我现在有急事要联系上他，只好来您这里碰碰运气，看看能不能碰到他。现在我想请您帮忙看看电脑里他的照片，不知道您是不是认识他呢？"

"嗯，我在这里工作快两年了。好的，没问题，希望能帮到您。"

陆晓君把电脑屏幕转过来，让女孩儿看了一下程路明的照片。

女孩儿一下子笑了起来，"是啊，认识啊，他是程先生呀！程先生是我们的老顾客，也是我们的长期会员呢。"

陆晓君的眼神一下子亮了起来。"是吗，太好啦！他最近来过吗？"

"嗯，我想一下。应该有十多天没看见他了吧，原来倒是经常过来，几乎每天下班后都会来我们这里坐一会儿呢。"

"您还记得他最后一次来这儿是哪一天吗？"

"具体是哪一天嘛，那我要想一想……十几天前……我记得他那天来的时候好像是下着大雨呢。他当时还因为给一起来的程太太撑伞，自己的衣服湿了大半边呢，那是哪一天来着？"

陆晓君心头狂喜。“哦，程先生不是一个人来的呀？”

“对呀，他和太太一般是一起来的，都是下班后过来坐一会儿。您先稍等一下，我去查一下我手机里的微信信息，就知道是哪一天了。因为那天的雨实在是太大了，我在晚上下班时让我的朋友来接我，现在应该还能查到当时给朋友发的微信。”

女孩儿转过身去，走向前台去查手机里的信息去了。陆晓君几乎可以听见自己“怦怦”的心跳声，眼睛一眨不眨地盯着女孩儿的身影。

不一会儿，女孩儿就回来了。

“女士您好！我查到了，那天是七月十四号，星期四。”

“啊？七月十四号？那他第二天，也就是七月十五号晚上又来过吗？”

“第二天呀，没有来了。我记得很清楚，从七月十四号那天之后，我就没有见过他了，昨天我和我们店长还在聊呢，怎么程先生最近没有再来了。他原来可是经常来这里呢！”

听到这里，陆晓君知道这个女孩儿对程路明本人的情况，不会有更多了解了。但是，她似乎把平时与程路明同来的女人当作了路明的太太。那个女人，应该就是程路明日志里提到的静雯——也就是自己急着要找的S了。

“哦，是这样呀。您刚才提到的程太太，最近来过吗？”

“程太太一般不自己来的，都是与程先生一起过来。她呀，从七月十四号之后，也没有来过呢！”

“嗯，刚才您提到程先生是你们的长期会员，那他应该留下他自己或程太太的联系方式了吧？你们电脑里能查得到吗？我实在是着急联系上他们，能否麻烦您帮我查一下？实在是太感谢了！”

女孩儿稍微犹豫了一下，抿着嘴想了想，看了看陆晓君微笑的双眸——这是一双让人信赖的眼睛——便转身往前台走去了。

不一会儿，女孩儿手里拿着一张纸条走了回来，她把纸条递给陆晓君，说上面就是程路明在办会员卡时留下来的电话。

陆晓君接过来看了一下，这个电话号码很熟悉，就是程路明日常用的手机号码。可是这个号码对她没什么帮助，程路明的手机还躺在她的皮包里呢。她想要的是静雯的联系方式，可是又不能告诉这个女孩儿自己的真心话。

“太好了，谢谢您啦！我马上联系程先生，对了，他留在你们这里的联系方式，只有这个电话号码吗？”

“是的，女士。”

陆晓君心里一阵失望。这个静雯，简直就像个影子一样，让陆晓君感觉到她几乎是无处不在，只要是程路明出现的地方，都会有她的身影。但是当陆晓君追到了这个地方时，那个影子却总是化成一股淡淡的轻烟，随风飘走。

陆晓君感觉到内心的焦虑情绪在不断发酵，她用力地摇了摇头，然后转过身，从咖啡厅的窗子往外看出去。

窗外首先映入眼帘的，是阳光树茶餐厅东边的白杨林。虽然现在已经快到傍晚时分，但盛夏时节下午的太阳光依然强烈。阳光照射在白杨树光滑的树干上，看上去感觉有些刺眼。

白杨树——阳光树？陆晓君的脑中，忽然好像有些东西一闪而过。那是什么东西呢？她皱着眉头，努力想要在脑中抓住它的身影，以便仔细地看个究竟。

这片白杨林，在自己的记忆里，一直有清晰而难忘的深刻印象……最大的一棵白杨树上面，留着程路明十三年前刻在上边的丘比特之箭的图案……这片树林被程路明称为阳光树林……昨天自己来过阳光树林……今天自己因为程路明电脑里的一篇日志来到阳光树咖啡厅寻找静雯的踪迹……对了，程路明的电脑！里面另外一篇日志，还提到了阳光树！

陆晓君从电脑包中取出路明的电脑，重新启动起来。她打开日志星软件，在程路明所写的几十篇日志里搜索起来。不一会儿，她就找到了那篇刚刚在自己脑中一闪而过的日志——

生活日志 6——2015. 12.25 晚，圣诞节，周五

静雯，由于有了你，这一年半多的时间，对我而言，是如此的幸福而特殊！

我至今很清楚地记得咱们第一次见面时的情景。那也许是上天的恩赐，让我能有机会帮你做些事情，并由此认识了你。在我生命中那段灰色而平淡的岁月里，你的出现，像是上帝之手在一片光秃秃的荒漠中洒下了一滴圣水，刹那间荒漠变成生机勃勃、五光十色的多彩世界。

认识你之后，我了解到你从小成长的经历。你出生在北方一个有着悠久历史的古城，五岁的时候，跟随着父母去了南方一个以文娱和美食著称的城市。所以在你身上，既有故乡历史名城所特有的敦厚与温良，又有江南水乡浸润而成的灵秀与热情。高考之后，你去香港一所著名的大学读书，这种多元化的文化融合，造就了今天美丽善良、知性优雅的你。

见到你的第一眼，我就喜欢上了你。随着我们交往的逐渐增多，我越来越坚信你就是我的最爱。可是，那时在我们之间，存在着那么多的障碍。你说你当时不知道怎么选择，你很彷徨、很害怕，患得患失、进退维谷。

但是，爱情是世界上最不可阻挡的力量。我们终究冲破了重重阻力，走到了一起。虽然因为种种原因，我和你只能够偷偷地交往，没有人知道我们的关系，但是从一开始，我就认定你是我永远的爱人。

自从和你在一起，我就体会到了世界上最极致的快乐。你曾经不止一次地问我，我到底因为什么爱你。

我爱你，因为你温婉羞涩的微笑。第一次见到你的时候，你急匆匆地从我身边跑过，怀里抱着一个生病的孩子，到路边叫出租车要赶去医院。那时正是下班的高峰时间，我看到你焦急、无助的样子和孩子因高烧而潮红的脸庞，便主动提出来开车送你去医院。你的脸上，露出了感激而羞涩的微笑。正是那一抹微笑，一下子击中我心中最柔软的部分。那是我见过最美丽、最温暖的笑容，我从来没想过会这样爱上一个女人。温婉似水、羞涩如梦，这正是我心中最美丽的女子所应该有的样子。

我爱你，因为你的善良和包容。从第一次见面之后，我们很快就熟悉了起来。虽然有很多障碍，但我们还是无法抗拒爱情的力量。我喜欢和你在一起的每一刻，我喜欢这种爱情，简单而有力量；爱与被爱，都是那么细致、温暖和快乐。从小到大，我迫于生计、步履匆匆，穿梭于各个城市之间，应付着学习、工作与生活中的种种压力，从未停下脚步好好想明白，自己想要的究竟是什么样的爱情、什么样的女人。遇到你之后，我完全懂了，你身上表现出来的所有特质——善良、温柔、细致、包容……都是外壳坚硬的我，所真正向往的心灵归宿和幸福港湾。

我爱你，因为你与我有共同的梦。从来都没有想到，我们有那么多相同的爱好和那么多共同的梦想。在你我共同的梦里，男人就像一座山，应该撑起家庭的天空，让这个家有一道坚固的围墙，保护着家庭的安全和空间；女人恰似一泓水，用她的细致和温柔，梳理着家里的一切，让围墙里绿草如茵、井井有条。男人要有一定的张力，让家庭大的方面无忧；女人一定要细致，让家庭小的细节有序。男人要有自己的事业，同时要拿出时间照顾家人、享受天伦之乐；女人愿意为家庭而付出，同时要有一份稳定的工作，以免与世界脱节。男人用汗水呵护自己的女人，女人用温柔融化男人的身心，丝丝相扣、恋恋不舍，那才是我们心目中完美的夫妻之道。

我们相识相恋后，我曾经给你讲过我与晓君的故事；带你看过十几年前我在白杨树上留下的图案，你也对我和晓君当年没有结局的初恋表示惋惜。我们曾在那么多个夜晚，一次次地徜徉在白杨树林，我们依偎着坐在树林里最西边的长椅上，抬头数着阳光花园小区里高高的楼层，找到我们的房子后，看着房间阳台上的灯光照在窗帘上。窗帘上的太阳花图案，在夜空中显得分外清晰……

真是希望，所有的这一切，都能成为永恒！

再次看完这篇日志后，陆晓君静静地盯着外面的白杨树林，半天没有发出一丝动静。程路明喜欢什么样的爱情，喜欢什么样的生活，自己现在都已完全明了。爱情真是一幕男女间的悲喜剧，剧中人经历着各种悲欢离合，有时却如雾中看花一般，无法看透彼此的真实内心；而站在舞台外边的人们，虽然无法体会剧中人的切身感受，却更容易穿透迷雾、看清真相。

程路明在十多年前研究生毕业的时候，来到北京寻找工作和未来的方向。他与自己分手时肯定非常痛苦，但是却苦于不能梳理清楚自己真实的梦想，更不能把他的梦想准确地传递给自己。那自己呢，纠结于他是否真正爱着自己的困惑中不能自拔，却完全忽略了程路明对幸福的渴求、对爱情的期待。

时过境迁，自己在十多年后的今天，终于完全看懂了路明内心深处的渴望，却再也没有一丝机会，找出回到过去的时光之门。

陆晓君轻轻地摇了摇头，把思绪从过往的遗憾中拉了回来。

从这篇日志来看，程路明和静雯应该是在二〇一四年的上半年认识的。他们的相识，源于程路明帮助怀抱孩子的静雯去医院看病。这么说来，静雯应该是个结过婚的女人吧？她抱着的是她自己的孩子吗？此外，如日志里所言，他们两人的交往是私下秘密进行的，其他人都不知道内情究竟如何，是否也是因为上面所说的这个原因呢？

还有更重要的疑点。日志中讲到，程路明和静雯经常在晚上一起来白杨树林散步和静坐，那就说明静雯也是住在程路明家里的，对吧？而且咖啡厅这个大眼睛女孩儿也说过，静雯经常与程路明一起来咖啡厅消遣，这几乎可以旁证他们俩同居的事实。但有一个让人疑惑的问题是，如果程路明和静雯是住在一起的，他家里怎么没有一件静雯的日用品？而且警察从他家里，也没有找到静雯的指纹，这到底是为什么呢？

关于这两个问题，仔细想来，有这么一种可能——七月十五日程路明去世当晚，有人曾经在程路明睡着或去世后，潜入他家中，把静雯的物品全部取走（但可能唯独遗漏了程路明求婚的那枚钻戒），并且把静雯在程路明家留下的指纹全部清除掉了。如果再考虑到昨天晚上，陆晓君发现似乎有人进入程路明家中翻看笔记本这个细节，那么这种假设是有其可能性的。但是呢，这种推测有一个难以说通的疑点，即根据专案组的调查记录来看，七月十六日下午当警察进入程路明家中搜查时，大门是从里面反锁的。这个疑点，看起来直接把这种假设完全推翻了。

进一步来讲，如果程路明和静雯两人是住在一起的话，他怎么可能有机会服用过量安眠药自杀，而静雯却不知情呢？根据松海楼客户经理马群莉的说法，七月十五日——也就是程路明去世的那天晚上，他是与静雯一起在松海楼餐厅共用晚餐的；而程路明的司机李晓明却告诉晓君，晚饭后是他开车送程路明一个人回家的，那么静雯当晚去了哪里呢？

这个静雯——也就是那个神秘的S，究竟是个什么样的女人？在程路明去世这件事情上，她扮演了什么样的角色？程路明去世至今已有两周，她的内心里，又是一种什么样的心情呢？

想来想去，陆晓君也没想出个究竟。程路明去世带来的痛苦、急于查明事实真相的焦灼和睡眠不足造成的疲倦，种种压力纷至沓来，让她突然感觉头疼欲裂、胸闷不已。

陆晓君站起身来，把桌上的物品收拾了一下，跟咖啡厅的女孩儿打了个招呼，便快速地穿过白杨林，经过阳光花园小区的南门，回到了路明的家中。

陆晓君用钥匙打开程路明家的大门，她没有急着进入室内，而是打量了一下屋里铺在地板上的那块地毯。那块地毯紧挨着大门处低低的门槛，整整齐齐地摆放着，没有一丝褶皱。陆晓君往前迈了一大步，跨过这块地毯进入室内，然后转身把大门关好。她打开门廊的顶灯，然后蹲下身体，仔细地观察自己早上离家外出时撒在地毯上的那层细沙。薄薄的细沙没有发生什么变化，完全保持着原来的样子，看来今天没有其他人进来过。

陆晓君把随身携带的东西收拾了一下，用水壶烧了点热水，然后从程路明的酒柜中找出一个玻璃茶杯和一盒茶叶，用热水把茶泡开。等茶稍微凉下来之后，她喝了一大杯热茶，很快就感觉头疼好了许多。

陆晓君又把水壶里的热水往茶杯里添了一些。程路明收藏的这盒茶叶，是今年的西湖龙井新茶。西湖龙井素以色绿、香郁、味甘、形美之“四绝”闻名于世，在玻璃茶杯中用热水泡开时，茶叶均匀成朵、浮沉舒展，一旗一枪、交错辉映，茶汤清碧、悦目动人。

陆晓君用双手捧着茶杯，透过茶杯的玻璃杯壁看着茶叶翻起漂浮到水面，又一片一片下沉。茶叶在水中逐渐伸展，上下沉浮、姿态优美。看着看着，陆晓君的眼角不知不觉地湿润了，一滴晶莹剔透的泪珠，悄无声息地滴落到茶杯中，溅起小小的水花。

一个人的命运，与这水中翻腾浮沉的茶叶何其相似。而这一片片小小的茶叶，尚且还有眼下片刻姿态优美的盛放之时，那程路明呢？也许最近几年短短的事业巅峰，以及若干个美好的爱情瞬间，就是他留给这个世界和他自己短短的生命旅程里，为数不多的浅浅印记吧！

感伤之余，陆晓君看着手中的茶杯，忽然想到了一个问题。根据刘警官的说法，七月十五日晚上，程路明是喝了掺在咖啡里边的过量安眠药致死的。那么按照常理推想，会有人自杀时把大量的安眠药放到咖啡里面，等药完全溶解了之后，才喝下去吗？他为什么不直接把安眠药放到嘴里，用咖啡冲咽下去呢？毕竟即使用滚烫的咖啡来溶解安眠药，那也需要不短的时间呢，甚至未必能够完全溶解掉。当然了，除非他把安眠药都研磨成粉末再放到咖啡里，对吧？

另外，不知道刘警官他们接到报案后，是否在程路明家里，发现过研磨安眠药的器具和研磨过后留下的安眠药残渣呢？这又是一个疑点，陆晓君把这些问题都记到自己的笔记本上。

静静地坐了一会儿之后，陆晓君的头疼完全消除了。她站起身来，把家中各个房间又仔细地检查了一遍，看上去确实没有任何一点静雯在此生活所留下的印记。

这真的是太奇怪了！

陆晓君重新在沙发上坐下来，在心中仔细地推敲了一下这个奇怪的事实。然后，她拿起程路明的手机，在通讯录中搜索了一下，果然找到一个叫作“保洁郑阿姨”的联系人。

她毫不犹豫地给这个号码拨了过去。很快地，手机里就传来了一道惊讶的女声，这声音听起来略显苍老。陆晓君记得很清楚，前天跟刘警官去公安局的路上，他跟自己提到曾经对郑阿姨进行过调查，向她了解过程路明生前的一些情况。所以，手机中郑阿姨的声音之所以如此惊讶，明显是因为她知道程路明已经去世，而自己现在用这个手机联系她，让她非常意外。

陆晓君赶紧自我介绍了一下，并向她说明了联系她的原因。郑阿姨这才释然，然后非常配合地回答了陆晓君提出来的一些问题。

据郑阿姨介绍，近几年来，除非有特殊的情况，她平时都是每周日来程路明家打扫一次卫生。在七月十五日（周五）之前的那周，她也是周日来的，也就是说，她是在程路明去世五天前，来做过最后一次卫生保洁。

下面是郑阿姨对陆晓君提出来的问题，所提供的答案——

“路明平时是一个人生活吗？”

“是呀！程先生这几年都是一个人生活，我每次来做卫生保洁时，从来没有见到过其他人在程先生家里出现过。”

“您知道路明生病的事情吗？他最近一年心情怎么样？”

“嗯……程先生倒是没有跟我提到过他的病情，但是有一次我曾经在收拾书桌时，在桌面打开的一份病历上无意中看到他生病的记录。我当时还问过他呢，他说身体没有大问题，我也就没往心里去。他最近一年的心情嘛，我倒是没有发现他有什么异常，我觉得跟前两年没有太大的区别。”

“那您知道路明家里存有自己冲泡的咖啡吗？他平时喝咖啡多吗？”

“我没有在程先生家里发现他买过需要自己冲泡的咖啡。不过有几次收拾垃圾桶的时候，倒是看见过他扔掉的咖啡纸杯，看起来像是从外面买回来的冲好的咖啡。”

“哦，那您注意过他扔掉的那些咖啡纸杯上面印的是什么品牌的标志，或者是咖啡店的名字吗？”

“哎呀，我没注意呢，因为我收拾的时候，都是在垃圾桶里发现的，所以没有在意这些。不过呢，我记得有些纸杯的外面印着绿色和白色构成的图案，好像图案里面最显眼的位置，是一棵看起来很高大繁茂的大树。除此之外，我记得还有其他颜色的咖啡杯，但是上面到底印着什么图案或者文字，我确实是没有印象了。”

陆晓君又跟郑阿姨聊了一会儿，然后挂掉了电话。

这么看来，程路明这几年确实是一个人生活的喽？因为根据刚才郑阿姨的说法，她这几年从来没有在他家里见到过其他人。可是据她所知，程路明和静雯经常在晚上去阳光树咖啡厅消闲，以及在白杨林中长椅上静坐，并一起抬头看着家里的灯光，那又是怎么回事呢？

另外可以确认的是，程路明确实没有自己冲泡咖啡的习惯。那么他平时在家所喝的咖啡，都应该是在外面咖啡厅买回来的。根据郑阿姨刚才电话中所言，她打扫卫生时发现的部分咖啡杯上印着绿色大树图案，似乎就是阳光树咖啡厅的品牌 LOGO。陆晓君刚才去阳光树咖啡厅时，注意到茶水单和前台墙壁上都印着这个图形的 LOGO。

可是，根据阳光树咖啡厅里那个大眼睛女孩儿的说法，七月十五日晚上，程路明是没有去那里买过咖啡的。那他当天晚上喝的咖啡，是从哪里买来的呢？

陆晓君下意识地拿出手机，想给刘立鹏警官打个电话，询问一下专案组在程路明家里发现的咖啡是哪家咖啡店的。但是当她在手机上找出刘警官的电话号码，准备给他拨过去时，却又停住了。作为一名经验丰富的法官，陆晓君心里非常明白，如果自己没有确切的证据来证明程路明确实不是自杀的，那么现在给刘警官打电话，去询问一件已结案案件的相关证据，他几乎是不可能回应自己的。

心下烦恼之余，陆晓君走到房中南侧的阳光房。她把窗子打开，上半身趴在窗口的护栏上，往楼下看去。天已经黑了，小区南边的白杨林笼罩在四周楼房的阴影里，显得有些幽静阴暗，只有树林里小径上的路灯，闪烁着昏黄而微弱的光芒。白杨林西边的茶餐厅和咖啡厅倒是灯火通明，已经开始营业了，看上去生意很不错，进出的顾客熙熙攘攘、络绎不绝。

陆晓君的目光从茶餐厅那里收回来，又回到了白杨林的方向。粗大的白杨树树冠高大、枝叶茂盛，林中小径蜿蜒曲折，散落的长椅上坐着三两个乘凉的老人，手中还摇着扇子。

陆晓君心中忽然一动，她把阳光房的灯都打开来，拉上窗帘，然后穿好衣服走出家门。她到了一楼，又穿过小区南门走进了白杨树林。

她走到树林里最西边的长椅边，找了个没人的位置坐了下来。对面椅子上坐着一位身穿黑色长裙的女人，她扎着长长的马尾辫，手拿一个亮着屏幕的手机，低头在看着什么。

陆晓君靠在椅背上，抬起头来，眼睛搜索着阳光花园小区里程路明家的房子。她一幢楼一幢楼地数过来，找到了位于六号楼三单元十五层的一五〇二房间。没错，阳光房里的灯都亮着，这就是程路明的家。

窗帘虽然都拉上了，但是阳光房中明亮的灯光，透过米色的窗帘仍然显得非常温暖。陆晓君一直抬着头，眼睛定定地盯着那宽大的落地窗。根据程路明日志中所写的内容，他经常会与静雯坐在这里，像她现在一样，抬头看着家中的灯光。

陆晓君闭上眼睛，想象着程路明的样子，回忆着他在日志中所说的话——“静雯，我们相识相恋后，我曾经给你讲过我与晓君的故事，带你看过十几年前我在白杨树上留下的图案，你也为我和晓君当年没有结局的初恋爱情而惋惜。我和你曾在那么多个夜晚，一次次地徜徉在白杨树林，我们依偎着坐在树林里最西边的长椅上，抬起头数着阳光花园小区里高高的楼层，找到属于我们的房子后，看着房间阳台上的灯光照在窗帘上。窗帘上的太阳花图案，在夜空中显得分外清晰……”

太阳花图案？

陆晓君猛地睁开眼睛，眼神瞬间变得明亮而凌厉起来。程路明家的窗帘上面，是一片浅浅的格子图形，根本没有什么太阳花图案。这是怎么回事？

是自己找错了房间吗？她又根据阳光花园小区里楼群的方向、不同单元的分布和楼层层数重新确定了一下程路明家的位置。没错，刚才自己仔细观察的那个房间，就是程路明家的房子。可是，为什么窗帘上边没有太阳花图案呢？是程路明生前换过窗帘吗？

陆晓君站起身来，往四周看了看。树林中消暑的人们大多已经散去，对面长椅上的女人也不见了。她慢慢地挪着脚步，踱向林中最高大的那棵白杨树，程路明十几年前刻下的“丘比特之箭”图案就在自己眼前。她踮起脚尖，伸出右手去抚摸随树木长高而变宽的刻痕，泪水又一次模糊了她的双眼。这片阴暗的树林，死一般的寂静。

几分钟以后，陆晓君感觉到胸口如覆巨石，几乎透不过气来。她把右手握成拳头，狠狠地砸在树干上。她现在只想离开这片树林，她真的受不了心中这种孤独的感觉——就好似被扔在了一片一望无际的沙漠，放眼望去渺无人烟，毫无生机和希望。

陆晓君抬手擦了一下眼角，往程路明家的窗口看了最后一眼，准备迈步逃离这个伤心之地。

这时，程路明隔壁邻居家的灯光亮了起来。陆晓君一下子呆住了，迈出去的右脚停在半空——隔壁邻居家的窗帘，在刚刚亮起来的灯光照射之下，赫然显现出清晰的太阳花图案……

# 第十一章 S的心声

二〇一六年八月三日，星期三，晚上
北京，阳光花园小区

陆晓君看到程路明邻居家窗帘上的太阳花图案，惊讶得张大了嘴巴，完全不敢相信自己的眼睛。

这究竟是怎么回事？

按照程路明日志中所述，他原来经常与静雯一起，在傍晚时分坐在白杨树林里的长椅上，抬起头看着自己家里的太阳花图案，沉浸在爱情的甜蜜中。可是现在，陆晓君看到的印有太阳花图案的窗帘，却挂在他邻居家的窗口。

难道是程路明以前看错了，把邻居家的窗帘当成自己家的了？这不可能啊，凭着他认真细致的性格，他绝对不会找错自己家的窗户。更何况他是和静雯两个人在一起，更没有任何可能同时把自己家的窗帘认错了，对吧？

陆晓君急匆匆地又给保洁郑阿姨拨了一个电话，问了一下程路明家里窗帘的情况。据郑阿姨介绍，程路明家的窗帘最近几年并没有更换过，而且窗帘上也从来没有太阳花的图案。

挂掉电话以后，陆晓君陷入了沉思。

表面上看起来如此荒唐的一件事情，就这样真真切切地发生了。程路明邻居家的灯光仍然亮着，那硕大的太阳花图案仿佛眨着眼睛，向陆晓君绽露出顽皮而神秘的微笑。

时间老人的脚步，在静静地走个不停，从不停歇。陆晓君想了半天，也没想出个所以然，她看了一下时间，现在已经是晚上八点多钟了。陆晓君走进阳光树一楼的茶餐厅，点了个炒饭。她也没啥胃口，随便吃了几口饭便走出茶餐厅，回到了阳光花园小区。

陆晓君信步走到小区中央的喷泉广场旁边。喷泉还没有关闭，水柱从六个均匀分布的出水口高高地喷起，随风四溅的水花和水柱落地的哗哗声，吸引了几个孩子在四周嬉水打闹。

陆晓君轻轻叹了口气，在广场旁边找了条长椅坐下。从她坐火车来到北京，已经过去了三天。在这三天里，她东奔西走、四处求索，与程路明生前的同事、朋友和相关人员多方交流，运用各种推理和分析方法，殚精竭虑地提出了一个又一个的假设，然后去收集各种各样的证据，并对这些假设进行了一次又一次的推敲和重设，但最终好像还是走进了一条看不见出口的死胡同。

现在，她就坐在程路明生前生活的地方——他经历了各种快乐、悲伤、成功与挫折的地方。她不相信，不相信程路明会放弃生活的希望，扔下尘世间的一切牵挂独自飘然离去；她不甘心，不甘心自己找不到程路明去世的真相，而任凭他就此杳无声息、不明不白地被这个世界所抛弃。

可是，她又能怎么样呢？她既不是一个无所不能的魔法师，也不是一个具有超能力的都市英雄。她甚至都算不上是一位有丰富侦查经验的警察或侦探，而只不过是一个中型城市基层法院的普通法官罢了。甚至在今天上午，当那辆黑色的雪佛兰向她全速冲过来的时候，她也没有任何快速反应的经验和能力当场就把那个司机抓住，第一时间获知他的动机和身份。

除此之外，程路明日志里提到的太阳花图案，并没有出现在自家的窗帘上；静雯经常在附近出现，但在程路明家里却找不到她的任何印迹；程路明被证实因为喝了掺有安眠药的咖啡而死，但在他家里却找不到研磨安眠药的器具……所有这些事实碎片，单独看起来似乎都非常荒诞，但互相之间却又有着似有若无的联系。这一切，都让她感到困惑不已。

那么——

她尽力了吗？

是的！

她死心了吗？

还没有！

她是谁？她可是程路明十几年前至爱的路豆豆——用程路明的话说，一枚纯洁可爱、安静倔强的豆子。陆晓君相信自己的内心，相信自己深爱的男人。她更相信，纵使眼前迷雾重重，但在迷雾不远处的地方，若隐若现地就有真相的影子在向她招手。

陆晓君用右手狠狠地握着长椅的扶手，在心里对自己呐喊：“路豆豆，坚持下去，加油！”

寂寞和孤独，既能造就希望和刻骨铭心的爱，也能带来绝望与痛彻心扉的恨。她决不允许眼下的寂寞孤独，如此轻易地把自己打败；希望和爱的火苗，仍然在她心中酝酿升腾。

深爱的男人去世所带来的痛苦，以及对迷案背后真相求索的决心，驱使她坚定地站起身来，慢慢地往程路明家中走去。陆晓君用力地摇了摇头，甩了一下双手，把自己映在路灯下孤独的身影，抛到了背后的黑暗之中。

回到程路明家之后，陆晓君去浴室冲了个凉水澡，换上了一身家居服，夏日酷暑和连日奔波带来的疲乏与沮丧，顿时一扫而光。

她走到客厅南侧的阳光房里，在躺椅上半躺下来，拿起了昨天晚上自己看过的那本影集，又翻看起来。在把影集翻来覆去地看了几遍之后，陆晓君实在找不到更多有启发性的线索了。于是她把影集放在躺椅边的圆桌上，又仔细地查看了一下圆桌上下两层摆放着的各种物品。

圆桌上层的桌面上，只有一个小小的杂志架，架子上的几本汽车和旅游杂志已经显得比较破旧。下层则放置着一个圆形笔筒，笔筒旁边就是原来放影集的格子。因为靠近窗边有些背光的关系，圆桌下层的格子里，显得有些光线不足。

陆晓君把圆桌稍稍向自己的方向转了一下，这样格子里看上去就明亮了许多。在格子的底部，好像还平放着一张类似于贺卡一样的东西。她从躺椅上坐直身体，轻轻地把它抽了出来。这果然是一张纪念贺卡，贺卡的封面上印有大海和棕榈树的图案，好看极了。

陆晓君把贺卡打开来看了一眼，不由得完全惊呆了。

贺卡里是一个漂亮女人的半身照片。她看上去三十岁左右的样子，身穿一件白色的圆领无袖裙装，双手捧着一束美丽的玫瑰花，脸上堆满了幸福甜美的笑容，流露出女性经过时间沉淀后的高贵大气与独立之美。

照片里的女人略施粉黛，长相和气质都堪称完美。从脸型和五官来看，高挑的鼻梁、微翘的鼻头，大而深邃的眼睛、修长美好的眉型，加上饱满的额头、瘦削的脸蛋和干净的下颌线，面相属于秀外慧中的那种类型；而从气质与个性来看，微笑着的脸庞上一双酒窝若隐若现，加上她落落大方、温文尔雅的神态，使得整个人既有一种清新的阳光知性之美，又自带一派古典美人的天然温柔气质。

陆晓君仔细地观察着照片，女人纤细修长的双臂半弯，捧着玫瑰花的双手优雅脱俗；手指白皙细长，指甲上涂着淡粉色的指甲油，左手无名指上佩戴着自己熟悉的那枚钻戒，在照相机的灯光照射之下，钻戒显得更加璀璨夺目。

正如昨天陆晓君在新光天地电脑里看到的照片，女人手上的两个特征异常显眼——其中一个是这个女人的无名指很长，远远超过其食指的长度；另外一个是在左手的小手指外侧下方，有一颗细小的黑痣，与手上白皙的皮肤形成了鲜明的对比。

在照片下边的空白处，有一行程路明用钢笔写下来的文字——“二〇一五年八月二十六日，向静雯求婚成功，幸福而值得铭记的时刻！”

那么，照片上这位美女的名字就是静雯了，也就是自己几天来四处寻觅却又踪迹难寻的那个S。按照购买戒指时的服务卡上所标记的时间，程路明是二〇一五年八月十六日去新光天地定制了戒指，然后在十天之后即八月二十六日向静雯求婚成功。

说句心里话，在看到静雯的照片之前，当陆晓君读到程路明的日志时，看到他对静雯的种种爱慕和深情表白，内心还有一丝妒忌和不服气的情绪。但是当她看到这张照片之后，却不由得佩服起程路明的眼光。像静雯这样美丽而温润的女神，连同为女人的自己都不由得生出喜爱之情，更不用说像程路明这样的成熟男人了。

陆晓君把贺卡拿在手里，翻来覆去地看了很久。慢慢地，有两个疑问浮上了她的心头。

第一个疑问是，如果去年八月份程路明已经向静雯求婚成功，那么为什么现在这枚戒指却保存在路明的衣柜中？按照常理推测，一个男人向自己心仪的女人求婚成功后，钻戒不是应该由女人收藏起来保存吗？

另外一个疑问，倒不是来自跟第一个疑问类似的逻辑推理，只是在陆晓君的潜意识里，总觉得照片里的静雯似乎在哪里见过。那么，自己什么时候见过她呢？对于人的外貌长相，陆晓君从小就有异于常人的惊人记忆力，即使是很久之前见过的人，多年后仍然会在她的脑中留有深刻的印象。这种异于常人的天赋，在她的法官从业生涯里，曾经无数次起到过关键的作用。现在看着手中的照片，这张美丽的脸，嘴角边甜美的微笑，若隐若现的酒窝，这些细节自己肯定是见过的，而且见面的时间一定就在最近。但是，为什么自己怎么也记不起来她是谁了呢？

疑惑，源于不寻常的感觉；答案，一定就在这些疑问的背后。

陆晓君把自己的笔记本拿出来，细细地翻看着自己这几天写下来的诸多问题。她隐隐觉得，自己离程路明自杀迷案的真相似乎越来越近，只要穿透这些疑问形成的团团迷雾，就一定会找到所有的事实真相。

陆晓君自从在程路明衣柜中找到钻戒开始，就一直把找到S——就是程路明日志中提到的和眼前这张贺卡上的静雯——作为破解这桩疑案的关键突破口。到目前为止，自己既了解了程路明对静雯的深切感情，也已经知道静雯的外貌长相，可是要去哪里找到她呢？陆晓君发现自己仍然没有任何确切的线索。

陆晓君强压住心里又一次涌上来的烦躁之情，让自己尽力平静下来，她再一次在脑中把自己收集到的所有线索进行了细致的梳理。要想进一步推进自己的调查，现在只有几个方向可寻——程路明生前身边的人，程路明家里、办公室和车里的物品，程路明电脑中的日志。除此之外，别无他法。

三天来，陆晓君已经与程路明近两年接触较多的熟人进行了交流和沟通。至于其他的人，陆晓君觉得除了尽快找到静雯以外，暂时还没有必要进行联系。

而对于程路明家中、车中和办公室里的日常用品，陆晓君也已经搜索过多次，目前看来没有更多有价值的线索了。

现在已经是晚上十点多钟了，但盛夏的夜晚仍然闷热异常。陆晓君去卫生间用凉水冲了把脸，让自己的大脑再一次从烦躁不安中清醒过来。然后，从冰箱里找出一瓶功能饮料，喝了几大口，顿觉精神好了很多。她把程路明的电脑打开，对着日志星里面的日志文章，再次仔细地逐篇研究起来。

程路明写的这几十篇日志，陆晓君已经看过多次，这一次她依然没有发现有什么新的端倪。她又一次看完所有的日志后，闭目休息了一下眼睛，然后把上半身斜倚在沙发靠背上，将笔记本电脑抱起来放在蜷起的腿上，盯着电脑屏幕上的文字，不由得有些出神。

过了几分钟，电脑突然发出了一声“叮咚”的提示音。陆晓君的思绪一下子被拉回到现实。她对着电脑屏幕定睛一看，差点儿从沙发上跳起来。

在电脑屏幕上打开的日志星软件界面上，赫然出现了一篇新的日志，看时间就是现在刚刚传上来的。

这是怎么回事?

难道程路明去世的消息是假的，他仍然活着?陆晓君马上摇了摇头，刘立鹏警官通知自己的消息，不可能是假消息。那是程路明感受到了自己的悲伤，从另一个世界，给自己发来了安慰的问候?陆晓君不由得苦笑了一下，这些都是梦中或电影里才可能出现的情景，现实中是不可能存在的。

陆晓君闭上眼睛定了定神，平复了一下激动的情绪，然后用鼠标点开了这篇日志——

深深的悔恨

路明，我最爱的人，都是我的错，是我害死了你，我好想随你而去。但是我年幼的女儿，以及那个害了我一生幸福、现在却不能自理的男人，还需要我的照顾。我真的不知道该怎么办才好了，每一天、每一刻，对于现在的我来说，都是一种痛苦的煎熬！

路明，是你，给了我作为一个女人最深沉而热烈的爱；是你，让我的生命丰盈而充实，使我来到这个世界上的旅程变得有了价值。

为了你，我愿意做任何事情，抛掉任何的尊严和自我。但唯独一个需要我照顾的孩子，是我不能随你同去的羁绊和理由。我的心里在流血，此后的余生对我来说，已经失去了颜色和期待。上帝为何要如此对我？让我刚刚体验到爱情与生命的意义，却又残忍地把你从我身边夺走。

都说爱情是让女人幸福的最重要要素，那么究竟什么是爱情，每个女人都明白吗？路明，在没有遇到你之前，我是不明白的。我看到身边的很多女人，也是不明白的。

身为一个女人，我从懂事那一天开始，就最愿意看爱情小说和情感专家的文章。我记得有一位作家曾说，每个年龄阶段的女人，都会遇到爱情方面不同的困惑和考验——

“天真之爱。在女人二十岁上下时，她们未必都有很大的魅力，却有着让人嫉妒的青春。刚刚成年的她们，憧憬着偶像剧里浪漫纷呈的爱情。只要男人长得帅点、球技不错，她们就变成了花痴。她们没有被社会浸染，也没有柴米油盐的生活压力；对待爱情，她们都非常单纯，天真地认为只要有男人的陪伴和关爱就已经足够。此时如果遇到有志的热血青年还算幸运，而如果遇到下三烂的浪子，那可能会毁掉女人的一生。因为有些女人会因此而变得世故，会以为天下乌鸦一般黑，没有一个好男人，那干脆就随波逐流、破罐破摔好了。而失去了单纯和天真自我的女人，是永远也不会拥有真正的幸福了。这一阶段的危险，来自少女抛弃自我的献身之爱。

“迷惑之爱。在二十三岁至二十八岁时，刚进入社会不久的年轻女孩还辨不清社会的真面目，看不透爱情的本质，却又失去了青春期少女原本纯真的爱情认知。她们对纯粹的爱情半信半疑，在物质、权势与真情、纯爱之间摇摆、流连，极容易伤害真心喜欢自己的男孩，也容易迷惑于成熟男人的所谓魅力，在爱情与现实之间患得患失、摇摆不定。此时的危险，来自她们囿于社会上的各种诱惑，而失去了鉴别真正爱情的能力，从而容易错失或伤害真正的爱情。

“补偿之爱。二十九岁至三十五岁的女人，经过过去的混沌之情与迷惑之爱，她们各方面都变得比较成熟，家庭生活和经济状况都稳定下来。相比于物质，爱的需求对于她们吸引力更大，她们希望找回爱情的纯真本性，希望能把过去自己迷失爱之方向的青春弥补回来。基本上，这个时候的女人是最容易出轨的时候，她感受中的真爱与安全感，对于她们而言，比很多事情都重要。此时真正的危险，在于自以为获得了弥补真爱的机会，但可能那只是短时间的镜花水月、自欺欺人而已，一旦遇到一点困难，这可怜的爱情幻影便会随风而散，留不下多少痕迹。不可否认，有一些人会在这个比较成熟的阶段，找到属于自己的真正幸福。但是否经得起时间的考验与沉淀，仍会是这一阶段爱情的最大考验。

"淡然之爱。中年以后的女人，'风韵犹存'这四个字，在她们这个年龄段体现得淋漓尽致。她们的内心变得坚定、冷静，不再对任何事情都火急火燎了。衣服得体就好，朋友旧的就好，爱情合适就好，很多事情她们都已经看淡，能够享受生活，就是此时最美好的事情。"

路明，我在自己最易受到迷惑的年龄，与我的前夫陈巍相遇。他以一副情场浪子但死心塌地愿为我回头的形象出现在我面前。这曾让我欣喜地感叹于自己的幸运和魅力，为自己能够改变一个男人而沾沾自喜。于是，我在二十六岁——女人花一样的年龄——时，匆匆地嫁给了他，并在一年后就生下了可爱的女儿。那时的我，以为找到了自己的真爱和依靠，每天沉迷于照顾女儿的快乐和疲惫之中。但是好景不长，在女儿还不到两岁的时候——那一天我永远不会忘记，陈巍从外边回来，把他自己的衣物行李收拾整齐、打包运走，并告诉我他厌倦了平静的家庭生活，他愿意把阳光花园小区的一栋房子留给我作为补偿，他要跟我离婚，去寻找他生命的意义。

那时，好像天都要塌了。我不甘心，我一下子变得神经兮兮，完全失去自信和自我。我求他回来，他无动于衷；我痛恨诅咒，他毫不在意。看着长相酷似前夫的女儿，我又恼又恨，但这毕竟抵不过一个母亲本能的爱。过了一段时间后，我死心了，我认命了，我发誓要靠自己一个人的力量把女儿养大成人。感谢我的妈妈，大部分时间她都把孩子接到她的身边生活，又时不时地带孩子一起过来陪我同住几天，这让我有了恢复自我和重拾信心的时间和动力。

恰恰此时，路明你出现了。你的纯净善良、你的努力上进，你对我的热烈爱恋，让我本已冰封的内心重新焕发出活力，让本已完全丧失自信的我，重新意识到自己的价值。我感受到了热烈而温暖、纯粹而真实的如火爱情，我愿意为你生、为你死，为你奉献我的身体和灵魂。那些新奇、那些战栗，那些色彩、那些火焰，那些征服、那些温柔，在我短短的三十年人生里，第一次有如怒放盛开的鲜花，让我的生命，绽放出惊人的活力和耀眼的光芒。所以，当你向我求婚的时候，我没有一丝一毫的迟疑——我愿意，我迫不及待，我希望一刹那间与你一起白头。一分一秒、一生一世，有你相伴，此生此世再也没有任何的遗憾！

等我的女儿长大了，等她要恋爱结婚时，我一定要平等、明确地给她爱的教育——自我接纳、相互爱慕和性。这三个要素，就是我在与你的爱情中，作为一个女人所能感受到的全新刻骨体验。

谢谢你，路明！你给我的这一切，将永远不会重来；你让我体验到的快乐，让我再也不会遗憾生命的无常。

但是生命的无常还是来了。你查出来患了脑瘤，你不同意我提出的马上结婚的请求，你希望等你身体完全复原后再迎娶我。我理解你的苦心，我愿意等着你、陪着你、照顾你，我相信你一定会完全康复，并带我一起走完我们生命中余下的旅程。

但半年前，陈巍自驾去西藏旅游，遭遇了严重的车祸，下半身瘫痪，生活不能自理。他刚刚被送回北京的一所医院治疗时，我带着女儿去看他。看着他充满期待和羞愧的双眼，看着女儿既痛苦却又珍惜回到爸爸身边的样子，我不知道该如何选择。路明你也鼓励我，要照顾孩子的心情，让我不要担心你的身体。你总是这样善良和无私，这也是我如此深爱你的原因之一吧。

在你去世之前的晚上，我们一起吃过晚饭，然后我就去我妈家里，看望我的女儿去了。但我真的没有想到，是不是当你提出让我照料陈巍的康复治疗时，我没有明确拒绝，这对你是一种深深的伤害？是不是当晚你回到自己家中，感觉孤独无依而一时起意，服用了过量的安眠药离世而去？

两天后我从我妈家里回来时，看到有不少人络绎不绝地进出你家，而我当时怎么也联系不到你，于是便向小区物业的人打听发生了什么事情。当我听说你自杀去世的消息，直如五雷轰顶。此时的我，真的几乎已生无可恋。路明，如果没有我可怜的女儿，我一定会在第一时间随你而去，绝不会让你一个人孤独地走在通往另一个世界的路上。

人生无常，唯你是我真爱。你我却又这样阴阳相隔，我实在不知道该如何生活下去。

我远远不如晓君那样勇敢。我看到两天前她第一次来到你家，我看到她每天早出晚归步履匆匆，我在电梯里碰到她——她在那么伤心的时候还能顾及帮我按下电梯的按键，我看到她悲痛而安静地坐在白杨树林中的长椅上——抬头看着你家里的灯光。这一切，证明她是个多么坚强、多么勇敢、多么善良的女人。而我，除了悲伤，却再也没有勇气，去面对任何沾染了你的气息的东西。

我见过晓君几次，而她却并不知道，我就住在她的旁边。路明，你说我要去与她相认吗？我很想去找她倾诉和忏悔，但我又有些犹豫，怕她不能理解和接纳我。我恨死了自己这懦弱而拖泥带水的性格。

路明，我发誓我永远只爱你一人。等时机合适的时候，我会毫不犹豫地结束自己的生命，来到你身边陪着你，你一定要相信我、等着我！

永远爱你的，叶静雯

2016 年 8 月 3 日晚

看完了这篇刚刚上传的日志，陆晓君心里完全明白是怎么回事了。这个叶静雯，一定就是程路明求婚成功的未婚妻，她知道程路明日志星软件的密码，所以她能够打开日志星，看到里面所有的日志内容，并且可以上传新的日志。

同时陆晓君也明白了另外一点，即程路明所写的与静雯有关的日志中，为什么都是用第二人称来写作，就好像是向静雯倾诉一样。这是因为这个静雯，平时肯定也会经常登录查看日志文章；程路明所写的一些日志，本来就是向静雯表白和倾诉的。

陆晓君看完这篇日志后，内心当然深受震撼和感动——为程路明和叶静雯两人之间忘我而真挚的爱情，甚至她内心还有一丝羡慕之情。但除此之外，陆晓君心里更加确定的一个事实是——

叶静雯不可能是谋杀程路明的元凶。她是如此深爱着他，她甚至不会做出任何一件微小的伤害程路明的事情。

另外，陆晓君心里的很多疑团，也因为这篇文章一扫而空。

为什么自己看到静雯的照片时会感觉到那么面熟？那是因为昨天自己在回程路明家的电梯上，所碰到的戴着墨镜的那个女人就是静雯。当时自己问她去几楼以帮她按电梯按键时，静雯还稍微犹豫了一下，告诉自己她去十六楼。对了，虽然她当时脸上戴着墨镜，但她的微笑、她的酒窝，就是当自己看到贺卡上的照片时感觉似曾相识的原因。

自己刚才坐在白杨林里的长椅上时，对面长椅上的那个女人也是静雯。但当时因为深深地陷入自己的悲痛情绪中，陆晓君并没有太多地注意到她。

还有，自己去阳光树咖啡厅跟大眼睛的服务员打听程路明和静雯的情况时，为什么那个女孩说他们俩经常在晚上过来消闲呢？那是因为静雯也住在这个小区里，她的家就在这栋楼里。

那叶静雯是住在这栋楼的十六层吗？应该不是的，昨天她在电梯里之所以说要去十六层，一定是故意说错的，因为她是犹豫了一下才告诉陆晓君的。当时她一定是还没有想好怎么跟陆晓君相认和交流，所以便下意识地撒了个小谎。

另外，为什么自己前天第一次来到程路明家，以及这两天进出家门的时候，有好几次都潜意识地感觉有人盯着自己呢？本来陆晓君还以为是程路明的在天之灵呢，现在看来，这个想法是不对的。

看着自己进出程路明家门的那个人，一定就是叶静雯。她是在哪里看着自己的呢？当然是在程路明家对门的一五〇一房间——也就是叶静雯自己的家里，也许她是透过家中防盗门上的猫眼来观察自己的吧。

这同时也就能解释自己的另外一个疑惑了。那就是刚才自己从白杨林里往上观察的时候，为什么程路明家的窗帘上并没有太阳花的图案，反而是在隔壁邻居家的窗帘上看到了太阳花？那是因为，程路明生前与叶静雯一起徜徉在白杨林中时，本来就是抬头看着叶静雯家的灯光和窗帘！

陆晓君几乎有些喘不上气来。她按住自己激烈跳动的胸口，坚定地站起身来，拿起放在茶几上的家门钥匙，带上程路明家的家门，走了出来。

陆晓君走到对面一五〇一房间的防盗门前，小声而坚定地敲了敲门。很快地，房门打开了，门口站着一个脸色苍白、表情有些意外的美丽女人。

她，就是几天以来，自己一直在寻找的那个S——叶静雯。

# 第十二章 情敌间的会面

二〇一六年八月三日，星期三，晚上

北京，阳光花园小区

陆晓君站在一五〇一住户敞开的家门外边，看着脸色苍白而有些不知所措的叶静雯。她用一只手紧紧地握着房门的把手，另一只手不自然地拂了下稍显凌乱的秀发，对陆晓君的意外来访，她明显没有一丁点儿心理准备。

陆晓君微笑了一下："您好！您是静雯吧？我是陆晓君，您应该是认识我的，对吗？"

叶静雯的脸上顿时露出了一抹释然的微笑，她往后退了一步，向陆晓君伸出右手："晓君姐您好，您怎么会认识我的？快请进来说话。"

陆晓君走进叶静雯家，把房门带上，然后转身轻轻地握了一下她伸出的右手。没想到叶静雯一下子抓住她的右手，用力地握着，久久不愿松开，似乎一个长途跋涉的游子回到久违的家乡看到了思念已久的亲人，一下子找到了温暖而可靠的港湾。

陆晓君用另外一只手，轻轻地拍了拍叶静雯的胳膊，脸上浮现出理解而安慰的笑容。两个人迈步来到客厅里，叶静雯家中的户型与程路明家完全一样，只不过两家刚好是对称的空间布局。

叶静雯让陆晓君在客厅的沙发上坐下。陆晓君四处打量了一下客厅，暖色调的壁纸，造型优美的吊灯，典雅的家具和装饰，图案精美的大理石地面，深褐色的橡木家具，色彩鲜艳的布艺沙发，家里充斥着欧式风格惬意和浪漫的气息。再加上墙上挂着的精美油画，四处点缀的制作精良的工艺品，更使得整个房间温暖而雅致。但很明显地可以看出，也许因为房间的主人无心收拾，家中显得有些凌乱。

叶静雯从冰箱里拿出一瓶苏打水递给陆晓君，然后在陆晓君对面的沙发上坐下来。两个人面对面地坐着，相互端详着对方，一时竟不知从哪里谈起。

两个素昧平生的漂亮女人，因为她们共同的爱人而坐在了一起。斯人已远去，深情无处寄；程路明的去世，不但使得两人之间本可能有的尴尬和嫉妒不复存在，还让两个女人彼此平添了些许亲切和信赖的情绪。

最后，还是陆晓君打破了沉默，她微笑着说道："静雯，近些年来我已经很少与路明联系了，原本也不知道你的情况。上周日晚上，北京市公安局的刘警官给我打电话，我才知道路明去世的消息。

"周一上午，我就赶到了北京。我对路明的变故非常震惊，简直不敢相信这一切会是真的。当天晚上，我在路明家中发现了一枚钻戒，上面刻着'LOVE S FOREVER'；我猜测这个S一定是路明深爱的人，所以我想找到她，跟她聊聊路明生前的生活和他去世的原委。

"后来，我在路明家里的一张贺卡上，看到了里面你戴着那枚钻戒拍的照片，那张照片是路明向你求婚时所拍摄的。我本来不知道如何才能找到你，但是今天在路明的电脑里，我找到了一款叫日志星的软件，并猜出了路明使用的密码，打开软件看到了里面路明所写的日志。就在半小时之前，我看到了你上传的新日志，才意识到你就住在路明家的对面。所以，我贸然地过来找你，希望你能包涵。另外，我是想查明路明去世的真实原因，所以才不请自来地进入路明和你共同的心灵世界，看到了你们所写的那些日志，还希望你能谅解。”

在陆晓君说话时，叶静雯的目光一直凝视着她的脸。听陆晓君说完了这段话后，叶静雯的眼中闪过了一道波光，有哀伤，也有欣慰。

“晓君姐，你能来北京真是太好了，这些天我都不知道是怎么活过来的，一切都像是一场噩梦。你可真有心，我本来还在犹豫怎样与你相见，见面时能说些什么，没想到你这么快就找到了我。我一直痛恨自己这该死的性格，这么犹豫不决和拖泥带水，我要是有你这么坚强和果断就好了。”

陆晓君不由得微笑了一下：“静雯，看得出来你是个温柔而细腻的人，我才羡慕你呢，真的。”

“哪有啊，才不是呢！我觉得自己在面临一些困难的决策时，经常犹豫不决。很多时候，我都希望自己能换成另外一个人，把我这温吞水的性格改掉呢。”

“真的不是啦，温柔是女人最好的武器呢。对了，静雯，我看到了你在日志里所写的那些内容，也非常理解你内心的痛苦和感受。但是对于路明的去世，我心里还是有很多疑问的，你能跟我说说他去世当晚所发生的事吗？”

听到这里，叶静雯的双眼一下子红了，她一直强忍着的泪水终于流了下来。她从桌上的纸巾盒里抽了两张纸巾，擦了擦眼睛。陆晓君明白，自己提到程路明去世当晚的事情，一定刺激到了叶静雯；她能看出来叶静雯对程路明的感情，的确非常深厚。

叶静雯稍稍平复了一下自己的情绪。“晓君姐，在听说路明去世的消息时，我实在不敢相信自己的耳朵，简直可以说如五雷轰顶，痛不欲生。路明怎么可能就这样一下子离开了这个世界，离开了我？！就像你看到我写的那篇日志里所说，我一直在想，是不是由于在他去世之前的晚上，当我们聊起我前夫的康复治疗时，我没有明确表态怎么处理这件事情，这让他受到了很大的伤害；然后当他回到自己家中，感觉孤独无依而一时起意，服用了过量的安眠药离世而去？你说，是不是这样的原因？我真的恨死我自己了！”

看着叶静雯脸上如断了线的珠子一样不停滴落的泪水，陆晓君站起来走到对面的沙发旁，在叶静雯身边坐下。陆晓君用右手拍了拍叶静雯因抽泣而不断抖动的肩头，轻声地对她说：“静雯，你说的这个事情，可能会让路明有一些不开心，但绝对不至于导致他因此而自杀。而且他在其他的日志里也曾经说过，他是如此地深爱着你，为了你的幸福他愿意做出任何牺牲。路明本性善良，但性格很坚强，我认为他自杀的可能性基本为零。所以，我想肯定有其他的原因，导致了路明在那天晚上所遭遇的不幸。”

听到陆晓君的话，叶静雯用力地擦了擦自己的眼睛，她吃惊地抬起头看着陆晓君：“啊？你认为路明不是自杀的？那么，他会是怎么死的呢？”

“嗯，这个我还不是很清楚，但是其中肯定有鬼。静雯，你好好地想一下，像路明这么坚强而有责任感的一个男人，面对任何问题他都会尽自己最大的力量去解决的，绝对不可能轻易地被一些暂时的困难所吓倒。而且，就算他一时想不开而心生辞世之意，他也会把身后的各种事情都安排得妥妥当当的，对吧？”

叶静雯重重地点点头："对呀，我原本也是觉得很奇怪。但是这几天，我的内心几乎完全被路明去世的噩耗击垮了，实在没有办法想太多。现在除了我的女儿和母亲，这个世界上真的没有任何人和事是值得我留恋的。我真想随路明一起去了算了。"

陆晓君用自己的右手，握住叶静雯颤抖的左手。这只手苍白而修长，仿佛绝美艺术品一般纯净，光润细滑却又微泛着凉意；手上的指甲很长，比细长的指尖还要长出很多。纤纤玉手配上晶莹剔透的指甲，本来可谓美极，却因其主人心如槁木而疏于打理，与陆晓君原来在珠宝店电脑中和程路明家贺卡上看到的样子相比，便显得缺少了一些光泽和生机。但不管怎样，叶静雯的手绝对是世上少有的极品，就连陆晓君这个一向自视甚高的女子，也不禁有些为之心动和羡慕。

这个世界，本来就是不公平的。像叶静雯这样的女人，动若拂柳、楚楚动人，足可以打动天下所有男人的心；但偏偏这样一个美丽善良的女子，却一再因为种种变故而伤心欲绝、了无生意，真是令人深觉可惜可叹。

等叶静雯的情绪稍微平静下来，陆晓君的脸上绽开了一抹温暖的笑容："静雯，怪不得路明这么喜欢你，你真是一个好姑娘。但不管怎么说，我们都要好好地活下去，毕竟我们都有自己的家人要照顾；而且路明的在天之灵，也会希望我们能平安地活着。在目前的情况下，我只想尽快找出路明去世的真相，希望你和我一起努力、相互支持，还给路明一个公道。"

叶静雯听到这里，赶忙用手中的纸巾擦掉眼角和脸颊上的泪水，然后抬头看着陆晓君的脸。她的脸上露出佩服的神色，显然陆晓君超乎常人的坚强和理性，让她感到安心和信赖。

"晓君姐，路明原来一直跟我说，虽然最近几年你和他来往不多，但他一直把你当成他最信任的人。而且他还说你的性格跟他很像，看来真是这样。我认识路明以后，最佩服他的聪明和坚强，没想到你和他真的好像。”

听到叶静雯的话，陆晓君的内心似乎受到一记重击，炙热而疼痛。是呀，从与路明恋爱的时候起，她就知道自己与程路明很像，不管是要强的性格还是偏于理性的思维，简直如亲生兄妹一般。这种相似让他们一见钟情、相知相爱，却也让他们在面临现实的考验时，做出了类似的选择——那是理性而倔强的选择。而叶静雯和程路明两个人，看似磁铁的两极，性格与气质完全不同，彼此却又如此互补。这种性格互补而深深被对方吸引的爱情，可能更能经受得住时间的考验吧！

陆晓君轻轻地摇了摇头，笑容重新回到了她的脸上。陆晓君很想听叶静雯亲口讲述她和程路明之间发生的故事，这既是源自她内心的好奇和情感的诉求，也是破解程路明去世之谜的不二选择。

“静雯，看得出来你很爱路明，也因为他的离世而深感悲痛和遗憾，在这一点上我和你有相似之处。另外呢，我也很喜欢你平和而单纯的性格。你能给我讲讲你和路明的故事吗？这对我去探询路明去世的真相很有帮助。”

叶静雯的情绪这时已经平静了下来，她揉了揉发红的眼睛，把纸巾扔到茶几旁边的垃圾桶里，然后把身体往后移动了一下，用背部靠着沙发的椅背。她的脸上绽开了一丝微弱的微笑，面色虽然仍显苍白，但是明显地多了一些活力。显然，陆晓君的出现以及对她真诚的安慰，给她带来了久违的温暖和面对残酷现实的动力。

“晓君姐，我明白你的意思，先让我想一下应该从何说起吧，我还从来没有尝试过把自己的故事讲给别人听呢。”

叶静雯抬起头，眼睛盯着对面墙壁上的一幅油画。油画的正中间画着一个身材苗条、发丝凌乱的少女，她用饱含忧伤的眼神，从一扇小小的窗子中不安地看出去；窗子外面是一派萧瑟的秋冬模样，苍劲的枯树枝上落着一只发抖的寒鸦，寒鸦脚下的树枝几乎光秃秃的，只有一两片黄叶在凛冽的寒风中摇摇欲坠。

片刻之后，叶静雯的眼光从那幅油画上收了回来。她看了看陆晓君，伸手把额头上垂落下来的一缕头发塞到耳后，然后尽力平静地开始了她的诉说——

“晓君姐，我和路明是两年多之前认识的，您已经看到了路明在日志星中写下的那些日志，所以对于我和他之间的事情应该也有了一些了解。

“我对于路明的感情，是不用多说了。我从来没有见过他这样的男人，在事业方面上进好学，而感情上呢却又如此真挚热烈。遇见他的时候，我正好处于生命中最为灰暗的日子。那时候，前夫为了所谓自由，弃我和女儿于不顾，独自离开家庭外出游荡。而我从小到大没有经历过这样激烈的动荡，自小在内心编织的王子公主梦一朝之间彻底破灭，整天灰头土脸、自信全无，似乎天都要塌下来了。

“那段时间幸好有我妈妈陪着我，给我慰藉和支持，帮我照顾孩子，才让我慢慢走出了感情的阴霾。但我对于以后的人生方向，是不敢想太多了。我记得有位作家说过，女人一旦受到感情的创伤，不外乎两种表现——自我封闭和自甘沉沦，我是属于前面这一类的人。有很长一段时间，我不敢与熟悉的朋友见面，就怕他们问起我家里的事情，上班的时候我也老是闷闷不乐、无精打采，连公司的同事都觉得我像完全变了一个人似的。就这样过了大半年后，我终于痛定思痛、暗下决心，发誓要独自承担起照顾孩子和家庭的重担，把该死的前夫和他所追逐的自由，统统抛到脑后。

“恰恰在这个时候，我和路明相识了，逐渐熟悉起来之后我们才发现，我俩竟然是对门的邻居。那时候，我刚刚从别的地方搬来这个小区没多久，再加上路明的工作很忙，每天都是很晚的时候才回家，所以原来我们彼此之间并不相识。

“因为我们住得这么近，所以后来彼此接触的机会就多起来了，相互的了解和信任越来越多，路明对我的照顾和关心也让我非常感动。但说实话，当他后来向我表白时，从内心来讲我是不敢接受这份爱情的。路明是如此出色的一个钻石王老五，我却是一个被前夫抛弃的单身妈妈，这无论如何看上去都不相配。所以在一开始，我拒绝了很多次，我认为他应该找一个更年轻、更优秀的女孩儿，才会配得上他。

“后来，路明一直保持着绝对的耐心，不断地跟我诉说他对我的爱慕，一点点地帮我重塑追求幸福的信心。也许一个真正的好男人，是让女人成长和成熟的一所学校。我在路明的身上，找到了一个女人梦想中的所有期待，而且还惊奇地发现了自己从未认识到的自我。路明不仅爱我、照顾我，还让我重拾了追求幸福的信心。我的心彻底沦陷了，完全对他打开了紧锁的心扉。”

说到这里，叶静雯突然从对过去爱情的回忆中醒过神来，小心地看了看陆晓君的脸，有些羞涩地说：“晓君姐，不好意思，我忘了你也……我是不是说得太多了？我说的这些都是啰里啰唆的小事，你不会怪我吧？”

陆晓君一下子乐了，她拍了拍叶静雯的肩：“静雯，你不用担心我会嫉妒，我和路明都分手十多年了，过去的那点情分早就变成亲情了。我不但不会嫉妒，还会为你们两个这么真挚的爱情而高兴呢。今天我在看路明写的那些日志时，真的感觉非常欣慰——为他能够遇到你这样的好女人而欣慰。”

叶静雯苍白的脸颊上升起了两朵绯红的云——那是被人理解和欣赏所带来的结果。不管是在文学作品中还是现实生活里，人们经常可以听到很多男人间意气相投、义薄云天的不朽传奇；爱情故事里也总少不了男女主角那可歌可泣、荡气回肠的动人传说；但是真正存在于女人和女人之间的无私友谊和绝对信任，可就少之又少了。这两个女人，都曾全身心地爱着同一个男人——因他的上进和好学而折服，为他的胸怀和大度而着迷，被他的热情和温柔所征服。即使现在他在一个男人最好的年华里走了，却仍然阻挡不住两颗深爱他的心，在为他哀伤、思念和跳动。甚至，爱和悲痛还让她们俩成为世界上最懂彼此的知己。

大仲马曾在《基督山伯爵》的结尾这样写道：“人类的一切智慧，都是包含在四个字里面——等待、希望。”

对于当前的陆晓君和叶静雯来讲，该等待些什么呢？她们的希望又在哪里？前路茫茫、遥不可望，莫谈什么未来和期待了，把疼痛的心伤疗好，已是一个难以触及的梦。幸运的是，她们知道了彼此的存在，并且在一种几乎不可能的情况下相互认识和熟悉了起来。分享和倾诉，是人消除内心痛苦和心结最有效的方式；而陆晓君和叶静雯，现在都处于女人最好的年龄段——成熟智慧而尚未归于刻板守旧，这使得两人更容易理解彼此的遭遇和心境。另外，由于她们都对自己曾经爱过的男人发自内心地欣赏和深深地悼念，所以爱屋及乌地也就把这种喜爱和思念之情迁移到了彼此的身上。也许这对于两人饱受打击和创伤的心灵来说，也算是一种难得的慰藉吧。

经过短短半个多小时的交流，再加上原来所看过的日志内容，陆晓君已经明白了叶静雯是个什么样的女人。叶静雯就像一朵纯白的百合花，温和娴静、善解人意，这种冰雪聪明、单纯善良的个性，给人一种特别温暖、舒服但又不做作的感觉。

叶静雯隐秘的内心深处，极有可能藏有部分的双重性格。一方面，她很少主动地表现出自己的喜好，甚至很少去向他人索取什么，但正如老子所言“以其不争，故天下莫能与之争”，这种性情的女人就像是一个无形的磁场，不经意间就会吸引无数男人的目光；另一方面，她的情感世界一旦被人激发起来，那可能也会是倍加灼热而深沉。

程路明，就是激发叶静雯如火般炙热爱情的那个男人。在叶静雯的眼中，除了程路明以外，好像世上无一物值得她去关注和用心。对于叶静雯来说，这种完全投入而无比热烈的爱情，得之则幸、失之则痛。陆晓君很理解叶静雯眼下无比悲痛的心境，却又对她看待爱情的忘我态度羡慕不已。如果自己在大学毕业时有叶静雯的这种心态和勇气的话，就不会在爱情和现实之间来回摇摆、游移不定了。时至今日，身边的一切都已经物是人非，后悔也没有用了。

算了，不要再去想这些了。面对现实、解决问题，这不正是自己一直以来处世的基本原则吗？陆晓君轻轻摇了摇头，重新把目光聚集在叶静雯的身上。

与叶静雯相比，陆晓君更快地从悲伤的情绪中醒了过来。她明白，虽然两个人的内心不可避免地会感到痛苦，但眼下还有比舔舐内心伤口更加重要的事情。她往叶静雯的身边挪了一下，把右臂轻轻地搭在她的肩头，轻声地问道：“静雯，我很理解你对路明的感情，而且也完全懂得路明去世所带给你的悲痛。不过呢，像咱们刚才所说，路明的猝然离世是很蹊跷的，我们要尽快寻找更多的线索来挖出事情的真相。你能把七月十五日路明去世当晚，你们在松海楼餐厅吃饭时的情况，跟我说一下吗？”

叶静雯闻听此言，用纸巾轻轻地擦拭了一下眼角，左手按住胸口，长出一口气。

“嗯，七月十五日当晚，我和路明在松海楼的一个小包间共进晚餐。当天晚上，气氛与平时有些不同。据路明跟我说，他当天上午去医院与大夫讨论了手术的事情。晓君姐，你了解路明的病情吗？”

“很惭愧，我是最近几天才知道路明生病的事情，还是刘警官告诉我的。不过，今天上午我去天坛医院找过林复生大夫，他是路明的主治医生。林医生把路明的病情和治疗过程，基本上都跟我说了一遍。他给我的感觉是，在最近的几个月中，路明已经越来越倾向于尽快去接受手术治疗，并且林医生和他自己对于术后的康复都有很强的信心。”

“对，确实是这样的。当晚用餐时，路明很自信地跟我说，他和林大夫已经确定，会在近期安排他的手术。当时，谈到手术的事情时他显得很轻松，还开玩笑安慰我说，手术一点儿也不复杂，保证很快就会康复的。”

“哦？那就是说，当晚他的情绪并不低沉，是吧？”

“嗯，表面上看起来他还是蛮开心的。但是我一直怀疑他是否真的如此，因为当晚我们俩谈到了我的前夫。差不多半年前，我的前夫出了车祸，身体瘫痪了，生活不能自理，需要他人照顾——当然，这些我都写到刚才上传的那篇日志里了，基本情况你应该有所了解。”

“嗯，是的。”

“其实在这几个月的时间里，路明一直鼓励我，尽量多去承担一些照顾我前夫的责任。因为他的父母都已经去世了，剩下的家人全部在国外，如果我不去照顾他的话，他也就没有其他家人可以依靠了。当晚，我们又谈到了这一点，路明说为了我女儿未来的健康成长，我应该主动去照顾孩子的爸爸，不然等孩子长大了她会恨我的。当天晚上在聊起这个事情的时候，我有些犹豫，因为这件事确实非常棘手。但我的真实想法，当晚没有来得及跟路明交流，我是想——即使我去照顾前夫一段时间，那等他好起来能够完全生活自理之后，我还是要和路明在一起的。路明去世后，我一直在想，是不是当时我表现出的犹豫不决伤了他的心，让他当晚回家后感到孤独失望，而在冲动之下服用了过量的安眠药……”

说到这里，叶静雯的眼圈又红了。

陆晓君赶忙拍了下叶静雯的肩膀：“静雯，我认为事情不是这样的。你想啊，路明自己主动劝你去照顾你的前夫，而且他完全了解你对他的感情，所以他是不可能误会你的。另外呢，咱们都知道路明是个多么坚强的男人，他做事很有计划性，从不冲动行事。所以，你刚才提到的这种可能性，完全可以排除掉。”

叶静雯听完陆晓君的话，上身略微后仰，抬头盯着旁边的墙壁，静静地一动不动。过了半分钟后，她回头看着陆晓君，用洁白的牙齿轻轻地咬着自己的下唇，脸上难得地露出了一丝释然的微笑。显然，陆晓君刚才说的话，解开了她的一个心结。

陆晓君趁此机会，接着往下问道：“静雯，你再跟我说一下，当晚你们除了谈到他的病情和你前夫的事情，还谈到其他什么重要的事情了吗？”

叶静雯把身体稍微往后挪了一下，轻轻地靠在沙发上。她两手交叉叠放在腹部，脸上露出回忆的神情，眉峰微蹙、双唇轻抿，在脑中搜索着那晚发生的所有记忆细节。

“晓君姐，当天晚上我们没有谈到太多其他的事情，因为当天他刚刚跟林医生见面讨论手术的事情，所以我很关心手术的具体安排和后续的治疗计划。用餐时我和路明主要的话题，都是围绕着这个问题展开的。其他的一些细节，我都记不大清楚了，但是好像没有提到什么重要的事情。”

听到这里，陆晓君扭头看了一眼对面墙壁上的油画，稍微沉吟了片刻，然后才转过脸看着叶静雯，温言问道：“静雯，你知道路明去世后，留下了一份遗嘱吗？”

叶静雯右边的眉毛微微扬起。“晓君姐，我不大清楚路明是不是留下了一份遗嘱，但是在他去世前几周，曾经跟我商量过想把他的房子留给你。他说你像他的妹妹一样，他相信如果他手术时有什么不测的话，你会照顾好他的身后之事。尤其是你跟他的母亲原来还挺熟悉的，他觉得不管是从生活习惯还是为人处世的角度来说，你都是照顾老人最好的人选。因为当时是在一种玩笑的氛围中聊到这个话题的，我和路明都不相信手术会失败，所以也没有过于谈论遗嘱的细节。但我确实跟他说过不用担心我，我非常支持路明的想法。”

听了叶静雯的话，陆晓君心里涌上了一股暖流，这不仅是因为程路明对自己的了解和信任，还因为由此可以看出叶静雯的心胸和格局——她不但没有嫉妒程路明把房产留给自己的计划安排，反而还很支持程路明的决定。对叶静雯的最后一丝疑虑也已经排除了，即使她不知道程路明去世当天曾经写下遗嘱，也不会因为财产问题而心存芥蒂。

由此看来，叶静雯没有任何的动机去伤害路明——感情上，她极爱他；财产上，她不在乎；至于女人常见的忌妒心？好像也没有一丝这方面的迹象。

“哦，那你们吃完晚饭后，是分头离开餐厅的，是吗？”

“对的，吃完晚饭后，我因为着急去我妈家看女儿，就打车先走了。早知道那天晚上是这种结局，那当时就算打死我，我也不会离开路明。”说到这里，叶静雯的眼睛再一次湿润了。

陆晓君当然懂得这种心情，因为与叶静雯类似的悔意和遗憾，这几天也反复地在她脑海中浮现。她急忙岔开话题：“嗯，静雯，我这几天翻看路明的手机时感觉很奇怪呢，你们好像不是用微信和电话联系的，那平时你们怎么联系呀？而且办案的警察好像也不知道你们的关系，否则他们肯定会来找你了解相关情况的。”

叶静雯稍微停顿了一下，脸上有些羞涩的红。“我刚开始认识路明的时候，还没有和我前夫办完离婚手续，后来等我办完离婚手续，路明又查出来生病的情况。我和路明的感情从头到尾都处于一种不稳定的状态，所以我们俩的关系一直是保密的，没有其他人知道。我们平时联系时，都是用我原来在国外时常用的 WhatsApp 手机软件来发信息或者通话的，你看一下路明的手机就知道了。”

陆晓君一下子明白了，她对静雯说：“是这样啊。嗯，路明曾经向你求过婚，那应该是你保存着那枚求婚钻戒才对呀，怎么它还在路明家里呢？我在路明的衣柜里发现了它。”

叶静雯的脸上重新布满了遗憾的神情。“晓君姐，你真是细心。路明去世后，这也是令我悔恨不已的一件事情。前段时间我前夫出事之后，他在医院打电话来求我去照顾他。路明的心太好了，他觉得不管是从我的角度还是从我女儿的角度来说，我都应该去照顾我前夫一段时间。那个时候，我是真不愿回头，我只想留在路明身边照料他；我希望路明身体能够早点儿康复，我能早一点儿嫁给他。路明一直劝我不要小孩子气，说些来日方长之类的话。终于有一天，我和路明大吵了一架，我一气之下把戒指扔给了他，赌气说他要是后悔向我求婚，我就把戒指还给他算了。当然后来我们又和好了，戒指暂时也就放在他那里了。想起来，路明真是一个总为别人着想的好男人……”

“是呢，你说得非常对。对了，戒指内侧刻的字母是‘LOVE S FOREVER’，而你的名字是叶静雯，那这个 S 是什么意思呢？”

“哦，是这样的，我的英文名是 Selina，所以才刻了 S 这个首字母呢。”

“嗯，明白了。”

陆晓君沉吟了一会儿，抬起头看着叶静雯的脸。“静雯，你有路明家的钥匙吗？最近你去过他家吗？”

叶静雯脸上显得有些茫然。“嗯，路明原来是给过我一把他家里的钥匙，但我很少用到，最近也没有去过他家。过去一年以来，除了我妈带着孩子来看我的时候，路明基本上每天晚上都是到我家里来陪着我。他说喜欢我家的氛围，觉得更温暖、更有家庭气息。”

“哦，你女儿现在跟你的母亲一起生活吗？这样挺好的，老人带孩子会照顾得很细致，也能帮你分担很多。”

“嗯，是的。我妈住在海淀区，我平时上班没有时间照顾孩子，到了周末我会去我妈家看孩子。”

“那你的前夫，现在是谁在照顾呢？”

“他呀，本来受伤之后前几个月，一直在医院里进行手术治疗和康复。两三个月之前，他的身体恢复了一些，逐渐能够坐起来了，只是下半身完全没有知觉，平时只能坐在轮椅上进行活动。据给他治疗的大夫说，他的下半身完全好转的可能性很小，只能够慢慢地进行康复性治疗。现在他住在离这里不远的一个小区，雇了一位护理人员负责他的生活起居和康复护理。按照他的想法，他希望能够搬到我现在住的这个房子里，这样我和女儿也能够照顾他。但是我一直没有同意，我实在不想再和他朝夕相处。”

嗯，看起来关于叶静雯的情况，陆晓君已经有了较多的了解——关于她和程路明的感情经历，为什么程路明去世后警察没有来找她了解情况，程路明去世当晚和她一起吃晚饭的情景，以及她家人的生活状况等。

事到如今，陆晓君感觉似乎又回到了问题的原点——到底是谁害死了路明？

她现在唯一能够确定的是——叶静雯不是谋杀程路明的凶手。

那么接下来，陆晓君应该去哪里寻找通往真相之路？她感觉在自己的眼前，是一片迷茫而不见天光的浓雾。

# 第十三章 调查重启

二〇一六年八月四日，星期四，凌晨至上午

北京，阳光花园和公安局

陆晓君从叶静雯家里出来回到对门程路明家的时候，时间已经来到八月四日凌晨两点钟了。夜沉似水，小区里寂静无声，除了对面楼上一两个“夜猫子”家里的窗口还隐隐地透出几缕灯光，其他人家早就已经进入了甜美的梦乡。

甜美的梦乡？对于此刻的陆晓君来说，那是不用奢望的事情了。

陆晓君站在书房窗口，只感觉一股苦涩的火焰沿着喉咙直插胃中。她静静地站着，嘴里咀嚼着这种由绝望、寂寞和烦躁所混合起来的痛苦，以窗外一望无际的黑暗为佐料。

经过刚才与叶静雯的促膝长谈，陆晓君明白了一件事，那就是她除了找到一个可以交心和倾诉的伙伴，更是可以完全排除掉叶静雯伤害程路明的嫌疑。

这么说来，她这几天一直所围绕展开调查行动的基本构想，其基础已经不存在了。按照她原来的想法，那个S——也就是现在她所熟悉的叶静雯——应该是最具伤害程路明动机的嫌疑人。所以她一直把找到S的下落作为破解程路明疑案最重要的线索。

现在，一切都要从头开始了。

要重新考虑，那要从何处着手呢？陆晓君脑中一片迷茫，恰似窗外无边无垠的黑暗。这时窗外有一只纤细的花蛾，扑腾着薄如蝉翼的翅膀，竭力想冲破纱窗飞到房间里来，以便绕着房顶的灯光翩翩起舞。

这只弱小的花蛾，都自有其飞舞的方向和目标。自己应该往什么方向进发，才能找到正确的道路呢？

程路明身边的这些人，自己都已经直接进行了接触，或间接地通过第三方做过了解，似乎没有合理的理由和证据来指向某一个特定的可疑对象。

这么说，除了自己亲自发掘的线索和证据，只能想办法去求助于其他人了。

什么人呢？求助于刘警官和他背后的专案组，应该是一种可行的方向。因为他们自接到报警电话那一刻起，就会掌握许多外人难以接触到的信息——从进入程路明家中发现程路明去世的现场，到通过公安人员身份调查得到的证据，以及向相关证人收集的证词和线索——他们能够得到的信息和证据，都是自己所缺乏而急需的。

可是，作为一名从事法律工作十多年的从业者，陆晓君已经在心中多次否定了这种想法，因为她深知如果没有确凿的证据展示给刘警官，恐怕他是不会轻易把这些机密的资料与她共享的。这不符合法律程序，她知道。

夜已深，但是陆晓君却没有丝毫的睡意。宝贵的时间在一点一滴地溜走，她必须要争分夺秒了。

陆晓君在书房中间的书桌前坐下，把笔记本、程路明的电脑和自己收集到的其他材料，都分门别类地摆在桌面上。

她的笔记本上，清楚地记着刘警官曾对她说过的五条证据——

第一，他留在家中卧室桌子上的遗嘱，经过权威机构鉴定，确实是他的笔迹。

第二，专案组调用了小区六号楼三单元门口的摄像头连续拍摄到的监控视频资料。我们对七月十五日程先生去世当晚每一名进出该单元的人员，都一一进行了排查和确认，但这其中没有一个人是去往程先生家的。

第三，我们对程先生家中大门和常用器具上残留的指纹进行了采集和鉴别。他平时是独自居住在这个房子里的，房中除了每周来做一次保洁的阿姨所留下的指纹，剩下的都是程先生自己的指纹。而且经过我们核实，保洁阿姨事发之前的五天里都没有来过程先生家中，这也就意味着事发当天，只有程先生进出过自己家。

第四，事发当晚程先生的家门是从里面反锁的，而他家又住在十五层，家中所有的窗子都是没法从外面打开的，这也就排除了其他人进来作案后，又偷偷离开的可能性。

第五，也是最直接而重要的一个证据。经过法医检查，程先生是喝了掺加大量安眠药的咖啡后去世的，而经过对他卧室里咖啡杯中残留的咖啡进行分析，证明里面的致命成分——苯二氮卓类合成物，与他枕边药瓶里安眠药的主要成分是完全相同的。

另外，在陆晓君的笔记本中，还记录着她在昨天晚上按照溯因推理法的原理推导出案件的核心假设，以及该假设与其他证据间的关联关系——

第一条关于遗书的真实性，肯定是不会出错的。而第二、第三和第四条证据，却都是建立在第五条证据——也就是路明是在家里喝了掺有安眠药的咖啡——的前提之下的。这样看来，这第五条证据成为整个证据链的核心假设。那么，这个核心假设如果不是事实，或者如路明的书中所言，这个假设并不完全正确或者偏离了事实本源的话，那么整个证据链就完全崩塌了。

好了，现在要回到这个核心假设上来——假如程路明是在回家之前喝了掺有安眠药的咖啡，那就可以像玩多米诺骨牌游戏一样将所有的障碍依次推倒，把面前的谜团层层揭开。

嗯，如果真是程路明在不知情的情况下，在回家之前喝了掺有安眠药的咖啡，那就有两个可能的方向，可以展开更深入的调查——

一个可以调查的方向，是当晚程路明与叶静雯分别后，是否又与其他人见过面？这个问题，需要再向程路明的司机李晓明去核实。

另外一个方向，是程路明回到家中之后，在他睡觉之前都做了哪些事情？即使他在不知情的情况下喝下掺有安眠药的咖啡，但总会有一段清醒的时间来做些什么事情吧。据刘警官所说，他们第二天在程路明卧室的桌子上发现了他留下的遗嘱，难道那封遗嘱是程路明当晚临睡前所写的吗？除此之外，他还会做些什么事情呢？

陆晓君拿出手机，找到李晓明的手机号不假思索地拨了过去。她想尽快向他核实一下，程路明去世当晚在回家之前是否还见过其他的人。但是电话没有接通，李晓明的手机关机了。

嗯，这也不能怪他，现在已经这么晚了，大家早就进入了梦乡，等明天再跟他联系吧。

那另外一个方向呢？程路明当晚回家后，按照他的生活习惯，他也许会做这些事——

程路明是个爱干净的人，回家之后肯定会先去洗澡。然后呢，也许会躺在沙发上休息一下，喝点冰镇的啤酒？一边喝酒，一边回想一下当天经历过的事情——上午去医院与林医生讨论过的手术问题，下午与客户开过的几个会议，晚上与叶静雯不甚愉快的晚餐，以及在回家之前见过的某个或某几个神秘人？然后呢，接下来他要写好自己手头的这份遗嘱。也许，还有其他的事情……

但是，一个人如果服下大量的安眠药，会有这么长的清醒时间来做这么多的事情吗？他会一板一眼地写好遗嘱，然后才去躺下休息吗？

恐怕不会！

陆晓君猛地摇了摇头，不知道为何，总是感觉不知道哪个环节出现了问题。这整个逻辑推理的过程，总是有一些说不过去的地方。

陆晓君站起身来，在书房中来回转了几圈。她把右手举起来，拍了拍自己的脸颊，强行把烦躁的情绪压了下去。

她用力做了几次深呼吸，然后又重新坐回到书桌边的座椅上。陆晓君把程路明的电脑打开，又一次打开了日志星软件。对于这款软件里面的内容，陆晓君在希望它能够带来思路上的启发之外，似乎还把它当成了她内心深处的安抚物——这些日志让她感觉到程路明好像就陪在自己的身边，给她带来难得的温暖和宁静。

她打开日志星软件的个人首页，程路明所写的几十篇日志的标题就这么整整齐齐地排列着，摆在她面前。每一篇日志标题的前边都有一个蓝色的卡通小星星，每个星星好像都在眨着眼睛，是那么神秘和顽皮——就好似过去上大学时程路明凝视她的眼神，总感觉会轻松地穿透她的内心。

忽然之间，陆晓君半靠在椅背上的背脊挺直了，眼神也一下子变得专注起来。

因为，她发现这些日志都有一个共同的规律。这种规律，既不是来自内容的异同，也不是源于写作风格的变化，它比这些都要简单得多——这几十篇日志，每一篇日志的写作时间都是在周五的晚上。

陆晓君很了解程路明的性格和习惯。他从上大学的时候起，做事就一直很有计划性，而且每个细节都安排得井井有条。这些日志写作时间上的规律，陆晓君在前几次进入日志星的时候并没有注意，因为当时她都急于阅读和了解每一篇日志的内容，这可真是“只见树木，不见森林”了。

陆晓君之所以对这些日志的写作时间这么敏感，是因为她很清楚地知道——程路明去世的那天，也就是七月十五日，同样是个周五！

那是不是存在着这样一种可能，即七月十五日当天晚上，程路明也会按照自己的习惯，写下一篇日志呢？如果他当晚真的曾经写过日志，现在的电脑上肯定是没有的——这很容易理解，因为当时这台电脑是放在程路明单位办公室里的，当晚他并没有把电脑带回家。根据陆晓君的记忆，她在这几天反复翻阅和搜索程路明的手机时并没有发现日志星的 App 版本，所以当晚他没有通过手机上传日志到日志星软件。

那么，如果程路明在那天晚上像平时每个周五那样写下了一篇日志，他会存放在哪里呢？

程路明家里没有其他的电脑，也没有发现 IPad 等电子设备。他如果要写日志的话，只可能在陆晓君手头的这部手机里操作。陆晓君打开了程路明的手机，再次在文档管理和备忘录等文本类软件中查看，却都没有发现所期待的内容。

陆晓君颇感烦恼地皱着眉头，双眼微闭，她身体前倾，用双臂半靠在书桌上，把手机放在一边。

过了几分钟，陆晓君坐直身体，重新拿过手机。这一次，她抱着最后一丝希望，打开了程路明手机上的电子邮箱客户端。根据提示，电子邮箱需要密码才能进入，她又输入了跟程路明电脑一样的密码——七九一二一二。果然，她顺利地进入了程路明的邮箱。然后，她用右手按了按自己的胸口，打开了电子邮箱的发件箱。

天哪，她要找的那篇日志，正以一封已发邮件的形式，躺在程路明电子邮箱的发件箱里，这也是程路明生前发出去的最后一封邮件——邮件的标题是“今天的简短日志”。从这封邮件收件人的名字来看，邮件应该是发给了路明自己的另外一个邮箱，邮件发出的时间是七月十五日晚上的十点二十一分。

陆晓君迫不及待地打开这封邮件，点开附件中的日志内容，快速地浏览了一遍。这篇日志篇幅很短，不过短短三四百字，但是对陆晓君来说，却是价值千金。或者可以这样说，这篇日志的内容，完全可以印证陆晓君几天来的猜想——程路明不是自杀的！他是被人害死的！

哦，感谢上苍！苍天有眼，总会还世人和万物以公平；朗朗乾坤，自有其运行的法则和定律。公平和正义也许会迟到，但永远不会缺席！

这篇短短的日志，内容如下——

今天有些累，等会儿需要早点儿休息，就先少写一点文字吧，等明天再把内容补齐。

今天上午，我去医院和林大夫讨论了我的手术问题，我相信他的医术，我也相信自己的身体和意志，我会没事的，一切都会好起来的，加油！

今天晚上，我在和静雯吃饭的时候，她好像有点不高兴。呵呵，可爱的傻孩子，你总是这么单纯可爱，我难道还不明白你的小心思吗？我知道你爱我，我也知道我爱你，我虽然让你回去照顾你的前夫，但是并没有说我将来不娶你呀。我才不会那么傻呢，把世界上最爱我的女人置之不顾。等会儿我要发个信息给她，以消除她的心结，呵呵。

嗯，另外呢，我把今天写的遗嘱带回来了。在遗嘱里，我把房子和宝马车都留给了晓君，其他的财产留给了我妈妈。呵呵，虽然我相信自己的身体会没事的，但是未雨绸缪以防万一总是好的嘛。将来见到晓君，我要把这个故事当成玩笑告诉她，她会怎么想呢？哈哈。

奇怪，刚才已经喝了大半杯咖啡了，怎么还是越来越困啊，眼睛都睁不开了。算了，明天再给静雯发信息好了，先躺下睡觉吧，明天早上还要早点儿起来去跑步呢。

看完这篇日志，陆晓君的心里升起一股复杂的情绪，其中既有对程路明英年早逝的心疼和惋惜，也有对幕后凶手的气愤和怨恨。她把手机放在桌面上，双手狠狠地握成拳头，因为过于用力，手上的指关节都变得煞白，一如此刻她的脸色。她暗暗发誓，一定要想尽一切办法，揪出这个狡猾而残忍的杀人凶手。

可是，要去哪里找到他呢？

就现在的情况来看，陆晓君找到的这封邮件，虽然还不能算严格意义上的法律证据，但是显然已经有足够的说服力，可以让刘警官和专案组来重新审查这个案件。

陆晓君心中如火烧一般，她迫不及待地从手机通讯录里找出刘警官的电话号码，拨了过去。但是她马上意识到一个问题，现在已经是凌晨三点钟了，这个时间打电话不合适。于是，她在电话接通之前，就把它挂掉了。

好吧，趁着这点时间，先睡一会儿吧，明天肯定是更加忙碌的一天。

三个小时后，也就是八月四日（星期四）的早上六点钟，陆晓君准时醒了过来。虽然这几天没有休息好，但是昨天晚上的重大发现还是让她异常清醒。现在，窗纱外边的天空刚刚呈现出一抹亮色，还没到人们起床的时间。

陆晓君在沙发上又躺了一会儿，她的大脑出奇地冷静。她在自己心里合计着等会儿如何跟刘警官联系的问题。这时，她忽然想到了一个人，这个人可能会帮上她的大忙。

前几年，陆晓君在工作繁忙之余，去中国人民大学攻读了应用心理学专业的在职研究生学位。花两年的时间来攻读这个学位，对陆晓君来说既是工作上的需要，也是她个人的兴趣爱好所致。

当时她们班里的每个学生，都需要通过接近二十门课程的学习和考试，其中最受同学们欢迎的一门课，是一位兼职教授所讲授的《犯罪心理学》课程。这位兼职教授名叫孙世平，他本人是北京市公安局副局长，同时也在大学课堂上开设了与他工作领域密切相关的课程。因为孙局长本人工作经验极为丰富，在刑事犯罪实战领域具有传奇般的履历，再加上他本人又颇具专家风范和学者气质，在理论研究方面的功力也很深厚，因此几乎每个同学都特别喜欢上他的课。

陆晓君上过孙局长的课后，也非常钦佩他出色的工作能力和渊博的专业知识，所以经常会拿自己工作中遇到的一些实际案例来向他讨教。孙局长对陆晓君的聪颖好学甚为欣赏，也很愿意就她提出来的问题进行细致的解答。后来，在陆晓君研究生二年级的时候，孙局长答应了陆晓君的请求，成为她的论文导师。陆晓君毕业后的几年中，也经常与孙局长联系，每次到北京出差时，她都会去孙局长家里看望导师和师母。孙局长的爱人是一位资深的医学教授，她也很喜欢陆晓君的谦逊好学，所以陆晓君跟这两位长辈之间一直保持着深厚的友谊。

现在，陆晓君觉得自己应该去寻求孙局长的帮助。她把程路明这件事情发生的始末和目前发现的线索编辑了一条信息，发送给了孙局长。

不到三分钟，孙局长的电话就打了过来，看来他早起锻炼的习惯还是一直保持着。

陆晓君赶忙接起了孙局长的电话，也来不及寒暄，便把程路明疑案和自己这几天的调查情况详细地介绍了一遍。孙局长听完陆晓君的介绍，认真而细致地询问了几个关键的细节问题，便答应会尽快找到负责该案件的警官来协调这件事情。

等孙局长挂完电话后，陆晓君感觉到心里变得踏实了不少。她非常了解孙局长的做事风格，可谓严谨到极致，但处事又非常懂得灵活变通。

果不其然，等到陆晓君洗漱完毕并吃了一点简单的早餐后，她的手机响了起来。陆晓君看了一眼手机屏幕，上面显示的来电人姓名是“刘立鹏警官”。

陆晓君马上接起了电话，刘警官熟悉的声音在她耳边响起。对她这几天以来所做的事情和搜寻到的证据，刘警官明显感到非常吃惊。他说孙局长已经跟他们专案组沟通过大致的情况，他会马上赶到阳光花园小区，来跟陆晓君进行面对面的交流。

是的，陆晓君心里很清楚，自己确实完成了专案组没有做到的一些调查，这一点也许会让专案组的警官们感觉到有些难堪。不过，程路明的遭遇委实非比寻常，这对陆晓君来说，可不仅是一个案子那么简单。查清案件真相，并为自己深爱的男人讨还公道，这是陆晓君目前唯一的心愿，其他的事情她已经顾不上那么多了。

还差几分钟才到八点钟的时候，刘警官已经到达阳光花园小区。陆晓君来到小区北门——也就是两人第一次见面的地方——与他见面，两人在小区西侧的小路上边走边聊，一直往南走到了阳光树咖啡厅旁边。

陆晓君详细地向刘警官介绍了自己这几天来的调查过程，以及她所取得的种种进展。当然，不管对孙局长还是对刘警官，陆晓君都没有提及叶静雯——不管是她这个人，还是她与程路明的关系；因为陆晓君内心深处非常同情静雯的遭遇，而且她也很喜欢叶静雯。陆晓君可不希望叶静雯在陷入巨大悲痛的同时，还要承受来自他人的打扰。

当陆晓君谈起她在程路明邮箱里所找到的那篇未曾上传的日志时，刘警官平时略显严肃的脸庞稍微有些泛红，露出了钦佩而又有点尴尬的神情。很明显，他既佩服陆晓君身为一个非刑事侦查人员所表现出来的强大侦破能力，也为自己和专案组所遗漏下的那些线索深感不安。但是，刘警官一点也没有试图掩饰专案组的过失，他真诚地向陆晓君道歉，保证会尽快回单位向领导汇报，并召集专案组的成员开会讨论，以便及时地启动本案的复查。

在刘警官离开之前，陆晓君向他表达了自己参与专案组调查的意向，以及希望能够尽快拿到专案组原有的一些证据——比如原来调查时的所有案卷和相关材料。刘警官做了会跟领导传达她所有请求的承诺后，便匆匆忙忙地驾车回公安局去了。

事到如今，陆晓君几天以来内心一直紧绷的那根弦才算有所放松。找到组织、被人理解和支持的感觉真好，她终于不用再孤身一人、独自奋战了。

夏日清晨的微风拂来，吹在身上舒服极了。陆晓君来到咖啡厅东侧的白杨树林，站在程路明十几年前刻下“丘比特之箭”图案的大树边，嘴里泛起一股苦涩却又甜蜜的味道。这棵白杨树在过去的十多年时间里长高了不少，陆晓君踮起脚尖把手伸高，手指尖将将可以够到图案中箭头的位置。

恍惚之间，程路明当年那略显稚气的清秀脸庞，又一次在她眼前摇曳起来。风景依旧在，斯人已无踪——这种感慨，在这几天里屡屡浮上她的心头。

陆晓君在树下的长椅上坐下来，仰起头看着白杨树巨大的树冠，那繁盛茂密的枝叶看上去郁郁葱葱、无边无际。从树冠边缘的缝隙中，她再一次看见了程路明家的阳台。如果程路明现在还活着该有多好，哪怕他以后是与叶静雯在一起生活，他们能结婚生子、尽享天伦之乐，那也是自己所期待的——只要他还在，就一切安好。

陆晓君从包里掏出手机，连上耳机，打开了自己常听的歌库，挑出她最喜欢的一首新歌，闭上眼睛静静地听着，熟悉的旋律在她耳边响起——

我听见雨滴落在青青草地
我听见远方下课钟声响起
可是我没有听见你的声音
认真呼唤我姓名

爱上你的时候还不懂感情
离别了才觉得刻骨铭心
为什么没有发现遇见了你
是生命最好的事情
也许当时忙着微笑和哭泣
忙着追逐天空中的流星

人理所当然地忘记
是谁风里雨里
一直默默守护在原地
原来你是我最想留住的幸运
原来我们和爱情
曾经靠得那么近

那为我对抗世界的决定
那陪我淋的雨

一幕幕都是你
一尘不染的真心

与你相遇好幸运
可我已失去为你
泪流满面的权利
但愿在我看不到的天际
你张开了双翼

遇见你已注定
她会有多幸运
青春是段跌跌撞撞的旅行
拥有着后知后觉的美丽
来不及感谢是你给我勇气
让我能做回我自己

虽然歌词里说“我已失去为你泪流满面的权利”，但是随着音乐旋律的推进，陆晓君那不听话的泪水，还是再一次从眼角滑落。

陆晓君静静地坐在椅子上，十多年前的倔强、嘶吼，七八年前的怨恨、较劲，一直到近几年成熟之后的遗憾、期待，皆如这首名叫《小幸运》的歌曲中所唱，这些画面慢慢地浮现在她眼前。

几天来，这已经不知道是陆晓君第几次流泪了。她本来已经下定决心要变得更坚强，可是每当触景生情，或者为程路明感到遗憾的时候，却怎么也控制不住自己的情绪。

陆晓君就这样一直坐着，哪里也不想去，什么也不愿多想，一直到了快十点钟的时候，手机里清脆的铃声才让她回过神来。

她急忙把手机拿过来，是刘警官的手机号码。

陆晓君接起电话，电话里刘警官的声音显得急切而兴奋，他告诉陆晓君说，专案组领导已经批准了她所有的请求，现在邀请她去公安局一起交流案情。

陆晓君到路边叫了一辆出租车，不到半小时就赶到了公安局，刘警官在单位大门口等着她。陆晓君在接待室进行个人信息登记之后，两人便走向办公大楼，乘电梯来到了六楼的一个会议室。

会议室不算大，房间的布置也很简朴，只有一个长条的会议桌和十多把黑色的椅子，桌上摆着几杯水和一些档案材料。

会议室里的会议桌旁，已经坐着三位身穿警服的男人。刘警官分别把他们介绍给陆晓君，坐在中间的是重案组吴处长，他看上去有四十多岁，脸上一直挂着客气的笑容，习惯性眯起的眼睛里所透出的老练和精明，让人感觉印象深刻。另外两位年轻一些的小伙子，都是分局里参加过本案调查的刑警。

吴处长向陆晓君表示了欢迎，并对专案组原来工作上的一些疏漏向她表示了歉意。他把原来对该案调查的一些情况，向陆晓君详细地做了介绍；然后说经过与孙局长的沟通，他决定重新启动对程路明案件的调查，并且邀请陆晓君一起参与后续的调查过程。据吴处长所说，本来专案组还有几位技术人员，但他们几位现在正参与其他案件的调查，而且考虑到程路明一案中可能暂时不需要更多技术方面的支持，所以会等后续需要时再让他们参与进来。

吴处长介绍完了基本情况后，向陆晓君询问她是否有什么要求和建议。陆晓君提出的唯一一个要求，是希望让刘警官先陪着她，把所有已有的案卷和材料都仔细地研究一遍，然后她再来跟专案组交流下一步的工作。

吴处长答应了，并把这个会议室专门安排给陆晓君，作为她临时的办公场所。吴处长让刘警官负责配合陆晓君的工作，并特意叮嘱给她办理一张可以自由进出公安局的临时工作证。然后吴处长和另外两位年轻刑警就离开了，留下陆晓君和刘警官在会议室里准备下一步的工作。

刘警官去了一趟资料室，很快就把该案的书面档案材料取来了。所有的资料放在桌子上，摞起来足有二十厘米厚。

档案材料的最上面，有一份资料清单目录，陆晓君拿过来仔细地浏览了一遍。看完资料目录后，陆晓君从所有的材料里面找出了自己最关心的一些内容，仔细地翻阅起来。其中，她最关心的一部分是记录着专案组在进入程路明家之后所发现的现场景象的描述，以及里面夹着的几十张照片。

陆晓君刚把这些照片拿过来看了一眼，就感觉心中如受重击。虽然这几天她在脑中一直想象着程路明去世的样子，但是当她真的看到程路明去世后躺在床上的照片时，那种蓦然袭来的巨大悲痛差点儿让她昏厥过去。刹那之间，陆晓君的心脏几乎停止跳动，脸色变得煞白，两耳轰鸣、咽喉抖动，呼吸也变得困难起来。

刘警官敏锐地发现了陆晓君的变化，急忙过来拍了拍她的后背和肩头，并递给她一杯温开水。陆晓君机械地把水喝下去，过了几分钟后，才终于从刚才的悸动中恢复过来。她用右手按住自己的胸口，抬起头看到刘警官关心的目光，感激地向他点点头，情绪这才稍稍平复了一些。

陆晓君坐直身体，把这些照片又看了一遍，然后从里面挑出了两张。这两张照片拍摄的分别是放在桌上的咖啡杯和程路明枕边的安眠药瓶。她把两张照片拿过来，放在明亮的灯光下仔细地观察。

在第一张照片里，主要镜头是咖啡杯的特写。咖啡杯是一个以白色为主色调的漂亮纸杯，程晓君可以很清楚地看出咖啡杯上的图案——这是一张蓝天白云的图片，空中有一只鸟在自由飞翔。咖啡杯上图案的旁边印着咖啡厅的圆形 LOGO 和“云咖啡”三个蓝色大字。在杯子的中上部，套着一圈厚纸壳做成的棕色隔热垫，隔热垫上也印有云咖啡的 LOGO。

陆晓君知道这个云咖啡，这是最近几年兴起来的一家连锁咖啡店，采取所谓社群经济模式，颇受年轻人的欢迎。

在另外一张照片中，可以看到程路明枕头旁边放着的安眠药瓶。

陆晓君仔细地琢磨了一会儿，又按照档案资料目录的提示找出了记录程路明去世当晚进出阳光花园小区六号楼三单元一楼楼门的所有人的资料。根据档案中记载，专案组在调查时发现，程路明于当晚九点二十八分进入了单元门口——这个时间，是通过调用三单元门口外的摄像头拍下的监控录像来最终确定的。在当晚九点二十八分到凌晨零点，档案里一共记录了二十二个进出三单元楼门的人员名单，里面详细地列出了他们的名字、身份、联系方式、所去往的房间号、进出该单元的事由、被拜访人的证明等信息。

在这其中，陆晓君特别注意了当晚从九点二十八分到十点二十一分之间进出三单元楼门的人员——因为十点二十一分是程路明发出那封邮件的时间。她数了一下，一共有十二个人。根据档案的记载，这些人没有一个是去拜访路明的。

这真是奇怪极了！

如果说当晚没有人来拜访过程路明，也就意味着在这段时间里，是不可能有其他人动过他的咖啡了。这是否可以推断，如果有人蓄谋在程路明的咖啡里动手脚，只剩下一种可能了——也就是在他进入三单元楼门之前，有人接触过他手中所拿的咖啡杯？

想到这里，陆晓君急忙拿出自己的手机给李晓明拨了一个电话。这一次李晓明的手机接通了，陆晓君开门见山地问他，程路明七月十五日晚上在离开松海楼之后、回家之前，是否见过什么人？

李晓明稍微沉吟了一下，回答说程总当晚并没有见过其他人。

陆晓君又问他，当晚程路明的咖啡是在哪里买的，是他自己买的吗？

李晓明停顿了一下，然后回答说是的，是程总自己买的，就在阳光花园小区北门对面的云咖啡买的。据李晓明的回忆，当时他送程路明到达阳光花园小区的北门，程路明自己下了车，跟李晓明说他要去云咖啡买一杯咖啡，并让李晓明开车离开；至于程路明去买咖啡以及其后的事情，他就不大清楚了。

陆晓君又接着问他程路明下车去买咖啡的时间，李晓明说具体时间不记得了，九点出头的样子。

陆晓君向李晓明表示了感谢，然后挂断了电话。

看起来，到现在为止，需要陆晓君去核实的事实，就剩下从程路明下车后去买咖啡开始一直到他进入小区单元门为止，这不到半小时的时间里所发生的事情了，对吗？

# 第十四章 谁动了他的咖啡

二〇一六年八月四日，星期四，中午

北京，云咖啡和公安局

陆晓君沉思片刻，决定马上去一趟阳光花园小区对面的云咖啡，询问一下咖啡厅的店员他们是否还能记起在七月十五日晚上程路明去买咖啡时的情景；或者还可以了解一下，咖啡厅是否配有视频监控系统，以便能找到更多的证据。她把自己的想法跟刘警官沟通了一下，刘警官对她的思路表示赞成。

刘警官在三天前刚见到陆晓君的时候，对她当时断言程路明绝非自杀身亡的说法很不以为然。他认为这是一般人在听到亲人自杀的消息时所表现出来的正常反应——用否定亲人自杀的事实，来抵御和缓解内心突闻噩耗时难以承受的疼痛。但是当他在今天早上听陆晓君讲述她这几天以来所做的工作及所获取的各种证据时，内心已经颇为佩服她的敏锐和判断力；而刚才他在旁边观察了陆晓君对档案材料的梳理及对案件关键点的分析过程之后，更是对她缜密的逻辑思维和独到的推理能力钦佩不已。

刘警官把会议室的房门锁好，让陆晓君在公安局大门那里等他，他自己去地库开车去了。几分钟后，刘警官驾驶着一辆黑色越野车，向陆晓君所在的大门口开了过来。

刘警官开着一辆老式的现代越野车。这辆车应该是一辆个人轿车，因为汽车悬挂的车牌号是京K86357，而非北京市警用公务车常用的京O打头的车牌。陆晓君看到刘警官的车牌号，心中忽然一动。她一下子想起了昨天上午在尘事咖啡厅旁边向她撞击的雪佛兰轿车。当那辆轿车逃走之后，她在咖啡厅所在的胡同里发现了事先藏匿在花圃后的汽车的车辙，并在汽车后备厢对应位置的地面上，找到了一颗平头螺丝钉。在看到那颗螺丝钉的时候，陆晓君并没有想明白它为什么会出现在那里。现在当她看到刘警官汽车上的车牌时，忽然想到那颗螺丝钉，很可能是从雪佛兰轿车的车牌上掉落下来的。

陆晓君上车之后，刘警官便开车往阳光花园小区驶去。陆晓君坐在汽车的副驾驶座位上，从包里拿出了包着螺丝钉的纸巾。她打开了纸巾，把那颗平头螺丝钉放在自己的左手中，仔细地端详着。从这颗螺丝钉的长度、形状和材质来看，自己的猜测很可能是对的，可是它怎么会从车牌上掉下来呢？雪佛兰轿车在冲撞自己的时候，可是没挂车牌的呀！

陆晓君双眼微闭，仔细地回忆了昨天上午自己在花圃周围查看的情景。她记得当时自己推断，司机在等候自己从咖啡厅出来的时候，曾经绕着雪佛兰轿车转了一圈，并在车头和车尾分别停留了一会儿。那如此想来，他当时是不是在拆除轿车前后的两个车牌，并在拆除过程中掉落了一颗螺丝钉呢？

嗯，这是很有可能的。也许，司机是怕在驾车撞人的过程中，让陆晓君或路人看到汽车的车牌号，所以决定先把车牌拆下来。可是，他为什么不在跟踪陆晓君之前就把车牌拆下来呢？试想一下……对了，司机如果事先拆掉车牌再去跟踪陆晓君，恐怕一辆老旧的无牌轿车在路上行驶，很可能会引起交警的注意——

这种风险，可能是他不愿意去尝试的！

刘警官看到陆晓君一直在观察手里的螺丝钉，便问她这是哪里来的。陆晓君把昨天上午她在尘事咖啡厅附近的遭遇以及事后自己的观察和推断，都告诉了刘警官。刘警官不禁感到大为惊讶——听上去这可不是一起普通的交通事故，很像是有人蓄意所为啊。

刘警官把螺丝钉拿过去看了一眼，对陆晓君说："这个好办，等会儿我回到单位后，让同事联系交管局的有关负责人，调用一下昨天早上九点之前的那段时间里尘事咖啡厅周边区域的交通监控摄像头；看是否曾有黑色雪佛兰轿车在那附近路面上出现过，如果有的话，再看看能否查出车上悬挂的车牌号。这样一来，我们很快就能找到那辆轿车了。"

陆晓君听了刘警官的话，不由得对他丰富的侦查经验感到钦佩。这确实是一个好办法，看来自己在刑侦实务方面，还欠缺一些必要的经验。

大约二十分钟后，两人来到了阳光花园北门外的路口。刘警官把车停在路边的停车位上，两人下车后步行了不到一百米，就走到了云咖啡的店门前。

陆晓君停下脚步，稍微观察了一下这家咖啡厅的外观。云咖啡的左侧是一家银行，右边是一家快餐店。咖啡厅看起来面积很大，店门上方悬挂着印有"云咖啡"三个蓝色大字的招牌，门口两侧的墙壁上全部镶嵌着透明的钢化玻璃，使得咖啡厅内部的景象一览无余。现在正是午餐之后的休憩时间，在附近工作或生活的年轻人，约上三两个同事好友，在咖啡厅里一边喝着咖啡，一边闲聊玩闹，使整个大厅显得充满了活力。

陆晓君和刘警官推开咖啡厅的大门走了进去，因为刘警官今天身穿便服，站在门口欢迎的店员也没有感觉到异常之处，照常向两人轻鞠一躬，欢迎两位客人光临咖啡厅。

刘警官走到店员的身边，拿出自己的工作证让他看了一下，然后跟他说要见一下他们的店长，有公务调查事宜需请店长配合。店员看完刘警官的证件后，马上训练有素地把两位客人带到了后面一个安静的包间内，然后说了一句“请两位稍等，我马上请我们店长过来”，就带上房门走了出去。

几分钟后，一位戴着眼镜、穿着深蓝色西装的高个男士走了进来，他跟两位客人握了握手，自我介绍说他就是这家店的店长，并有些紧张地询问两位警官有何贵干。可能对于一般的民众来说，跟警察打交道总会感觉有些不自在吧。

刘警官转头看了陆晓君一眼，晓君明白他的意思，刘警官是想让她来主导向店长的问询。

陆晓君微笑着对店长说：“店长你好！我们来找你，是为了调查一起发生在七月十五日晚上的刑事案件。虽然这个案件当时并没有发生在咱们店内，但是根据我们已有的调查结果来看，当事人当晚九点到九点半之间，曾经来咱们店买过咖啡，我们想调用一下当晚你们的视频监控系统，以确认他当时购买咖啡的情况。”

店长听到这里表情明显放松了下来，毕竟听上去两位警官来找自己，只是为了协助调查，案件与自己和咖啡厅并无直接关联。

他稍微思索了一下，说道：“很抱歉，我们云咖啡所有的门店里，确实都在前台位置装有视频监控系统，但是我们的视频录像都只保留七天，七天以后保存的录像内容就都自动删除了。刚才您好像是说要调查七月十五日晚上的录像，那肯定都已经删除掉了，现在是没法查询了。”

陆晓君听了店长的话，心里有些失望，不过她在来云咖啡的路上，其实已经做好这方面的心理准备了。她在过去十多年的法官生涯中，接触过的案件不下千起，经常会涉及调用视频资料来收集证据的情况，所以她很了解个人和门店所常用的监控系统。这些监控系统的保存时间，一般是七天或者三十天，但又以七天居多，因为保存时间越长的监控系统，其购置的成本也就越高。

晓君又问店长说："那能帮我们调一下七月十五日晚上九点到九点半之间，你们店里所有的销售记录吗——包括销售的产品名称、销售数量、是否外卖、价格和支付方式等信息。这对我们的调查也很有帮助。"

店长马上很痛快地答应了，然后走出了房间。

过了十分钟左右，店长满脸堆笑地推门进来，递给陆晓君一张窄窄长长的白色纸单，然后转身关好门走了出去。陆晓君把纸单拿过来看了一下，上面打印出来了她刚才所要的信息：

云咖啡光华路店 7 月 15 日 21:00 ～ 21:30 销售记录单

21:01 卡布奇诺（热）1 份 38.00 元 微信支付 非会员

21:04 红茶（热） 2 份 54.00 元 支付宝支付 非会员

21:08 特调混合橙汁 1 份 三明治 1 份 共 68.00 元 微信支付 会员

21:13 美式（热） 1 份（外） 38.00 元 信用卡支付 非会员

21:16 美式（热）1 份 蜂蜜柚子茶（热）1 份 共 74.00 元 现金支付 非会员

21:23　特调混合橙汁 1 份 红茶（热）1 份 共 65.00 元　微信支付 会员

21:28　三明治 1 份（外）30.00 元　现金支付　非会员

陆晓君仔细地研究着这份清单，马上对其中二十一点十三分的那份销售记录大感兴趣。她把销售记录单递给刘警官，刘警官看了一下，也很快便用右手食指指了一下这条销售记录。当两人发现怀疑的是同一条信息时，不禁会心地笑了起来。

刘警官走出房间，把店长又叫了进来。

陆晓君向店长问道："店长，当晚二十一点十三分的这份销售记录中，您帮忙看一下，客人买的是美式咖啡吗？"

店长把纸单拿过来看了一下。他抬头看看陆晓君和刘警官，沉吟着说："是的，两位。这位客人当时购买的是一份外带的美式咖啡，是用信用卡支付的。"

"那再麻烦您一下，去查一下客人所使用的信用卡号和签字联好吗？这对我们有很大的帮助，谢谢啦，店长。"

店长答应了一声，转身又出去了。

过了不大一会儿，店长再次敲门进来了，这次他拿来的纸单上，打印着当时购买那份美式咖啡的客人所使用的信用卡号，以及一个用圆珠笔写下来的名字——李树涛——这是当时客人所留下来的签名。

陆晓君和刘警官相互对望了一下，奇怪啊，这可不是他们原来设想的结果。按照程路明司机李晓明的说法，当时是程路明自己来咖啡厅购买咖啡的，那他使用的信用卡应该是自己的呀。

陆晓君又把刚才那份销售记录单拿过来仔细地看了一遍。其他的销售记录，似乎与七月十五日晚上所发生的情况完全不符呀。

陆晓君看了看站在旁边的店长："店长，您现在能查出来七月十五日晚上九点多在前台值班的服务人员是哪位吗？能麻烦您叫他进来交流一下吗？"

店长答应了一声，便又走出了包间。大约两分钟之后，他带着一个身穿白色衬衣、扎着黑色领结的小伙子推门走了进来。陆晓君向那个小伙子介绍了一下自己，然后询问他是否还记得七月十五日晚上，在九点到九点半这个时间段里，来店里消费的客人的情况。

很显然，小伙子的反应让晓君失望了，他对当时的情况一点印象都没有了。也是，咖啡厅里每天来消费的客人那么多，要让店员回忆起接近二十天之前的几个客人，确实也难为他了。

陆晓君轻轻摇了摇头，跟刘警官商量了一下，两人决定先回到公安局，让其他相关部门的同事帮忙调查一下这个李树涛的情况。也许，这里边会有些蹊跷事吧？

刘警官开着车，与陆晓君一起又回到了公安局，重新来到了他们专用的会议室。然后，刘警官离开了会议室，去找吴处长汇报刚才在云咖啡所遇到的情况。不大一会儿，刘警官回来说吴处长已经安排其他部门的同事去帮忙调查和收集李树涛的个人信息了，估计两个小时就能得到调查结果。另外，对陆晓君上午跟他提到的雪佛兰轿车，刘警官也委托同事去联系交管局的相关负责人员了；如果顺利的话，通过对昨天早上尘事咖啡厅附近监控录像的调查，今天下午就会有相关报告递交过来。

现在已经是下午一点半了，趁着这段空当，刘警官邀请陆晓君共进午餐。两人来到公安局大门西侧的一条大街上，找了一家日式餐厅走了进去。餐厅里的环境雅静整洁，在这个时间段前来用餐的客人不多，他们便找了个靠窗的餐桌坐了下来。

两人坐下之后，陆晓君和刘警官分别点了一份日式商务套餐。在这样一个安静的环境里，气氛与此前两人纯粹工作上的交流完全不同。

刘警官虽然长了一副标准的警察面孔，但他干练的脸庞和锐利的眼神，仍然会给人一种值得信任和依赖的感觉。他很亲切但又有分寸地，向陆晓君询问了她的工作和家庭状况，并很明显地对她这几天的遭遇感到担忧。陆晓君看得出刘警官是一个正派、忠厚的人，也感受到他对自己的善意和关心，便把自己的基本情况跟他介绍了一番，然后还把程路明大学毕业以来的一些经历讲给他听。

听陆晓君讲完之后，刘警官很明显地受到了触动。人嘛，都是感情动物，当我们面对一个不了解的陌生人时，对他所做出的判断经常会有很大的偏差。而彼此之间一旦熟悉起来，甚至有更多的交流之后，我们往往会产生一种“咦，原来他是这样的人”的感觉，尤其是在生活背景相去甚远的人们之间更是如此。

刘警官虽然原来主导了程路明案件的调查，已经接触到很多与程路明有关的资料与证据，但对于他个人来说，程路明不过是一个工作上的调查对象而已。现在通过陆晓君讲述的这些真实故事，程路明这个人在刘警官的脑中才算变成了一个有血有肉的人。另外，刘警官也逐渐明白了一件事情，那就是为什么陆晓君虽然已经很多年未与程路明保持密切交往，但是听到他自杀身亡的消息时仍然难以相信这是事实。

两人吃完饭后，又交流了一会儿程路明生前的经历和故事，不知不觉中，时间很快就过去了两个小时。

这时，刘警官的手机突然响了起来，他马上接通了电话。电话是专案组的一个同事打来的，陆晓君在旁边听着刘警官跟对方的通话，基本上明白了两人交流的内容——李树涛的基本情况已经调查清楚了，他与程路明并不相识，当晚两人也没有任何的交集；而且，根据前去调查的同事所反馈的信息来看，当晚李树涛买了咖啡之后，马上就开车离开了，载着他的女朋友去参加了一个朋友聚会——这一点，已经得到其女友和参加聚会的另外三位朋友的证实。

好吧，今天中午的努力和期待算是泡汤了。既然李树涛有如此确凿的不在场证明，那么程路明之死应该与他是没有关系的了。

陆晓君不由得感到有些失望，她的脸色黯淡了下来。

刘警官通完电话后，看了看陆晓君的脸色，便已经明白了她的心思。他微笑着鼓励晓君说："陆法官，我猜你已经了解到我同事在电话里所说的意思，我就不再跟你重复解释了。不过呢，你也不用太过沮丧，我觉得咱们中午做的调查，也并没有完全白费工夫。我记得云咖啡的店长给咱们的那张销售记录单，你当时收起来放到包里了。你把那张单子拿出来，咱们再研究一下其他几份销售记录，咋样？"

陆晓君的眼神一下子亮了起来——对呀，既然这条看起来最像程路明购买咖啡的销售记录，经过调查已经排除了与案情相关的可能性，那么也许其他看起来不大可能的销售记录，反而会有更大的嫌疑呢。

陆晓君把那张销售记录单从包里拿了出来，铺开放在桌面上，两人坐到餐桌的同一侧，对着这几条购买记录，重新仔细地研究了起来。

云咖啡光华路店 7 月 15 日 21:00 ～ 21:30 销售记录单

21:01　卡布奇诺（热）1 份　38.00 元　微信支付

非会员

21:04　红茶（热）　2份　54.00元　支付宝支付　非会员

21:08　特调混合橙汁1份　三明治1份　共68.00元　微信支付　会员

21:13　美式（热）　1份（外）　38.00元　信用卡支付　非会员

21:16　美式（热）1份　蜂蜜柚子茶（热）1份　共74.00元　现金支付　非会员

21:23　特调混合橙汁1份　红茶（热）1份　共65.00元　微信支付　会员

21:28　三明治1份（外）30.00元　现金支付　非会员

刘警官对着纸条上的七条记录，一条一条地用右手食指尖划过。几分钟后，他对陆晓君说："你看这七条记录中，最后一条应该可以排除，因为程先生是当晚九点二十八分进入自己家单元大门的，他不可能在同一时间还在购买咖啡。再去掉李树涛这条记录之后，剩下的只有五条记录了。这五条记录里边，有四条是用手机进行支付的，不管是微信支付还是支付宝支付，我们都可以让刚才打电话来的同事去帮助调查与核实。除此之外，只有剩下的九点十六分这一条，是需要咱们自己想办法，去展开进一步调查的，对吗？"

陆晓君听了刘警官严密的分析，不由得连连点头，心中甚感佩服。看来眼前的这位警官，并不是一个平庸之辈。程路明去世的案发现场，从犯罪学的严格意义来讲，那是一个真正的"密室杀人案件"。这个案件表面上看起来完备的证据链，也许让刘警官和专案组误判了，但是陆晓君今天通过和刘警官的密切协作，发现他绝对不是个不学无术的笨蛋，而是一位思维缜密、经验丰富的刑侦专家。

换言之，陆晓君从一开始听到程路明去世的消息时，就完全不相信程路明会因自杀而身亡；她之所以有如此本能的直觉，是她对程路明的性格太过了解的缘故。而正是这种来自心理上的坚定判断，才让陆晓君如此坚持地追查下来。客观地说，如果没有事先对程路明个性的深入了解，她是否能够这样高效而准确地找到案件的关键证据，陆晓君自己心里也没有把握。

不过，反过来说，这也正说明了心理分析在刑事案件里的重要应用价值，对吧？

对了，刚才提到的密室杀人案件，其实陆晓君对这个问题是很有研究的。虽然她在现实中并没有太多参与刑事案件一线侦破的经历，但她在原来读研究生时的教材中曾经接触过这个概念，并且由于很喜欢其中的推理趣味，她还曾经找来很多推理大师所写的密室推理小说仔细研读。

在这些推理小说中，她尤其喜欢“密室之王”约翰·迪克森·卡尔所写的推理小说。卡尔是“密室杀人”类型推理小说的绝顶高手，二十世纪推理文学黄金时期的“三巨头”之一。陆晓君记得卡尔在其推理名著《三口棺材》中，借主人公基甸·菲尔博士之口，发表了一段堪称精辟、深刻的密室手法解密文稿。在这篇解密文稿中，基甸·菲尔博士列出了很多种类型的密室杀人案件，好像其中就有这么一类——“这是谋杀，凶手虽是在房间外面下手的，不过命案看起来却像是在房间里犯下的”。

陆晓君不由得苦笑着摇了摇头，谁会想到小说中描述的不可能犯罪场景，会出现在身边的现实生活中呢，而且受害者还是自己最爱的男人！

陆晓君的心里正在感慨之时，刘警官已经拿起电话联系信息调查部门的同事了。刘警官把刚才与陆晓君讨论的结果简要地跟对方说了一遍，然后让那位同事马上到公安局大门口等他，准备跟他一起去云咖啡，调查七月十五日当晚购买咖啡的几位客人的相关信息。

刘警官挂掉电话后，转身对陆晓君说："我和同事现在再去一趟云咖啡，把当晚那几位客人的手机支付账户调出来，以尽快去核实他们的身份及与程先生的关系。另外呢，我还想对七月十五日当晚咖啡厅值班的其他服务人员，再进一步做个细致的询问，看看他们有没有可能记得当时这几位客人的一些情况。陆法官，这几天你为了程先生的案件做了这么多的工作，一定没有休息好。现在你看起来已经很累了，我建议你跟我们一起回阳光花园小区，但我和同事两个人去云咖啡就行了。我估计等我们拿到几个客人的手机支付账户之后，即使马上去调查他们的个人情况，最少也需要几个小时的时间。这段时间里，你先回程先生家中休息一下，怎么样？"

陆晓君感激地冲刘警官点了点头，两人收拾了一下自己的物品，便坐电梯下楼了。刘警官把越野车从地库里开出来，在大门口接上等候着的同事，然后向阳光花园小区快速地赶去。那位同事是个戴着眼镜的年轻人，穿着白色的半袖衬衣和黑色的长裤，看起来文质彬彬的，一点都不像是人们心目中警察的样子，倒像是一名刚毕业不久的大学生。

三人赶到阳光花园小区北门之后，刘警官把车停好，然后向陆晓君轻轻摆了下手，就与那位年轻同事一起匆匆忙忙地奔向云咖啡去了。

陆晓君一个人从小区北门走进去，慢慢地走回了程路明家所在的六号楼三单元门口。她站在单元门口，脑中想象着七月十五日当晚九点二十八分到凌晨之间，从这里进出三单元的二十二个人的样子。他们真的如专案组的案卷材料所写，都是些与程路明无关的人吗？如果事实真是这样，那么害死程路明的那个人，究竟是在何时动手，把安眠药放进他的咖啡里的呢？程路明是在外面喝了掺有安眠药的咖啡之后回家的，还是说他拿着别人放了安眠药的咖啡先回到家中，然后在家里喝下咖啡的呢？

想到这里，陆晓君不由得心里一动。她感觉刚才自己设想的这两种可能，似乎在推理的路径和细节上，存在着一些细微的区别。

陆晓君回到程路明家中，先用凉水洗了把脸，然后从冰箱里拿出一瓶苏打水，打开喝了几口。情绪稍微放松下来之后，她感到脑中昏昏沉沉的。这几天确实太累了，再加上精神一直处于极度紧张的状态，一阵难以抗拒的倦意向她袭来。

陆晓君在客厅的沙发上躺下，很快就进入了梦乡。

睡梦中，陆晓君一直在忙着赶路，因为她恍惚中似乎看到了程路明的背影。那背影离她很近，她甚至闻到了程路明身上熟悉的味道。她一直在拼命地追，她不想再失去他了，但她却一直追不上他。双腿像灌了铅一样沉，泪水从她的眼眶中掉落，滑过她的脸颊，她没法擦干，也没法停止哭泣。就这样过了很久很久，她好像已经绝望了，才突然发现程路明是骑着一辆自行车的。那是大学里两人恋爱时程路明经常骑的一辆二八自行车，而自己坐在自行车的后座，她的屁股底下垫着一块程路明用他的枕巾做成的薄垫——那是程路明担心她受凉而特意准备的。陆晓君不由得破涕为笑，紧紧地搂住程路明的腰，一刻也不愿意松开。

两人就这样骑了很远，突然前面路边跑出了一条黑狗，冲他俩拼命狂吠。程路明急忙挥舞起左手去赶那条狗，同时用扶着车把的右手按响了车铃——丁零零，丁零零……

丁零零，丁零零！陆晓君猛地从梦中醒来，抬起头看了一下，原来是自己的手机在响个不停。

陆晓君急忙坐起身来，接通了电话。

是刘警官的电话。他告诉陆晓君，那四个购买咖啡或其他茶饮的客人都已经调查清楚了。他们几个都不认识程路明，而且四人在消费结束之后的行踪也均已查明，都与程路明没有任何交集。刘警官随后跟她说，那么只有最后剩下的那笔消费有可能存在问题了。

在刘警官准备挂掉电话之前，陆晓君的身体突然激灵了一下。

她急忙对着手机说："刘警官，先别挂电话，您现在还在公安局吗？您在单位等一下，我马上赶过来。还要麻烦您找出你们从小区物业那里所收集的当晚进出单元门口的视频文件，好吗？非常感谢！"

刘警官答应了陆晓君的请求，然后挂断了电话。

陆晓君看了一眼手机的屏幕，现在已经快到傍晚六点钟了。她急忙站起身来，简单整理了一下自己的衣着，挎着她的皮包，匆匆忙忙地离开程路明的家。

她在路边坐上一辆出租车，很快就赶到了公安局大门口。她把刘警官中午给自己准备的临时工作证递给门口站岗的警卫看了一下，便获得许可进入了公安局大院。

陆晓君坐电梯来到主楼六层，出了电梯后，她快步走向被当作临时办公室的会议室。刘警官已经在会议室等着她，桌子上放着两个装在透明档案盒里的光盘，档案盒的封面上写有档案的序号和标记，看来这就是陆晓君刚才在电话中跟刘警官提到的存档视频了。

刘警官一见到她，马上迫不及待地给她讲述了交管局刚刚发过来的雪佛兰轿车调查结果。据交管局的相关负责人说，他们调用了尘事咖啡厅附近道路上所有的监控摄像头，确认昨天上午八点半到九点之间有一辆老款黑色雪佛兰轿车曾出现在监控视频中。雪佛兰一直跟在一辆出租车后边，接近九点钟时，那辆出租车在尘事咖啡厅旁边的马路拐角停下来，车上走下来一位女士——刘警官已经通过交管局发过来的视频截图，亲自证实了这位女士就是陆晓君本人；而尾随其后的雪佛兰轿车，则从马路上拐到了尘事咖啡厅所在的胡同里。八十多分钟之后，可以在视频中看到陆晓君从胡同里出来，拐到了上面所提到的马路上，然后雪佛兰轿车很快也就尾随而至，但监控视频中并没有拍到雪佛兰轿车冲撞陆晓君的镜头，可能是摄像头距离冲撞现场较远的缘故。另外，从胡同里出来的雪佛兰轿车前后都没有悬挂车牌，但是之前它在跟踪陆晓君所乘的出租车时是挂着车牌的，这也证实了之前晓君对车牌和螺丝钉的推断。交管局的相关人员已经追查过雪佛兰轿车上的车牌号了，但却发现这是一辆套牌车，因为原来悬挂该车牌号的正牌雪佛兰轿车已经被废弃在其车主家旁边的胡同里——不久前正牌雪佛兰轿车被发现的时候，车主说它的四个轮胎早在一年前就已经被拆掉了，车身被当成仓库装满了废旧电器。

这么说来，这条线索就这样完全断掉了。陆晓君原来想通过查找雪佛兰轿车的司机来帮助案件侦破的计划，也不可能实现了。

陆晓君和刘警官面面相觑，两人不由得感觉到一丝寒意从后背慢慢升起。从雪佛兰撞人事件被精心安排的事实来看，程路明这个案子的复杂性远超大家原来的认知。幕后凶手可绝对不是一个普通的人物，他一定是一个心思缜密、心狠手辣的犯罪高手。

随着这个狡猾、残忍的凶手逐渐浮出水面，刘警官更加确信陆晓君所提出的程路明死于他杀的判断是完全正确的。虽然他们现在还没有找到确凿的证据来证明这个假设，但顺着这个思路想下去，程路明遇害时被伪装成那么逼真的自杀现场，这该是需要多么周密的策划和精心的设计才能够包装出来的密室杀人案件啊!

陆晓君此时也顾不上想太多了，她还有一件重要的工作。她迫不及待地把桌上的一个光盘拿出来，放到桌上那台黑色笔记本电脑的光驱里，然后打开了光盘中的视频文件。

刘警官也走过来，坐到陆晓君的身旁，两人一起盯着电脑看了起来。

这张光盘里面的内容，是从七月十五日晚上九点半到半夜零点钟这段时间里，由位于程路明家三单元门外的红外摄像头所拍下来的监控视频。

陆晓君滑动着鼠标让视频往前快进播放，只有当有人出现在镜头里时才放慢到正常速度仔细观察。只不过用了十多分钟，她就把这张光盘看完了。里边出现的二十多个人她都仔细地辨认过，但她既不认识这些人中的任何一个，也没有感觉到他们有任何可疑之处。

陆晓君看完之后颇感烦恼，她转头看了刘警官一眼，眼光中尽是失望之色。

刘警官冲着她微笑了一下，脸上没有一丝不耐烦的表情。

陆晓君用左手把遮住眼睛的一缕刘海拨开，眼睛突然一亮，好像想起了什么。她把视频从头开始重新快进播放，看完后又抬起头来："刘警官，好像这里边没有出现路明经过的镜头呀？"

"嗯，是的。每张光盘好像只能保存两个半小时的视频，程先生的镜头应该是在上一张光盘的末尾出现，我记得他是晚上九点二十八分走进单元门口的。"

看来刘警官真是个细心的人，陆晓君把电脑中的光盘退出来，换上另外一张光盘。她用鼠标拖到最后几分钟的位置，然后不由得屏住了呼吸，等待着程路明出现的镜头。

果然，在监控视频结束之前两分钟左右，程路明出现了。陆晓君的眼睛一下子瞪大了，虽然已经有好几年没见到过程路明，但她还是第一眼就辨别出了他的身影。程路明上身穿着印有竖窄条纹的白色衬衣，下身穿着黑色长裤，双肩稍微有些晃动着走了过来——他的走路姿势和过去几乎没有什么变化，还是陆晓君记忆中熟悉的样子。

陆晓君虽然心中感触万千，但脸上却没有任何的变化。她不想让刘警官感觉到她心里的波澜起伏，而且现在也不是感伤的时候。

程路明进入单元门口的镜头一晃而过。陆晓君又把影像后退了一下，重新看了一遍这个镜头——他的左手在身侧前后摆动，右手拿着一个纸杯走了过来，到了单元门口时，程路明把杯子换到左手，然后用右手拉开大门，侧过身体走了进去。

这个镜头只有短短的几秒钟，整个过程看上去也很正常。从程路明在九点二十八分走进大门到这张光盘结束时的九点半之间，也没有其他人再出现在镜头中。

陆晓君坐直身体，双手交叉地握在一起，双眼出神地盯着电脑屏幕。几分钟后，她重新把影像后退到程路明经过门口的镜头，放慢播放速度，反复地观看这几秒钟的视频。

不知道到底看了几遍之后，她猛地抬起头，急促地对刘警官说："你快来看！"

刘警官赶忙把身体凑到电脑前面，但看完一遍却依然没有看出个所以然来。他不由得疑惑地看着陆晓君，左边的眉毛轻轻挑起，好像在用眼神询问她到底发现了什么。

陆晓君从桌面上的文件袋中抽出了她上午看过的那些照片。她从中找出了一张照片，递给刘警官。

"刘警官，你看！这张照片是专案组的调查人员在事发第二天，也就是七月十六日那天拍下来的。照片里的咖啡杯上，套着一圈厚纸壳做成的棕色隔热垫，隔热垫上也印着云咖啡的LOGO。但是这段视频中程路明走过去的时候，他手里拿的杯子上，却根本没有这个棕色隔热垫。"

刘警官自己拿过鼠标，重新拖到刚才的镜头仔细地看了一遍。他不由得完全呆住了……

# 第十五章 出人意料的变化

二〇一六年八月四日至五日，星期四下午至星期五上午
北京，公安局和阳光花园小区

刘警官之所以对视频中咖啡杯上的隔热垫表现得如此诧异，既是因为他对陆晓君的发现感到吃惊，也是为专案组以前的疏漏而深觉自责。这么细微但又确凿的事实，竟然逃过了那么多位刑侦专家的眼睛。

这个在视频里不存在但却出现在照片里的隔热垫，绝对是推翻程路明死亡案原有自杀结论的关键证据。如果说昨晚陆晓君在程路明邮箱里发现的那封没有来得及上传到日志星的邮件是本案能够重新启动审查的间接证据，那么有了这个隔热垫，就使得原来结案时所依赖的证据链，都必须要全部推倒重来了。

刘警官不敢怠慢，马上给吴处长打了一个电话，把刚刚发现的情况跟他详细汇报了一遍。陆晓君虽然听不到电话中吴处长的声音，但是从刘警官说话时的神情和语气里，完全能够感受到吴处长的震惊。

刘警官挂断电话后，走到陆晓君身边坐下。陆晓君敏锐地感觉到，他对自己的态度在不知不觉中发生了很大变化——在他原来客气、亲切的表情之外，更额外增加了一丝尊重的味道。这种

尊重，不是平常男人对女人的那种尊重，而是人们对专家完全认可和信赖的那种专业上的尊重。

“陆法官，你所做的这一切，真的远远超出了我和吴处长的预料。刚才在电话中，吴处长对专案组原先在程先生案件上的疏忽和误判，让我向你转达他深深的歉意和感谢——当然，除了代表吴处长之外，我也要为我们整个专案组工作上的失误向你道歉。吴处长今天在一个团体斗殴致死案件的现场，暂时赶不回来。他说预计明天一大早就能回到市区，等他回来之后，会第一时间把原来专案组的所有成员召集起来，马上全力推进本案的重新侦破。你看这样安排合适吗？”

“刘警官，你也不用太自责了。那就听从吴处长的安排，我现在暂时先回路明家中去，明天早上我等你的电话吧。”

随后，刘警官开车把陆晓君送回阳光花园小区。在陆晓君下车之前，刘警官关心地询问她是否愿意共进晚餐。陆晓君谢绝了他的好意，从车上下来，朝刘警官挥了挥手，让他开车离开了。

陆晓君站在小区的北门外看着刘警官驾车离去，一直到汽车离开她的视线为止。她感觉自己的内心有一种异于寻常的平静——就在今天，她让专案组对程路明案件重新启动了正式调查程序，也找到了确凿的证据来证明程路明自杀的判断是完全错误的。

但是，在她内心的平静背后，却仍然夹杂着一丝隐隐的不安。

这种不安来自何处？陆晓君一时之间也说不上来。

按照今天她和刘警官去云咖啡调查的情况来看，在七月十五日晚九点至九点半这个时间段里，销售记录单里列出的七条购买记录有六条已经被排除掉了，那么也就是说，只有剩下的这一条可能存在问题——

21:16　美式（热）1份　蜂蜜柚子茶（热）1份　共74.00元　现金支付　非会员

也许这条记录，就是让陆晓君感到不安的原因之一吧。

陆晓君走进阳光花园小区北门，在院子里慢慢地走着。她竭尽全力地试图在脑中构建七月十五日晚上九点以后程路明所可能经历的种种情形和画面。

光看这条记录本身，似乎也是很正常的消费。如果这条购买记录真的与程路明之死有关联的话，那么七月十五日当晚前来购买咖啡的人，只存在两种可能性——一种是程路明亲自购买，另一种是害死程路明的凶手所为。

如果是第一种情况，那么可以这样假设——当晚程路明买了一杯咖啡和一杯茶，他拿着这两杯饮料从云咖啡里出来，穿过阳光花园小区北侧的马路，然后由小区北门进入院子，经过小区院内几百米长的小路，最后走进六号楼三单元的单元门。在这短短几分钟的路程中，发生了什么事情呢？

在陆晓君看到的档案视频中，程路明走进单元门的时候手中只有一杯饮料，那他购买的另外一杯饮料去哪里了呢？而且，警察第二天在他家里发现的那杯咖啡，杯子外面可是套着隔热垫的，那这又是怎么回事呢？

这一切，按常理来看，都是说不通的。

那么，似乎就要认真考虑第二种可能了。也许，当晚的咖啡是别人替他买的？

陆晓君心中一动，她抬头看了一下周围，走到了院子里的一盏路灯底下，从包里找出了程路明的手机。她打开手机上的微信，找到微信支付凭证，翻了翻最近的几条支付信息。这几条支付信息，都是七月十五日当天所发生的消费，其中最后一条支付记录是当晚八点三十二分付给松海楼餐厅的，共二百八十六元。

从这几条支付信息看，程路明是习惯于使用手机微信进行日常消费付款的。但是，当晚并没有他使用微信在云咖啡付款的记录，这似乎可以进一步佐证，那两杯饮料的购买者另有其人。

那个人是谁呢？

假如真是这种情况的话，那么绝对可以认定这是一起蓄意谋杀案了，而且这个犯罪嫌疑人心思是非常细腻的。他当时使用现金付账，很有可能是担心日后的调查过程中会有人来云咖啡查询相关的购买者信息。

如果是谋杀，那么凶手的犯罪动机是什么呢？一般的谋杀案，犯罪嫌疑人的动机不外乎这么几种——感情纠纷；个人或公事上造成的仇恨；或者是更为常见的情况，即凶手是为了争夺财产而犯罪。

那么，害死程路明的这个人，他（她）的犯罪动机，属于上述动机里的哪一种呢？

陆晓君在小区广场上静静地站了半天，脑中也理不出个头绪。她转过身来，慢慢地走向六号楼三单元的门口。

陆晓君站在单元门口，回头看了看大门对面的监控摄像头，然后推开单元门走进电梯间。在这整个过程中，她一直把自己想象成七月十五日晚上的程路明，一步步地穿过小区广场，经过单元门口，然后乘坐电梯回到家中。她今天上午已经问过刘警官，电梯里没有视频监控，没法提供更多的细节证据。

按照上面自己的假设，如果凶手真的是蓄意犯案，那么在当晚程路明进入单元门之后，他一定见到过程路明，那才有可能把程路明手上那杯没有套着隔热垫的咖啡调换过来，否则整个案件的案情完全不符合基本的逻辑。

但是这样一来，就与她过去几天所构建的一个基本假设冲突了。她本来以为，程路明是在外面喝了掺有安眠药的咖啡之后才回到自己家中的。但按照刚才自己的分析，当时的情况应该不是这样，而更可能的情形是——凶手在程路明进入单元门之后、回家之前见过他并换走了他手中的咖啡，而后程路明在回家之后，才喝下了掺有安眠药的咖啡。陆晓君之所以认为凶手是在程路明回家之前就换走了咖啡，是因为专案组提供的证据表明，程路明的家门和家中都没有找到任何可疑的指纹。

一念及此，陆晓君不由得在电梯间里停下了脚步，心脏激动得怦怦乱跳。按照这种逻辑继续往下推理，那么凶手当晚要想接近程路明，只有两种可能——第一种可能，是凶手住在这栋楼里；另外一种可能，是凶手当时是从单元门口之外的通道进入六号楼三单元的。

按第一种可能，那么叶静雯似乎是最有嫌疑的。但是据叶静雯自己跟陆晓君说过的话，以及程路明邮箱里那封未上传到日志星的邮件来看，当晚叶静雯是没有回到阳光花园小区的。难道除了叶静雯之外，在本单元其他住户之中，还住着程路明熟悉的人吗？

对于这种可能性，陆晓君虽然没有足够的证据来证明，但她自己感觉可能性不是太大。程路明日志星上的日志里提到过他身边一些熟悉的人——除了叶静雯之外，还包括他的一些同事、朋友，以及陆晓君和程路明的前妻俞婧等人，但从来没有任何信息表明，在这个小区住户中还有他熟悉的人。

那么，第二种可能呢？

如果是这种情况，那凶手当时是从哪里进入这个单元的呢？

从这个单元宽敞的电梯间来看，似乎除了从单元大门走进来，那就只有一种情况是具有可行性的了——凶手是从地下车库进来的。当然，他是从地下车库坐电梯上来，还是从消防通道步行爬到十五楼的，那就不得而知了。

陆晓君感觉到自己距离案件的真相似乎已经越来越近。她决定明天见到刘警官时，尽快把这些想法跟他分享。

陆晓君坐电梯上了十五楼，回到了程路明的家。当她进入家门时，特意看了看门口地毯上的那层细沙——嗯，没有任何变化，还是最初她撒上去时的样子。

现在已经是晚上七点多钟，但是她一点也没有饥饿的感觉。

陆晓君去浴室冲了个凉，然后换上了家居服，半躺在客厅的沙发上。她拿出程路明的手机，信手翻看着手机上的各种 App 和文件，除了微信、WhatsApp、电子邮箱这些社交软件外，其他文件中也没有什么有用的信息了。

算了！陆晓君觉得自己这几天实在是思虑过度，大脑都快要转不动了。她决定今天晚上不再考虑这个问题了，等明天上午见到刘警官时，估计吴处长也已经回来了，只要专案组正式重新启动案件调查，她就不用再一个人殚精竭虑地孤军奋战了。

想到这里，陆晓君刚才一直紧绷的内心松弛了下来。她换了个让自己舒服的姿势，拿过旁边的靠垫垫在自己的肩下，侧躺在沙发上，闭上眼睛让自己小憩一下。

说来也很奇怪，这几天她虽然住在程路明的家里，但是因为一直急于寻找破案的线索，所以并没有太多时间去更多地了解程路明的生活细节。

现在她心情放松下来，顿时感受到内心的渴望——渴望去了解和感受程路明生前的所有信息。陆晓君转了个身，仰面半躺在沙发上，重新把程路明的手机拿过来，打开手机里的相册图片一张张地浏览了起来。

手机里的相册中存有几百张照片，她在周一从刘警官手里收到这部手机之后，曾经粗粗地看过一遍。这些照片里，大部分是程路明的工作照和自驾旅游时所拍的照片——有些照片，跟他那台笔记本电脑里的照片是重复的。工作照中的程路明，大多身穿蓝色或灰色的西装，显得文质彬彬、风度翩翩，尽显成熟、儒雅男人的风采；而他自驾旅游过程中所拍的那些照片，大多以黄色的沙漠或雄伟的山岳为背景，照片里穿着粗布衬衫的程路明，完全是另外一种风格，洒脱而不羁。

这与她查看电脑里照片时的感觉是一样的——照片中程路明的模样，跟陆晓君脑海中他的样子有了很大的不同。在陆晓君原有的印象中，程路明还是十几年前在大学里读书的那个略显青涩的毛头小子——那时的他，有很多不可思议的梦想，对外面精彩而未知的世界充满憧憬和渴望。但是当时的陆晓君总觉得他的那些梦想太过虚无缥缈；她无论如何也想象不出，这十几年来程路明都经历过些什么，能够把当年那个青涩的大男孩变成了这么成熟而有魅力的男人。

原来一个有深度和张力的成熟男人，可以完全呈现出彼此对立、截然不同的风格，这使得他的身上充满了矛盾的感觉和对女人致命的诱惑力。也许，这就是陆晓君心里忘不掉他的原因吧——跟他相比，她的前夫徐磊就显得单调多了。

陆晓君一张张地翻看着这些照片，尤其注意那些精彩的自驾留影——可能由于这正是她自己无比渴望却又从未触及的生活吧。

突然，陆晓君在沙发上一骨碌坐了起来。这些照片里的一辆汽车，引起了她的注意。

这是一辆黑色的奔驰 AMG G 级越野车，方正、刚硬的外形，简洁、明朗的线条，使得这辆车具有一种与众不同的独特气质。陆晓君虽然对汽车并没有很深入的研究，但是这款经典的越野车型，她大体上是知道的，她知道这是一款性能极强的全地形越野车。

陆晓君之所以突然对这辆车感兴趣，倒不是因为车子本身的性能或价值，而是因为程路明在大部分的自驾照片中，都是驾驶着这辆车或以它为背景拍摄的。而她从程路明办公室里拿回来的那个玻璃相框，镶在里边的大尺寸照片里同样也有这辆越野车的身影。那这辆越野车，应该是程路明自己的吧？

这是很有可能的，对于像程路明这样一个喜欢旅游和汽车的男人来说，这样一辆功能强大的越野车，一定是他的至爱；而以他现在的经济条件，也完全有能力买得起。可如果这是他自己的车，为什么在前几天刘警官跟自己交接过的财产清单中，并没有列出这辆车呢？

在这中间，会有什么蹊跷吗？

想到这里，陆晓君再也没有心情躺在沙发上休息了。她站起身来，从自己的手机通讯录里找到李晓明的号码，给他拨了过去。如果程路明有这样一辆车，李晓明作为他的司机，应该是最清楚的吧。

可是，电话并没有接通，李晓明关机了。

陆晓君下意识地皱了下眉头，又从通讯录中找出邵晶晶的手机号码。嘟……嘟……电话接通了，陆晓君急切地向邵晶晶问候了一声，便开始询问这辆越野车的事情。

果不其然，这辆越野车是程路明的！

邵晶晶知道程路明差不多三年前买了这辆越野车，也知道他经常开着它外出游玩，但对它现在的去向，她就一无所知了。

陆晓君打完电话，回到沙发边上，呆呆地坐在那里，半天没有移动身体。

这辆汽车的去向，一定要尽快查清楚。陆晓君等不及明天见到刘警官时再告诉他这件事了，她马上就给刘警官打了个电话，把这辆汽车的情况告诉了他，并把自己在一楼电梯间里的发现和种种假设，全部细致地讲给他听。

刘警官认真地听着陆晓君对案情的分析，并询问了她一些相关的细节信息。最后，在两人的通话结束之前，刘警官让陆晓君从照片中辨认出那辆越野车的车牌号；他说会让专案组的同事尽快联系交通管理部门，以核查那辆车的车主信息和去向。

一夜无话。

从星期一上午坐火车来到北京到今天晚上为止，已经整整过去了四天。今天夜里，陆晓君从头到尾都睡得很熟，获得了几天以来难得的睡眠和休憩。因为，她觉得自己离路明案件的真相已经近在咫尺了。

第二天早上，陆晓君依旧在六点钟准时醒来，从沙发上坐起身来时，她感觉到自己格外地精力充沛、思维敏捷。她又重新变成了程路明口中那个路豆豆——一颗永远不甘人后、安静而倔强的豆子。

陆晓君在厨房烧了壶开水，把自己这几天用过的茶杯和茶叶找出来，冲了一杯热茶。她把茶杯慢慢地移向嘴边，她的双唇颤抖着，轻啜起来。

这几天，陆晓君一直在忙于寻找各种证据，尽力地推动专案组重新启动对程路明案件的调查。她根本没有时间和心情，用心地去感受和体会这个家中的一切。

可是现在，在周五的这个清晨，一切都不一样了。程路明家里的物品和摆设，已经逐渐从陌生变得熟悉；自己脑海中程路明的样子，已经从过去的青涩男孩变成了充满魅力的成熟男人；身边这个她过去曾因程路明而恨之入骨的大都市，今天也同样因为程路明而变得如此亲切。

陆晓君的眼神，慢慢地扫过房中大大小小的物件。她似乎在程路明家中每一件物品上，都看到了他生前映在上面的影子。这些影子忽明忽暗、摇曳不定，好像电影中展现主人公脑海里对往事的回忆镜头一样，一帧接着一帧无声的黑白画面慢慢地掠过，让人感觉画面中的一切都是那样虚幻和不真实。突然之间，耳边传来一声巨响，这些物品都在一刹那间有了真实的颜色，所有的画面都层层叠叠地快速冲了过来，压得她几乎喘不过气来。

这是陆晓君在三十多年的生命中第一次感受到至亲离世所带来的巨大悲痛。

至亲离去的那一瞬间，有时并不会使人感到过分悲伤。在你听到亲人去世消息的那一刻，你会拒绝相信它的发生，甚至在此之后的一段时间里，你都可能会感觉到恍恍惚惚，浑然不知身在何处。在这段时间里，痛苦、悲伤对于你来说，也许还没有什么真实的意义。

但是，等这段混沌的时间过去，你会慢慢体会到悲痛欲绝的含义。也许在深夜无人时，也许在静悄悄的清晨，那时的你也许没有任何杂念，但突然地——思念成了呼吸之间无法抑制的痛，痛到让人窒息……

真正会让你感到悲痛的，不是亲人已经不在身边的事实，而是打开冰箱时看到的那半瓶饮料，是经过阳台时那随风微曳的三色堇，是坐在亲人床边时床单上那熟悉的卡通图案，是那深夜里洗衣机传来的阵阵喧哗，或者还有陆晓君眼前这样一杯冒着袅袅热气的茶。所有这一切沾着亲人气息和身影的种种，都会唤起你心中深深的思念和不舍的爱恋，痛苦像高耸的山岳和滔天的巨浪向你冲了过来，让你喘不过气，把你整个人碾压得粉碎，似乎你的身心都已无处安放。

是啊，很多时候，人们不会意识到自己对一个人的思念有多深，直到某个瞬间，在特别的场景下，思念如泉涌，撕心裂肺。

真正的爱就是如此，它不会随岁月消逝，而是在时间的沉淀下，变得越加深刻、越加清晰，它会牢牢地刻在你的心里，直到地老天荒。

对程路明的爱和思念，让陆晓君不自觉地变得坚强起来。她默默地抹掉脸上的泪珠，站起身来，换上一套灰色的裙装，拿起门厅柜上的包，缓步走出了程路明的家门——现在，那也是她自己的家门。

陆晓君在小区旁边的早餐店吃过早点，走到小区南侧的白杨林散了会儿步。等到快八点的时候，她叫了一辆出租车，赶到了公安局，然后乘电梯来到了办公大楼六楼的会议室。

到了会议室后，她给刘警官打了一个电话，不一会儿刘警官便走了进来。刘警官的手上拿着一张折叠的A4纸，他把这张纸递给了陆晓君。

陆晓君接过来，打开看了一下。这是一份传真，上面是一张表格，表格中列出了程路明那辆越野车的主要信息："黑色奔驰AMG G级越野车。车牌号：京Q3565M。发动机号：××××××××××。排量：五点五升。车主：李晓明。上牌日期：二〇一三年五月二十四日。"

陆晓君倏地抬起头来，惊讶而激动地看向刘警官的脸，刘警官也正以同样的眼神看着她。是呀，这是一个重大的发现——程路明的这辆越野车，竟然在他的司机李晓明的名下！

这个发现，确实让两人感到震惊和振奋。不要忘了，这辆车可不便宜，按照它的排量和生产年份来估计，当初购买时的价格肯定超过二百五十万元，即使在三年之后的今天，它仍然价值不菲。

至于程路明为什么要把它放在李晓明的名下，原因现在还不得而知。也许是因为他名下已经有了那辆宝马车，所以没有北京市规定的购车指标吧？

虽然这个发现还不敢说就一定会与程路明之死有什么关系，但它至少是一条重要的线索，或者说它提供了另一种可能的动机。

这个时候，吴处长走进了会议室，身后跟着另外几位专案组的同事。吴处长走到陆晓君的身边，热情地与晓君握手，然后大声地说："陆法官，实在是对不住您！我再一次代表我们整个专案组向您道歉，并对您所做的一切工作和提供的证据，表示由衷的感谢！这件事情，对于我们所有的同事来说，都是一个天大的教训。希望您能够原谅专案组过去的疏漏之处，让我们有机会在接下来的案件侦破过程中，来弥补过去所犯的过错。"

陆晓君的脸一下子红了，她不好意思地摆摆手："吴处长您太客气了，我在刑事案件侦破方面是个外行，这次只不过是误打误撞地找到了些证据。刘警官和咱们其他的同事，这几天已经给了我很多帮助了，非常感谢您和专案组对我的信任。我现在只想能尽快抓到害死路明的凶手，我相信专案组同事们的心情跟我是一样的，都希望能够尽快破案，让案件真相水落石出。"

吴处长听完陆晓君的话，马上接着说道："对，咱们的想法完全一致。现在咱们一起来分析一下案情，看看从哪里着手进行突破。"

大家都在会议桌旁边坐了下来，刘警官清了清嗓子，把昨天上午到今天早上案情的进展情况给所有人介绍了一遍。

整个案件的侦破方向，到现在已经很明显了，李晓明有重大嫌疑。听完刘警官的介绍，吴处长马上安排专案组的一位赵警官负责去联系和查找李晓明的下落。听完吴处长的安排，陆晓君急忙把周二联系李晓明时与李晓明通话的基本情况说了一下，赵警官听完之后点了点头，便急匆匆地走出了会议室。

接下来，留在会议室的几位警官跟陆晓君一起，又详细地讨论了案件的细节和各种可能的进展。大家一致认为，除了尽快找到李晓明本人之外，眼下最重要的工作是要收集他涉案的证据。如果没有相关的证据，即使找到了李晓明，恐怕也很难有太大的突破。

吴处长安排专案组另外两位同事分别去接触程路明的同事和朋友们，尤其是那些经常跟程路明一起自驾旅行的朋友，希望能够找到与李晓明相关的线索和信息。

等专案组的那几位同事都带着自己的任务离开会议室之后，吴处长微笑着询问陆晓君的意见和想法。陆晓君告诉他，希望刘警官今天能够跟她一起，去阳光花园小区进一步收集相关的证据。

吴处长答应了陆晓君的请求，陆晓君与刘警官便与吴处长告辞，匆匆地驾车赶到了阳光花园小区。

刘警官把车停在小区外面的停车位上，两人从小区北门走进了院子，然后陆晓君便直接把刘警官带到了六号楼三单元一楼的电梯间，并把自己昨天晚上的各种假设和想法都再次跟他说了一遍。

刘警官脸上露出了佩服的表情，显然他很赞成陆晓君的想法。两人简单商量了一下，决定先去地下车库查看一下情况。

两人没有乘坐电梯，而是从旁边的消防通道走到了地下车库。地下车库只有一层，通往车库的通道干净而明亮，显示出这个高档小区出色的物业维护水平。

来到地库后，两人先是四处打量了一下，然后便走到了程路明的二十八号车位旁边，那辆宝马轿车还是静静地停在车位上。这个地下车库，陆晓君只来过一次，刘警官比她更熟悉，因为前段时间刘警官和其他同事多次来地库检查车上的物品，并向小区的物业管理人员收集过相关的信息。

阳光花园小区的物业管理处就在地库中，位于小区北侧二号楼正下方。刘警官带着陆晓君来到物业管理处，里面有两个工作人员在值班。看到两人进来，其中一个年龄较大的物业主管马上站起身来，客气地向刘警官问好，原来前几次刘警官来进行调查的时候，就是这位主管负责配合他的调查工作。

刘警官跟这位主管握了握手，然后给陆晓君介绍了一下，两人便跟主管交流了起来。陆晓君着重问了几个自己关心的问题，经过主管的介绍，她很快便得到了如下答案：

小区的地下车库里，共有两百多个车位，在小区建设之初基本上是按照每户一个车位设计的，现在各家各户购买的车辆多了起来，那多余的车辆只好停在小区周边的地面车位上；

地下车库只有两个摄像头，分别位于入口、出口旁边拐角的柱子上，但是摄像头拍下来的监控视频只能保存两周，现在已经无法查到七月十五日的视频资料——当主管说到这里的时候，陆晓君注意到刘警官的脸上有些发红，因为专案组原来调查时并没有调取地下车库的监控视频资料，这也导致现在已经无法通过视频资料来了解当时地库发生的情况。

地下车库对于车辆的进出管理得很严格，只允许业主在物业管理处注册过的车辆开进地库，而且每一辆车辆的进出，都会被入口处的智能遥感系统所记录。

听到这里，陆晓君和刘警官不约而同地抬起了头，眼神对视了一下。刘警官马上请主管帮忙把七月十五日晚上九点至十二点的车辆进出记录打印出来。

没用几分钟时间，物业管理处的另外一位工作人员就把打印出来的记录单递给了刘警官。

记录单是窄窄长长的一条白色纸条，粗略看上去，在这三个小时的时间段里，共二十多辆汽车从入口进入地库，而从车库出口开出去的车辆就少多了，一共有七辆。刘警官和陆晓君走到屋内的光亮处，细细地浏览了一遍所有的出入记录，两人一下子就发现了他们想要的关键信息——七月十五日当晚，程路明的宝马车是晚上九点二十五分开进地下车库的。

两人谢过物业主管，从物业管理处的办公室走了出来。他们激动地交流着心中的想法，发现彼此的观点不谋而合——根据陆晓君昨天晚上的假设，如果李晓明真是凶手的话，他是有作案时间的。假设李晓明当天晚上九点二十五分把车开进小区地库（这个假设的可能性是很高的，因为根据专案组原有的视频资料显示，程路明当晚是于九点二十八分从六号楼三单元一楼的大门走进去的，这说明当时开车去地库的应该是李晓明），他有两三分钟的时间做准备——有可能是把事先准备好的安眠药放进他手上的咖啡杯里，经由地下车库快速地来到六号楼三单元十五层，然后在程路明进入家门前，把两杯饮料调换过来。

这么分析起来，当晚去云咖啡购买咖啡的人应该是李晓明，也许他是有计划地买了一杯咖啡和一杯茶饮料，然后一开始故意把茶饮料给了程路明。这样，等他在咖啡里放完安眠药后，便可以有理由追上程路明，谎称刚才拿错了饮料，而把程路明手中的杯子调换过来。

这些假设是无懈可击的。但是，去哪里找证据呢？

陆晓君抬头看了看刘警官，他眉头紧锁，脸色严峻，这个案子对于他和专案组来说，确实是个艰难的考验。陆晓君从他手里拿过那张记录单，走到地库中的大灯下，再次对着这些车辆信息研究起来。

陆晓君敏锐地注意到，程路明那辆车牌号为京 Q24758 的宝马轿车，是在当晚九点二十五分进入地库的，排在这个记录单上的第六位；在这条记录之前的第五辆车，是九点十八分进入地库的，这辆车与宝马进入车库的时间隔得有点远，应该没有什么帮助；而在此之后，陆晓君惊喜地发现记录单上的第七辆车，是在九点二十六分进入地库的，也就是说这辆车牌号为京 N09152 的汽车，是紧跟在宝马之后进来的。

这辆车的车主，能提供一些有帮助的信息吗？

陆晓君把这条记录指给刘警官看，跟他说了自己的想法，刘警官赞赏地向她伸出了大拇指。两人赶忙转身又回到了物业管理处，让物业主管帮助查找这辆车牌号为京 N09152 的汽车车主的信息。

物业主管很快就找出了车主的电话，并用物业电话联系上了车主——车主也是阳光花园小区的业主，现在正好在家呢。刘警官从主管手里接过电话，跟对方介绍了自己的身份，请对方帮忙提供协助。

电话里那位业主一开始听说警察找自己时有些紧张，但在刘警官解释过后他很爽朗地答应了，说马上就到地库里来。

几分钟后，一个身材微胖的中年男子匆匆地来到了物业管理处。刘警官把事情的前因后果给他介绍了一遍，然后与陆晓君一起带着他来到了二十八号车位，把程路明的宝马车指给他看。

本来陆晓君和刘警官只是抱着试一试的念头，想跟这位车主聊一聊，看看他对七月十五日当晚跟在宝马车后面进来之后的情形是否还能记起些什么，有没有可能提供一些线索。

没想到中年男子一看到宝马车，情绪很激动地对两人说：“你们可是找对人了，我记得这辆车。我的车位是三十号，就在二十八号车位里面隔了一个车位。因为大家都是老业主了，彼此对附近停的车都很熟悉。那天可把我气坏了，我跟在这辆宝马后边进来，没想到开车的那家伙把车开进来，也没有停到车位上，直接把车停在车道边，急匆匆地从车里出来，提着个袋子就要走。他把车停在这里，那可是影响我停车啊，我向他按喇叭，他理都没理我就冲进了三单元入口。后来我等了好几分钟，他才从三单元地库门那里跑回来，跟我解释说家里有人生病了，他着急给家人送药，所以临时把车停在车道边。他倒是很快就把车停在二十八号车位上了，我当时一想既然他的家人生病，那也就算了，谁还没有个急事嘛，对吧？”

听了他的话，刘警官和陆晓君不禁喜出望外，刘警官急忙问中年男子：“那您还记得他长什么样子吗？我们需要尽快找到他！”

中年男子似乎也感觉出问题的严重性：“看来这个家伙犯事了是吗？怪不得从那天晚上开始这辆车就一直停在这里，再也没看见开出去过，我还挺纳闷的呢。我想一下，那家伙长得瘦瘦黑黑的，个子挺高，头发有些长。唉……对了，我车上有行车记录仪，当时应该把他拍下来了，我给你们看看是否还保存着这段录像哈。”

天哪，这可是个想象不到的意外之喜啊。几个人赶忙走到三十号车位旁边，车位上停的是一辆银色奔驰。中年男子把他的汽车发动起来，拿出手机打开行车记录仪的 App，调出里面保存的历史数据。很快，中年男子叫了起来：“我这个行车记录仪配的是保存期为一个月的云存卡，果然还存有当时的视频资料。你们快看，就是这个家伙！”

陆晓君和刘警官急忙拿过他的手机。果不其然，手机视频中的画面显示，在奔驰车明亮的前灯灯光照射下，一个瘦高男人关上宝马车的车门，提着一个塑料袋，匆匆忙忙地向三单元门口跑去。

# 第十六章 幕后的神秘人

二〇一六年八月五日，星期五，上午至晚上

北京，阳光花园小区和公安局

看到三十号车位业主行车记录仪里的视频，陆晓君和刘警官不由得大喜过望。他们把视频里后边的内容也看了一下，大约几分钟后，画面中出现了那个瘦高男人回到宝马车边并向奔驰车主解释的画面。刘警官反复地看了几遍那个男人的正面影像，最终确认这个男人就是程路明的司机李晓明，因为在前段时间专案组对相关人员展开调查时，刘警官曾经跟李晓明见过几次面。

两人谢过奔驰车主，并请他通过手机邮箱，把这段五分钟左右的视频文件，发到了刘警官的工作邮箱中。然后，两人匆匆忙忙地从地下车库的消防通道走到六号楼三单元一楼大厅。刘警官马上给吴处长拨了个电话，想尽快把刚才的调查结果向他报告。但是，吴处长并没有接电话，而是很快给刘警官发过来一条信息："我在会上，一会儿给你回电话。"

陆晓君看了一下时间，现在已经是上午十一点十分。她邀请刘警官跟她一起到程路明家喝点茶，稍事休息，顺便等待吴处长的回电。

两人坐电梯来到十五楼，一起走进程路明家，在客厅沙发上坐下。陆晓君烧水泡了一壶龙井茶，然后两人一边聊天，一边等着电话。十多分钟后，吴处长的电话拨了过来。刘警官打开手机的免提功能，把上午的工作进展和惊人发现详细地跟吴处长汇报了一遍，并建议马上派警员去李晓明的老家，把他带回北京。电话里吴处长的声音听上去非常激动，显然两人今天上午所取得的工作进展大大超出了他的预期，他说马上安排警力去抓捕李晓明。

通完电话后，刘警官又跟陆晓君简短地聊了几句，便匆匆告别离开，开车回公安局去了。临别时，两人约定随时保持沟通和联络。

陆晓君把刘警官送出门，等他乘电梯下楼后，转身往程路明家门走回去。她走到门口刚要迈步进入家门，突然停住了脚步。刚才陆晓君带刘警官进入程路明家的时候，两人急着把最新的发现告诉吴处长，她忘记检查门口地毯上的细沙了。但当她现在留心往地毯上看去时，却发现好像有些不大对劲。

刚才两人进来的时候，各自在地毯上踩出了一个脚印；当陆晓君送别刘警官时，他们又分别在地毯上留下一个脚印。地毯上共有四个脚印，虽然并不都是完整地踩在地毯上，而且彼此还有些重叠之处，但是如果仔细地辨别一番，再结合刚才两人进出家门时的顺序和位置，还是能够分清楚刘警官和陆晓君各自的脚印的。

这四个脚印是没有问题的。但奇怪之处在于，这四个脚印未能覆盖的空白处，有四条直直的压痕，从门槛处往门廊的方向展开。这四条压痕的一部分，被上述四个脚印所覆盖和断开了，但在陆晓君仔细观察之下，仍可以确定这确实是四条平行的直线形压痕。陆晓君用手指比对着，粗略地测量了一下，每条压痕的宽度都是一样的，在三厘米左右。

这是怎么留下来的压痕呢？陆晓君不由得皱紧了眉头。

难道是有人在她今天早上离家之后，潜入了程路明家中？但是地毯上除了刘警官和她自己的脚印，并没有其他人的脚印。

难道说，是刘警官和她自己刚才进门的时候，留下了这四条直线形的压痕？可是，两人并没有携带任何类似形状的物品呀！

陆晓君小心地跨过地毯，进入门廊，然后回身把门带上。她顺着门廊往客厅的方向仔细地观察，刚才她和刘警官进出家门时，虽然是前后脚分别经过门口，但是在门廊里基本上是处于一左一右的位置。也就是说，两人分别走在门廊靠近两侧墙壁的位置，这通过两人进入家门时踩在地毯的细沙上之后再往里迈出一步时留下的细沙脚印痕迹可以清楚地看出。当然，因为沾在鞋底的细沙量并不大，所以在门廊里的地板上，只留下了这两个可以辨别的脚印，再往里朝着客厅的方向查找，就没有其他可以辨别的脚印痕迹了。

令人惊讶的是，在门廊通道靠近中间线的方向上，距离门口地毯两米左右，还有两道直线形的细沙压痕，长度大约在五十厘米，宽度与门口地毯上的压痕是一样的。

这究竟是怎么回事？陆晓君的心不由得揪了起来，她急忙走到客厅里仔细查看。客厅的地板上没有其他的压痕了，放在客厅里的各种物品也没有被翻动过的迹象。至于她自己的那个笔记本，自从前天发现好像被人翻动过之后，她每次外出时都把它放在包里随身携带了。

陆晓君琢磨了一会儿，一时也没理出个头绪来。她决定先把种种念头放在一边，去洗衣房把这几天穿过的衣服都洗了一遍。

刚刚洗完衣服，陆晓君就接到了刘警官打来的电话。刘警官告诉她，公安局已经派出两位刑警前往李晓明老家，并且请求当地警方协助抓捕。李晓明老家所在的城市离北京也就是三四百公里的距离，如果抓捕过程顺利的话，估计今天下午就会把他带回北京。

听到这个消息，陆晓君感到很欣慰。她本来想把前天笔记本似乎被人翻动过，以及刚才发现这几条压痕的事情跟刘警官提一下，听听他对这两件事情的看法。但是话到嘴边，她还是没有说出来，毕竟这听起来实在是有点狗血，她自己都还不能完全确认这一切究竟是不是真实的。陆晓君犹豫了片刻，还是把电话挂掉了。

现在已经到了中午时分，陆晓君拿起包，准备出去吃点东西。走出程路明家门后，她走到对面叶静雯家门前轻轻地敲了敲门，没有人应答。她又按了两遍门铃，也没听到任何回音，看来叶静雯没在家，也许是上班去了。陆晓君本来想把这几天程路明案件的巨大突破跟她说一说，也让她高兴一下，既然她不在家，那就另找时间吧。

外面天气很热，陆晓君去阳光树茶餐厅吃了碗面，也没有其他的地方可去，便又回到了程路明家中。由于现在案子进展顺利，她这几天的紧张情绪总算是放松了一些。陆晓君来到程路明书房里，准备着手整理他的藏书。程路明的藏书有几千册，除了管理学、心理学等一些专业书籍外，还有一些经典的文学作品。陆晓君在上大学的时候就知道程路明很喜欢读书，这也是当时两人相互欣赏对方的诸多特质之一吧。

陆晓君先是把书架上的书一一取下来，放在书桌和旁边的地板上，然后用干净的湿抹布把红松木板做成的书架仔细地擦拭一遍。她准备等书架晾干之后，按照这些藏书的种类重新分类归纳放置到书架上。这些书可都是程路明生前心爱的宝贝，其中有些书的封面已经明显有些发黄，看起来购买的时间是在很久之前，但程路明几次搬家都没有扔掉，这说明他很珍惜它们。

把这几千册书都搬下来一一清点，以及擦拭书房两侧墙上的书架，这可不是个小工程。陆晓君沉浸其中，不知不觉已经过去了几个小时。恰在此时，她放在书桌上的手机响了起来。

是刘警官的电话。陆晓君把电话接起来，刘警官焦急的声音响起来："陆法官，刚才前往李晓明老家的同事打回来电话了，事情的进展没有想象中那么顺利。李晓明好像事先得知了警方前去抓捕他的消息，在几个小时前匆匆地收拾了自己的日常用品，并去银行把几张卡上的所有存款都取出来了。然后，他就带上这些物品和现金，开着奔驰越野车逃走了。这真是太奇怪了，除了专案组和你之外，再也没有其他人知道警方要去抓捕他的消息呀，他是怎么知道的呢？"

"啊？这太让人惊讶了！我这边没有跟任何人提起这件事情，你尽管放心。刘警官，那现在该怎么办呀？要是找不到他，那可就麻烦了。"

"嗯，你也不用太着急。刚才吴处长已经跟李晓明老家周边几个地市的公安局联系过，请他们通知下属的公安和交警部门协助我们的抓捕工作。现在他外逃的时间并不长，应该很快就会见分晓了。我有了进一步的消息之后，就马上告诉你。"

挂掉电话，陆晓君刚放松一点的心情又重新紧张了起来。事情的变化实在太出人意料，她也没有心思再去整理这些书籍了。她走到客厅里，坐在沙发上，再次苦思冥想起来。

对于抓捕李晓明的事情，专案组应该不会有人走漏风声，可是自己也没有向任何人提起此事，这是怎么回事呢？难道是上午刘警官在程路明家给吴处长打电话的时候，有人躲在门外偷听吗？

想到这里，陆晓君自己都吓了一跳。她急忙走到家门口，打开防盗门往外面看了一下，门外静悄悄的，电梯间和楼道里没有一丝响声。陆晓君走到对面叶静雯家门外，避开猫眼的位置，把耳朵贴在门边，仔细地聆听室内的动静。门里边没有任何声音，根本不像有人藏在里边的样子。

陆晓君感到，自己内心深处有一粒疑忌的种子在萌芽。

叶静雯会有参与谋杀程路明的嫌疑和可能吗？看上去她这么深爱着程路明，难道这一切都是装出来的假象？她上传到日志星的那篇日志，难道是为了迷惑自己，并让自己的调查误入歧途吗？她手中持有程路明家的钥匙，她会偷偷潜入程路明家中偷看自己的笔记本吗？她会在暗处监视着自己的一举一动，并随时调整对付自己的策略吗？她会找人驾驶着雪佛兰轿车撞向自己，只为了阻止自己进一步的调查吗？她会偷偷地躲在程路明家门外，偷听刘警官和吴处长的通话，然后通知李晓明快速逃走吗？

如果这一切都是真的，那叶静雯这个人实在太可怕了，这需要多么精细和狠辣的心思，才能做出上述种种可怕的事情来！

楼道里一阵凉风吹过，好似有一股阴森的死亡气息，在陆晓君身边弥漫开来。虽然眼下正是烈日炎炎的酷暑时节，但她还是忍不住浑身上下打了个寒战。

好了，如果上面这些事情都是叶静雯所为，那她的动机又是什么？她为什么要做这些事情呢？陆晓君呆呆地站在楼道里，无论如何都理不出个头绪来。过了好半天，她才走回到程路明家中，勉强压制住自己胡思乱想的心绪，焦急地等待着刘警官那边的消息。

到了下午五点钟左右，新的消息传来了。刘警官又一次打来电话，说已经在李晓明老家附近的另外一个县级市把他抓获了。据前方人员传回来的信息，当时李晓明驾驶着奔驰越野车，先是在一条去往南方的高速公路上行驶了接近两百公里，然后从高速公路上出来，沿着一条省道公路向南继续奔逃。在他驾车经过一个收费站时，被当地警方发现并当场擒获。大约半小时前，北京警方派去负责抓捕的几位刑警赶到现场，把李晓明连人带车交接了过来，现在正在赶回北京的路上。据估计，他们将在晚上八点钟左右赶到北京，届时专案组将连夜对李晓明展开审讯。刘警官在电话中还说，吴处长专门邀请陆晓君一起参与对李晓明的审讯。

晚上八点钟，陆晓君准时赶到了公安局，押送李晓明的队伍也刚刚到达。审讯用的讯问室早就已经准备好了。等将犯罪嫌疑人带到讯问室大约半小时后，正式的讯问开始了。在对李晓明展开正式审讯的同时，吴处长已经安排另外两位专案组成员去对刚刚开进公安局车库里的奔驰越野车进行详细检查。

在讯问室里，李晓明坐在被讯问人的座位上，对面审讯桌后边坐着刘警官和专案组的另外一位警官，刘警官旁边还坐着一位书记员。陆晓君则前往指挥中心室，与吴处长和另外一位警官一起，通过指挥中心对面的电视墙观察讯问室的审讯进程。

审讯由刘警官主持，他平静地开始了自己的讯问。

“你好，我是北京市公安局朝阳分局的刘立鹏。请你介绍一下自己的基本信息。”

“我叫李晓明，男，四十二岁，×× 省 ×× 市人。”

“你给程路明先生开车多长时间了？然后你介绍一下所开的车牌号为京 Q3565M 的奔驰越野车的情况。”

“我给程总做专职司机已经有五年时间了。他对我很信任，很多事情——不管是公事还是私事——都愿意交给我替他办理。两年前购买车牌号为京Q3565M的奔驰AMG G级越野车时，因为他没有购车指标，所以车主信息登记时使用了我的名字，我当时刚刚摇到北京的购车指标，还不到两个月的时间。”

“程路明先生去世之后，我们让你协助调查多次。但过去几天，我们掌握了确切的证据表明，你具有杀害程路明先生的重大嫌疑。你有什么要跟我们说的吗？”

“冤枉啊！我虽然没有告诉你们这辆车的事情，但我只是因为贪财而一时糊涂。我看到程总去世后没有人找我要这辆车，于是我抱着侥幸心理，就把它开回老家了，可我确实没有害死程总啊。”

“是吗？那你告诉我们，你在七月十五日周五晚上九点左右，把程路明先生送回到阳光花园小区后，是谁帮程路明先生去云咖啡买的咖啡？”

“这个……是程总自己去买的。”

“那他在去买咖啡的同时，你在干什么呢？”

“我把当天开的宝马车停到地库之后，就自行离开回家了。”

“是这样吗？这么说你对程路明先生当晚去买咖啡以及之后发生的事情是一无所知了？”

“是的，我已经回家了，我确实不清楚。”

“那好，你看一下这台电视里的视频影像，你该怎么解释呢？”

此时，一位审讯人员把今天上午阳光花园小区地库三十号车位车主所提供的行车记录仪视频在示证电视中打开。李晓明看完，顿时面如死灰，本来故作镇静高高抬起的头，一下子耷拉了下来，好半天没有作声。

这时，去搜查奔驰越野车的两位警官，把从车上找出来的一瓶少了十几粒安眠药的药瓶交到了指挥中心。这个药瓶里的安眠药，与专案组原来在程路明枕边发现的那瓶安眠药完全一致。吴处长派一名同事把这个药瓶送到了讯问室，并告诉刘警官这瓶安眠药的来源。

几分钟后，刘警官继续讯问。

“李晓明，你看一下这瓶安眠药，这是从你开的奔驰越野车里搜出来的，瓶子里面的安眠药，与程路明先生家里的安眠药是完全相同的。而且这瓶安眠药已经用了十几粒，对这瓶药，你有什么解释吗？”

“这个，我……”

“李晓明，你再看一下电视里面的两张照片的比对。第一张照片，是在七月十五日晚上九点二十八分，程路明先生手拿咖啡杯走进六号楼三单元时被单元门口的摄像头拍下来的照片——在这张照片中，程路明先生手中的咖啡杯，外面是没有套隔热垫的。第二张照片，是七月十六日下午警方接到报案后，在程路明先生家里现场检查时拍下来的——这张照片拍的是当时放在桌上的咖啡杯，但这个杯子外面套着隔热垫。这就说明，有人在七月十五日晚上等程路明先生进入六号楼三单元大门后，用另外一杯咖啡把他原来手中拿的那杯替换掉了。结合刚才看过的视频，我们认为替换掉咖啡的人就是你——李晓明。而且经过对阳光花园北门外的云咖啡门店的调查，是你在当晚九点十六分，用现金购买了一杯咖啡和一杯蜂蜜柚子茶。另外，根据我们从阳光花园地库中的物业管理处所调到的车辆进出时间表来看，你是当晚九点二十五分开宝马车进入地库的；然后，九点二十六分有一辆银色奔驰轿车紧跟在你后边进入了地库。而你刚才看到的视频影像，就是当晚你把宝马车停在过道上，跑去调换程路明先生手中的咖啡时被银色奔驰车的行车记录仪拍下来的。

“好了，李晓明，七月十五日当晚，你送程路明先生回到阳光花园小区后所发生的所有事情的一切细节，都已经被我们所掌握。我再把这其中的各个环节，按照时间的先后顺序，给你分解之后重新组合一遍：当晚九点十六分，你在云咖啡用现金购买了一杯咖啡和一杯蜂蜜柚子茶，然后你从云咖啡回到小区北门，把蜂蜜柚子茶交给程路明先生；九点二十五分，你驾驶宝马进入地库入口，把车停在地库过道上，然后尽快把事先准备好的十几粒安眠药放入咖啡里，并从地库入口进入六号楼三单元的消防通道，快速爬到十五楼；九点二十八分，程路明先生进入六号楼三单元一楼大门，坐电梯来到十五楼；当你在十五楼见到程路明先生后，我估计当时的情况是，你谎称拿错了咖啡，于是把两杯饮品调换了过来。这样，你事先计划好的所有犯案环节，都最终完成了。怎么样？不管你是否承认，我们所掌握的这些证据都足够证明你所犯下的罪行了！”

“我，这……啊……”

“李晓明，我给你最后一次主动从实交代的机会，你可要想好了再回答我的问题。坦白从宽，抗拒从严！如果你想继续顽固地坚持你原来的说法，那你可要考虑清楚所带来的后果！我再问你一遍，你和程路明先生的去世，到底有没有关系？”

李晓明没有马上回答，他低下头，双眼紧闭，咽喉处因紧张而耸动了一下。过了一会儿，他再次抬起头来，眼神涣散，脸上滚下了一颗颗豆大的汗珠。很明显，在这些确凿的证据面前，他的心理防线完全被攻破了。

“刘警官，我一定老实交代。我承认，当晚确实是我在程总的咖啡里添加了安眠药，当时的情况，也确实和您刚才所说的完全一致。可是，事情虽然是我干的，但是谋害程总的主意可不是我想出来的——我哪有这么聪明，能想出这样完美的计划呀？刘警官，您一定要相信我！真的是有人在背后指使我干的！”

听到李晓明这段话，现场的每一位工作人员——包括陆晓君和在讯问室、指挥中心里的所有专案组成员，都不由得惊讶得张大了嘴巴。陆晓君清楚地记得，当时她从指挥中心的电视墙上看到刘警官一时之间也是满脸惊讶。接下来，刘警官强作镇静，继续用他平静、有力的浑厚嗓音，向李晓明发起新一波的进攻。

“李晓明，你说有人在背后唆使你做了这一切，那你告诉我，他是谁？”

“可我真不知道他是谁啊！从头到尾，他都是通过手机短信给我发出各种指令的。包括今天上午你们派人去我老家抓我的事情，也是他发短信通知我的。您想想，要不是有人通知我，我怎么会知道有人要去抓我呢？”

“哦？那这些短信，你还保存着吗？”

“没有保存，我怕你们会查到这些短信，把它们全部删掉了。但我又怕万一哪天你们发现了我做的事情，我再也拿不出证据来证明我不是主谋，于是我在删掉之前，把它们传到我的电子邮箱里了，就在草稿箱中。你们要是不信，去查一下我的邮箱就知道了。但是今天上午的短信，我没来得及保存到邮箱里就删掉了。”

听到这里，刘警官让李晓明说出他的电子邮箱用户名和密码，并安排坐在他旁边的警官记下来，然后去指挥中心的电脑上查证这一切是否属实。

“李晓明，暂且不管是否有人在你背后策划和指使，你现在先把谋害程路明先生的整个过程和所有细节，都老老实实地交代清楚。”

“嗯，刘警官，我一定会如实交代清楚。

“去年，程总检查出来患有很严重的脑瘤疾病。刚拿到检查结果时，程总的精神很消沉，听他说医生可能需要通过手术来确定脑瘤的性质和发展程度。当时我也非常担忧，这种担忧除了因为关心程总的身体健康状况，另外还有个人的因素——我害怕万一程总动手术时有什么意外，那我以后的工作、生活该怎么办呢?

“大约在今年五月份开始，有一个人不断地给我发短信，跟我说如果我按照他的计划做，我就可以把程总的那辆奔驰越野车据为己有。一开始，我根本不相信他，我也不愿意这样去做。我打电话给这个神秘人，但他从来不接电话，短信里也不说自己是谁。但他仍然不断地发短信过来，劝我按照他说的做。这个人似乎跟程总非常熟悉，从他所发的短信内容来看，他对程总的工作和生活细节都了如指掌。

“慢慢地，我也有些动心了，也许那个神秘人说得有一定道理。当这个念头第一次出现在我的脑中时，我自己都吓坏了，我骂自己怎么能有这种邪恶的想法。但是在那之后，我就像中了邪一样，怎么也摆脱不了这个念头。毕竟，程总的病情究竟如何谁也不能确定，万一他手术不成功，那我就彻底失去依靠了。那个神秘人说得对，在这种情况下给自己留条退路也是应该的。于是，后来我也就经常通过短信跟他交流，一起谋划寻找合适的时机来实现这个目标。

“二〇一六年七月十五日那天，机会终于来了。当天上午，我开车带程总去天坛医院看病。当时是程总一个人去找大夫看病的，我把车停在医院外面的马路边等他。程总从医院出来的时候，脸色看上去稍微有点紧张，他跟我说大夫要他尽快确定手术时间。后来在行车途中，他还大笑着跟我开玩笑说，不会动手术的时候他就醒不过来了吧。

“那天中午，程总去公司附近的餐厅吃饭。他下车后，我收拾了一下后座，发现他刚刚在车上写了一封遗嘱。在遗嘱中，程总说要把房子和宝马汽车留给陆晓君女士，把其他的个人财产留给他的母亲。

“我看到这封遗嘱时，马上意识到，这不正是天赐良机嘛。当时我就想，从这封遗嘱的内容来看，如果程总真的因病去世的话，这辆越野车也许就没有人认领了，岂不就真的变成我的财产了吗——因为在这份遗嘱中，并没有提到奔驰越野车的情况，而那辆车又登记在我的名下。然后我又想，如果程总手术成功了，我这个期待可就落空了。即使他以后做手术不成功，但是如果他在做手术之前想起了这辆车，并把这辆车添加到遗嘱里面，那我也就白费心思了。不行！我一定要得到这辆车，它本来就在我的名下。我要尽快把它变成现实！

“想到这里，我心里感到既兴奋，又害怕，马上给那个神秘人发了两条短信，把遗嘱和程总准备做手术的事情都告诉了他。他很快就回了几条很长的信息，把我应该怎么做、需要注意哪些细节，都详细地给我做了一个计划。他在短信中还说，如果我按照他的计划去落实，一定不会被人发现；将来真要调查起来的话，警察也一定会认为程总是自杀去世的。

“想着神秘人发给我的计划，我整个下午都一直在盘算着如何去落实这件事情。正好前两天我替程总买的一瓶安眠药还放在车里，没来得及给他，现在可要派上用场了。我在脑中反复琢磨着神秘人告诉我的每个细节，最后决定铤而走险，当晚就实施谋杀程总的计划。我知道程总每周五晚上回家前都会去云咖啡买一杯咖啡带回家，因为他习惯在周五晚上写一些文章和工作总结，而咖啡是他写作时必不可少的伴侣。

“当天晚上九点多一点，我开车送程总回家。当我们到达阳光花园小区北门时，我主动提出替他去云咖啡买咖啡，程总当时犹豫了一下便同意了。于是，我去云咖啡买了一杯美式咖啡和一杯蜂蜜柚子茶。当时我特意用现金付的账，因为我担心如果用微信或银行卡付款会留下我的消费记录，万一事后警察查起来，肯定会引起他们的怀疑。

“咖啡厅的服务员把饮品递给我之后，我按照程总平时的习惯，在他的咖啡纸杯外面套了一个隔热垫；而另一个装有蜂蜜柚子茶的纸杯，由于比咖啡纸杯稍微粗了一些，所以隔热垫套不上去。我实在没有想到，杯子上有没有套隔热垫这么一个小小的细节，竟然会引起警察的注意，这真是一个致命的疏忽。

“当我提着两杯饮品回到车边时，程总打开右后门下了车。我趁着车门没关的刹那往车里瞥了一眼，发现那封遗书落在了车的后座上，好像程总当时没记起来他中午写的这封遗书。我把装有蜂蜜柚子茶的那个纸杯递给他，并假装在关上车门时发现了那封遗书，于是我把遗书拿出来递给他，提醒他这是不是他落下的文件。他拿过去打开看了一眼，恍然大悟似的把遗书放进了口袋，然后就从小区北门走进去了。

“我等程总走进小区北门后，马上开着宝马车从北门旁边的地库入口进去。我把车停靠在车库的过道里，急匆匆地拿出准备好的安眠药——我事先已经从车里的安眠药瓶中倒出了十几粒药，并磨成了细细的粉末，因为这样倒进咖啡里之后溶得快，不容易引起程总的注意。我把磨成粉末的安眠药都倒进了咖啡杯里，然后提着装咖啡的袋子就往三单元通道跑去。

“当时跟在我后边进来了一辆车，司机把喇叭按得响个不停，好像是嫌宝马车挡住他的路了。但我当时急于赶上程总，没有顾得上挪车就快速跑走了。因为我担心如果程总已经回家，我再敲门叫他可能会引起邻居的注意，也可能会在门上留下我的指纹——这一点，是神秘人在短信里特别强调要我当心的。

“我从三单元的消防通道快速地爬了上去。当我气喘吁吁地爬到十五楼时，恰好碰到刚刚从电梯里走出来的程总。他看见我爬到十五楼找他，惊讶地问我有什么事情。我告诉他说咖啡拿错了，刚才在北门时把我给自己买的柚子茶错给了他，现在我来把茶和咖啡调换过来。程总当时大笑了两声，还跟我开玩笑说——看你跑得满头是汗，就算调换咖啡，也用不着这么着急呀。

“我跟程总换完咖啡，又从消防通道跑回了地下车库。这时候后面那辆车的车主正在生气地大骂，我赶紧给他道歉，骗他说我有家人生病了，我着急去给家里人送药，所以耽误了一会儿。那个人听我这么说，也就没再多说什么。我赶紧把宝马车停在二十八号车位上，然后下了车，锁好车门就急忙离开了。我可不希望给这位车主留下什么深刻印象。

“但是，人算不如天算。我真的完全没有料到，那位车主竟然通过车上的行车记录仪把我当时的举动都录了下来。

“当天晚上，我回到自己的住处之后，忐忑不安，完全无法入睡，一直在猜测事情会如何发展。说实话，当时我心里已经有些后悔，毕竟我对程总还是有些感情的。但是开弓没有回头箭，事到如今，我也只好坚持下去了。当晚神秘人还发信息给我，询问了当时的一些细节，并宽慰我说事情进展得很顺利，我不会被人发现的。

“到了第二天，也就是二〇一六年七月十六日，我一大早就开车来到了阳光花园小区附近，因为我心里实在发慌得很，想早一点知道程总那边的情况。但是，我又不敢过早地给他打电话，因为前一天程总告诉我他周六约了不同的客户，分别陪他们共用午餐和晚餐。如果我过早地跟他联系，很可能会引起别人的怀疑。

“我强忍内心的焦急和煎熬，一直等到上午十一点左右才给程总打了一个电话，但是手机没有人接。我当时心里又惊又喜，感觉昨晚的计划应该是奏效了。快到十二点时，公司的一位副总陈枫给我打电话，询问程总是不是跟我在一起。因为原定那天是他陪着程总跟客户一起用餐的。我假装也很着急，跟他说联系不上程总。

“就这样，那天中午的商务午餐取消了。到了下午，我和陈枫不停地拨打程总的手机，但是一直都没人接电话。

“到了下午快四点钟的时候，陈枫和公司的其他几位领导都赶到了阳光花园小区，因为他们或多或少地了解程总的病情，大家都担心程总的身体出现不好的状况。我们几个人聚在一起讨论了一会儿，都觉得应该尽快报警，让警方来处理这件事情。

“报警之后没多久，就有两个警察赶到了现场。听了我们描述的情况，他们也感觉到事情大有蹊跷。后来，有一位警察带着我们，来到六号楼三单元十五层程总家的门口。他在门口拨打程总的手机，我们隔着房门仔细一听，发现程总的手机正在他家里响着呢。

“手机的响声让所有人都相信程总一定是在家中出事了。于是，现场的警察便在向他们的领导请示之后，准备动手强行进入程总家中查看。

“程总家里的门锁是反锁的，在公安局派来的技术人员帮助下，用了半个小时左右才打开。我们公司的几个同事被要求不能进入室内，但我们很快就被告知——程总躺在自己卧室的床上，已经去世了。

“大家听了这个消息都感到无比震惊，唯独我心里知道是怎么回事。过了一会儿，公安局又派来了几位警察进入程总家中详细侦查，而我们公司的几个人都被安排各自离开了。

“此后我在北京又待了十天左右，在此期间专案组找了我几次，了解程总生前的病情和生活日常。按照神秘人的指示，我把自己了解的情况有选择性地跟他们说了一部分，并有意夸大了程总的病情。我还跟他们说，程总在七月十五日当天从医院出来后，情绪一直很低落。公司其他的同事虽然也知道程总生病的事情，但是并不了解病情的严重程度，所以我估计当时我的说法，也在专案组判断此案的性质时起到了一些误导作用。

“后来，专案组公布调查结果，果然宣布程总是自杀身亡的，因为所有的证据都表明，在他去世当晚没有任何人进入他家；而且经过化验，他的咖啡杯里有大量残留的安眠药，而其中的成分与他家中常用的安眠药完全一致。

“至此，我一直悬着的心终于落地了。我开始向公司提出辞职，也很快就得到了批准。七月二十六日那天，我开着程总那辆越野车，带着行李回到了老家。我想等风头过去之后，去外地把这辆越野车卖掉，然后就这样在老家生活下去。

“但是，我实在想不到的是，在这么短的时间内，专案组就找到了新的证据，并把我带回了北京。

“我承认，程总的去世确实是我一手造成的，但是策划这件事情并唆使我实施的，则是那位神秘人。我完全认罪，但希望专案组考虑到神秘人的因素，能给我宽大处理。”

听完李晓明的交代，参与审讯的所有专案组人员，与陆晓君一样，都感到极度震惊。虽然事前大家已经对事情发生的脉络有了一个基本的了解和判断，但从李晓明口中亲耳听到这样安排周密、环环相扣的谋杀计划，还是深受震动。

这时，在指挥中心里，吴处长他们已经把李晓明电子邮箱里保存着的短信记录都打印了出来。吴处长按了一下桌上的一个红色按钮，不一会儿刘警官就来到了指挥中心。吴处长把打印好的短信记录分发给现场的所有专案组成员。大家聚在一起讨论了一下，然后刘警官又走回讯问室，继续对李晓明进行审讯。

“李晓明，刚才我们已经找到了你所说的那份短信记录，我也相信你说的话属实。你现在再仔细地想一下，我们要尽快找到这个神秘人，你有什么线索能帮到我们吗？”

“刘警官，具体的线索我确实没有。但是我自始至终有一种感觉，我觉得那个神秘人对程总非常熟悉，应该是他身边的熟人。”

“七月二十六日回到老家之后，直到今天之前，你中间回到过北京吗？”

“刘警官，我怕外出会引起其他人的注意，就再也没有离开过老家，一直待在自己家里。这一点，我的家人和邻居都可以证实。”

“本周三上午，在天坛医院附近，有人驾驶着一辆黑色雪佛兰轿车试图冲撞陆晓君女士。我们知道开车的司机不是你，但你知道这件事情吗？如果你知道那个司机是谁并主动告诉我们的话，这也算是立功的表现。”

“刘警官，我确实不清楚这件事情，也不知道那个司机是谁。”

刘警官又问了李晓明一些问题，但是再也没有得到更多有价值的线索。于是，这次审讯便暂时告一段落。

审讯完李晓明之后，专案组所有成员都来到六楼会议室。大家针对今天的审讯进行了深入的讨论。李晓明关于神秘人的供词，基本上可以断定可信度较高，但是大家对于如何找出这个神秘的幕后策划者，还是没有什么太好的思路。

刚才在审讯过程中，吴处长已经安排人去查验神秘人手机的户主信息了。现在查验结果已经出来，那部手机的手机号是预存话费的非实名验证手机号，无法查出其购买和使用者的身份。而且，这部手机除了给李晓明发过短信之外，再也没有任何其他通话和短信记录。这也就是说，现在没有办法通过手机的其他联系人来找到这位神秘人。

这么看来，这位神秘人是一个非常聪明而且极度谨慎的人。要想找到他，恐怕短时间内绝非易事。

不知不觉中，时间已经到了晚上十点半。吴处长看时间已经不早了，便安排专案组各位成员第二天分头去探访程路明生前身边的熟人，然后就让大家各自回家休息去了。

刘警官驾车把陆晓君送回阳光花园小区。在回去的路上，刘警官非常兴奋地跟她交流着案情的进展，并问她对于那个神秘人是否有怀疑的对象。陆晓君一路上都在犹豫着，不知道是否应该把叶静雯这个人的存在，以及她跟程路明的关系都告诉刘警官。但直到在阳光花园小区下车的时候，她也没有说出口。

陆晓君到家后，先是观察了一下门口的地毯，发现地毯上的细沙没有任何变化，还是保持着今天上午她看到的凌乱状态。陆晓君把门关好，并且特意从里面把门反锁上。她简单洗漱之后，来到客厅的沙发上坐下。今天发生了太多不可思议的事情，她需要好好地消化一番。

陆晓君把笔记本从包里拿出来，翻出今天在审讯李晓明时所做的记录，仔细地推敲着关于神秘人的那一部分。

这个神秘人会是谁呢？既然这个人这么了解程路明的情况，他一定与程路明有密切的联系。晚上在公安局指挥中心所看到的神秘人发给李晓明的那些短信中，既涉及程路明的病情发展，又多次提起程路明的生活起居和工作细节；而且，他为李晓明设计的谋杀计划简直可以说是天衣无缝，这说明此人是个极其聪明的人。陆晓君把程路明身边自己知晓的人逐一揣摩了一遍，不禁感到有些不寒而栗。

“他”，真的会是叶静雯吗？

叶静雯是个聪明人，但她会这么邪恶、阴险吗？而且，还是那个根本的问题——如果神秘人真的是她，那她害死程路明的动机到底是什么呢？

如果神秘人不是叶静雯，那又会是谁呢？其他人还有谁会跟程路明之间存有如此大的矛盾或仇恨，以致竟然会残忍地把他害死呢？至于前天那个雪佛兰司机，陆晓君确定那是个壮实的短发男人，绝对不会是李晓明。如果他是神秘人，可是陆晓君却不认识他，他在程路明的影集和电子相册中都没有出现过，这也就意味着他跟程路明并不熟悉，那他是从哪里了解到程路明的种种工作习惯和生活细节的呢？如果他不是神秘人，那他跟神秘人之间又是什么关系呢？

陆晓君在沙发上躺下，任由她的大脑放马驰骋，把这几天所收集到的各种信息像放幻灯片一样在脑海里变幻、交织和碰撞，直到最后她逐渐进入一种似梦似醒的忘我状态。

也不知道过了多久，陆晓君突然翻身从沙发上坐起来，她穿上拖鞋来到储物间，从橱柜中找出一把卷尺。她来到客厅和家门之间的门廊处，用卷尺分别测量了地毯的长和宽、几个脚印之间的距离，以及那几条压痕的长度和彼此间的距离。接下来，她把卷尺打开铺在地面上，放在这些脚印和压痕的旁边作为参照物，然后用手机把地毯、脚印和压痕全都仔细地拍了照片。

做完这些事情之后，陆晓君把测量的数据都写到笔记本上，并做了一些数学计算。算完之后，她把笔记本放下，然后再次来到门廊。她从门廊开始，静悄悄地检查着四周的墙壁和地板，然后紧贴着墙壁，一点点地向着客厅方向移动，并把客厅的每一个地方都仔细地检查了一遍。在这其中，陆晓君特别留意客厅里的那些灯具和家用电器及其周边区域。

当陆晓君把客厅检查完之后，她的脸上露出了一丝不易察觉的笑容。

陆晓君给刘警官发了几条长长的信息，然后平静地躺在沙发上，沉沉地睡去了。

# 第十七章 真正的动机

二〇一六年八月六日，星期六，上午

北京，阳光花园小区和公安局

早上六点钟，陆晓君醒过来，第一件事就是查询手机。刘警官半小时之前已经回复了一条信息，说他一定会听她的安排行事，让她放心。

陆晓君洗漱一番，简单地做了牛奶麦片作为早点。吃完早点，时间已经来到差不多七点钟。她又走到几个卧室和书房仔细查看，嗯，所有的准备都已经完成了。

等到快七点半时，陆晓君走出程路明家门，来到对面叶静雯家门口。她按了两次门铃，然后把耳朵贴在门边仔细聆听——仍然没有任何声音，里面静悄悄的。陆晓君把手里拿着的一块湿毛巾往叶静雯家防盗门上的猫眼擦了两下，这样，在几分钟之内即使门内有人往外窥视，也不会看清外边的景象。

这时候，电梯间传来了“叮”的一声，有人坐电梯上来了。陆晓君向电梯间的方向看了一眼，发现是刘警官和专案组的另外一位陈警官走了过来，今天两位都身穿便服。这位陈警官，就是昨天去李晓明老家实施抓捕任务的刑警之一。从他那高高的个头、健壮的身材一眼就能看出来，这肯定是一位经过千锤百炼的外勤人员。

陆晓君带着两位警官悄悄地走进程路明家，随后立即回身把门带上。在门廊里，三人停住脚步，陆晓君静静地指了指地毯和地板上的脚印以及那几条断开的直直的压痕。刘警官弯下腰，半蹲着仔细地查看了这些脚印和压痕，然后站起身来，冲着陆晓君会意地微笑了一下。

陆晓君带着两位警官，紧贴着客厅的墙壁，走进了北侧的书房。她把书房门关紧，低声地把自己昨天晚上的发现和拟定好的计划从头到尾给两位警官讲了一遍。听完她的讲述，两位警官对视了一眼，然后同时向她重重地点了点头。

陆晓君看到两位警官已经完全理解了她的计划，便分别跟他们用力地握了握手，然后神情镇静地从书桌上拿起一个信封，走出书房来到了客厅。

陆晓君在沙发上坐下，面对着电视机的方向。她拿出手机，拨打了一个号码。然后，她把手机放在耳边，大声地说道：

“喂，您好！是吴处长吧，您现在方便吗？我发现了关于程路明案件的一些新线索，想跟您沟通一下。哦，有时间呀，太好了。是这样的，昨天咱们不是把李晓明从老家带回来了嘛，现有的证据已经足够证明他就是害死路明的凶手了。但是在昨天的审讯过程中，李晓明说他不是本案的主谋，而是有人在背后用短信指使他，给他提供各种信息、制订犯罪计划。那这个人是谁呢？李晓明当时说他不知道对方是谁，但可以肯定这个人是路明身边的熟人。

“昨天晚上我回到路明家之后，在书房的书柜里发现了路明生前留下的一封信，现在这封信正在我的手上。在这封信里面，路明写到了他在前一段时间发现的一些奇怪现象，我觉得这可能是案件侦破的直接证据。吴处长，既然您现在是在其他案件现场，那我先在电话里跟您简单介绍一下这封信的内容。等什么时候您回到单位，我再过来跟您当面详细交流吧。

“路明留下的这封信件，基本意思是这样的——他说他这两年谈了一个女朋友，名字叫叶静雯，两个人的关系，在去年已经到了谈婚论嫁的程度。但是，到了今年上半年，不知道什么原因，路明发现叶静雯对他的态度冷淡了很多，还把去年路明求婚的戒指还给了他。路明对静雯的态度变化感到很不理解，所以就对她格外留心观察。路明在这封信里面提到了几件事情，我觉得足可以作为叶静雯是本案重大嫌疑人的证据。具体的情况呢，您那边这么忙，我在电话里就不详细说明了。

“吴处长，您什么时候回单位啊？哦，您中午能赶回来啊，那到时候我带着这封信过来找您好吗？哦？您是说中午回来后，带专案组到路明家里来检查一下现场？好呀，我认为背后向李晓明走漏消息的人，肯定对路明很熟悉。我本来就有些怀疑叶静雯，再加上路明所留下的这封信，叶静雯的嫌疑就更大了。

“那好吧，吴处长，我中午在家里等您过来。我现在先去一趟路明的公司，把他生前留下来的一些个人物品都取回来。好的，吴处长，您快去忙吧，中午见！”

打完电话，陆晓君把手中的信封放在电视柜前边的茶几上，站起身来拿起包，走到门廊那里。她用右手按住胸口，轻轻地做了个深呼吸，然后走出家门，把防盗门重重地带上，防盗门在她身后传来“嘭”的一声。

陆晓君乘电梯来到一楼，然后穿过小区的院子来到北门外边，搭了一辆出租车往东驶去。出租车往东行驶了几百米，陆晓君让司机停车，给了他二十元钱，然后在司机惊讶的目光中下了车。她站在路边的一棵大树下，把手机紧紧地握在右手里，抬起头不安地往阳光花园小区方向看去，似乎在期待着什么。

过了不到十分钟的时间，陆晓君手中的手机响了起来。她马上接起电话，刘警官的声音在她耳边响起：“陆法官，您的计划成功了，事情已经搞定，您赶快回来吧！”

陆晓君抬腿就往阳光花园小区跑去。

回到程路明家，刘警官和陈警官正站在客厅的沙发旁边，各自伸出一只手握住面前一个轮椅的扶手，而轮椅上坐着一个四十岁左右的中年男子。他留着浓密的络腮胡子，头上的板寸根根直立，在两鬓处夹杂着几根白发；他的双手都戴着薄薄的棉纱手套，在他脚下的地板上，还躺着一把小巧的螺丝刀和一个被拆下来的针孔摄像头。中年男子望着陆晓君的眼神，看上去稍微有些不安，但总体上还是显得非常镇定。

陆晓君强压住心头涌上来的悲愤之情，向中年男子问道：“你是陈巍吧？”

中年男子脸上露出一抹意外的表情：“你怎么知道是我？”

“陈巍，你在背后主谋唆使李晓明害死路明，自以为神不知鬼不觉吧？我只想问你一个问题：害死路明的计划，是你一个人策划和执行的，还是说叶静雯也参与了作案过程？”

陈巍的脸上第一次露出了慌乱的表情。他大声地吼了起来：“这整件事情都是我一个人所为，与静雯没有丝毫关系，她压根儿就不知情，你们千万不要冤枉她！”

听到这儿，陆晓君再也压抑不住内心的恨意，她抄起茶几上的玻璃水果盘就向陈巍头上砸去。刘警官急忙拦住她，一边用手紧紧地握住她的右手，一边劝她冷静下来。陆晓君挣扎着还要往前扑去，但终究力气不够大，无法挣脱刘警官。

渐渐地，陆晓君不再用力挣扎，她转身俯在刘警官的肩头，放声大哭起来。过去一周，这个坚强而勇敢的女人，强忍自己内心的悲伤和痛苦，冒着被人报复和暗算的风险，为了深爱的男人四处奔走，搜查各种有用或无用的线索，寻找若隐若现的凶手。直到今天，真相终于大白，谋害程路明的两名凶手都已到案，她终于再也控制不住自己的情绪，用喷涌而出的泪水和压抑不住的嘶喊来释放出自己内心深切的悲愤和对程路明英年早逝的不甘。

刘警官没有说话，只是用右手轻轻地拍着陆晓君的后背，任由她发泄情绪。

几分钟后，陆晓君的哭声逐渐平息了下来。刘警官扶着她走到沙发旁边，让她坐在沙发上，然后把茶几上的纸巾递给她。陆晓君低头小声地抽泣着，用纸巾擦着哭得红肿的双眼，再也不愿意抬头去看轮椅上的陈巍一眼。

陈巍眼神迷乱，一言不发地低着头。也许，刚才看到陆晓君痛哭流涕所流露出来的深切悲痛之时，才是他作为主谋害死程路明之后第一次感觉到对逝者及其家人的不忍和歉意吧。

过了一会儿，陆晓君的情绪终于变得稳定起来。两位警官给陈巍戴上手铐，推着轮椅走出程路明家门，乘电梯到一楼，然后穿过小区的院子和北门。陆晓君背着包，默默地跟在他们身后。几个人上了刘警官停在北门外边的越野车，一起往公安局的方向驶去。

此时刚到早上八点钟。在这个周六的清晨，街上行人稀少，汽车也比工作日的早高峰时少了很多，马路上完全不像平时那样拥堵和杂乱。刘警官平稳地开着车，很快就来到公安局大门口。他把汽车停到地下车库，几个人从车上下来，乘电梯来到主楼五层。刘警官和陈警官将陈巍带到了讯问室，把他所坐的轮椅安置在被讯问人的位置上。

在路上，陈警官已经给吴处长打过电话，汇报了刚才事情的进展。现在专案组的同事们都已经聚集在讯问室旁边的指挥中心，为案情的快速进展感到兴奋不已。

吴处长看到陆晓君走进指挥中心，马上走到门口伸出双手，紧紧地握住她的手："陆法官，我们简直太佩服您了！您帮专案组顺利侦破案件，我们一定要好好地感谢您！"专案组的其他同事也都围上来表示感谢。陆晓君面有戚色，双眼红肿，但仍然客气地回应吴处长和大家的热情。

吴处长长期在公安一线工作，既身经百战，更通达人情，一看陆晓君的神情便马上明白了怎么回事。他请陆晓君在椅子上坐下，让人沏了一杯热茶，安排马上开始对陈巍的审讯。

审讯仍然由刘警官主持，陈警官和一位女书记员参与。陆晓君坐在指挥中心的椅子上，看着对面的电视墙，注视着刘警官他们对陈巍的审讯过程。但是，她现在的思绪没法跟昨天晚上参与审讯李晓明时那样专注。也许是因为抓住陈巍让她松了一口气？或是因为陈巍果真涉案，她内心里对叶静雯的猜忌进一步加深？如果是后者，那她对叶静雯这种疏离的情绪无疑会加重路明之死所带来的痛苦和愤懑。

陆晓君今天已经没有心情去记录审讯过程了。审讯过程进展很快，差不多两个小时就全部结束了。面对刘警官抛出来的所有问题，陈巍完全没有一丝犹豫和狡辩，而是平静且详细地一一作答。下面是专案组在审讯完毕后整理出来准备存档的卷宗内容：

我叫陈巍，男，三十九岁，自由职业者。

对于警方针对程路明被谋杀一案向我提出的所有问题

和指控，我都愿意坦白回答。

我坦白承认，李晓明采用过量安眠药杀死程路明一案，确实是在我的背后唆使下进行的；但叶静雯对该案内情一无所知，此案的策划和实施与她没有任何关系。

我从小出生在一个生活条件优渥的家庭，基本上所有想要的东西，都能轻易得到。从小学起，我的身边就追随着一伙兄弟，他们叫我“老大”，事事听我安排，现在想起来，这也不过是因为我能够拿出家里的钱跟大家一起花。这种予取予求的童年生活经历，让我在与其他人交往时习惯于以自我为中心。

六年前，我遇到了我的前妻叶静雯，她的美丽恬静和单纯善良，很快就迷住了我。我那时候已经三十三岁了，自认为已经见识了生命里的一切大风大浪，对年轻时放纵轻狂的经历已经厌倦，觉得遇到静雯是我一生的转折点，我愿意为了她改变自己，回归正常的人生和家庭生活。所以，在和静雯恋爱了半年后，我就向她求婚了。不久后，我们就举办了盛大的结婚典礼。结婚一年后，我们的女儿也出生了。看着幸福满满的静雯和活泼可爱的女儿，我下定决心，从此以后要好好地陪着她们，快乐地度过生命中的每一天。

这种幸福美好的生活，在我们婚后维持了两年多。但是到了女儿一岁多的时候，我心里不安分的种子却在重新萌芽和生长；本来已经疏远的那帮旧时好友，逐渐又回到了我的身边。我们一起外出，开着车满世界地游荡，到那些人迹罕至、荒凉险峻的地方寻求刺激，到各个城市那些灯红酒绿的娱乐场所放纵自己。

就这样，在那个时候，我觉得平静的家庭生活似乎成了我的累赘。我不愿意再受到单调家庭生活的束缚，所以就向静雯提出了离婚的要求。静雯当时都要疯了，她坚决不同意离婚。但我好像鬼迷心窍一样，不顾她的泪水和挽留，径自离开家门，很长一段时间不再回来。后来静雯被我伤透了心，也许觉得我们的婚姻已经不可挽回了吧，便同意和我离婚，我们在两年前办理了离婚手续。

今年年初，我在去西藏自驾旅游途中遭遇了严重车祸，导致下半身瘫痪，生活不能自理。同行的朋友把我送回北京治疗，这时候我的内心备受打击，几乎失去了活下去的信心。听到我受伤的消息后，善良的静雯带着女儿来看我。面对静雯幽怨的眼神和女儿扑向我怀中的笑脸，我心里感觉羞愧难当。但在这种负罪感背后，我发现了让我活下去的源泉和动力，那就是这母女二人的关心和照顾。我下定决心，一定要得到静雯的谅解，恳请她带着女儿回到我的身边。我相信，血浓于水，毕竟我和静雯有一个共同的女儿，而静雯又是一个这么善良的女人，她应该不会拒绝我。但是当我向静雯表白我的心声时，她却一反常态地坚决拒绝了我，没有丝毫协商的余地。

我当时感觉很奇怪，凭着我对静雯的了解，她不应该会这么绝情，除非她有了一段新的感情。我托朋友帮我调查了解，发现果然如此，静雯和一个名叫程路明的男人正在热恋之中，而且静雯陷得很深。

当时我一下子蔫了，感觉生活再也没有什么希望了。但是当我看着自己残疾的双腿，想到美丽的静雯和可爱的女儿，我下定决心要夺回静雯，无论要付出什么代价。

我假装放弃争取静雯回心转意回到我身边的念头，不再急于向静雯忏悔和表白，而是向静雯表示，只要她带女儿经常来看我就行。看到我孤独无依的可怜模样，静雯心软了，答应了我。我开心极了，心里一下子有了盼头。我开始极力配合医生的治疗和康复锻炼，用了几个月的时间，我终于可以坐起来了，能够依靠轮椅四下活动。我出院后，回到自己家的一套房子居住，找了一个陪护人员照顾我。我现在所住的小区，离阳光花园小区并不远，也就几公里的路程。

有一次，静雯又来我的住处看我。我趁她外出给我买药和食物的时候，从她的包里找到了她和程路明两家的家门钥匙，并托人去重新各配了一把。然后，我偷偷地委托中介公司，在阳光花园小区帮我租一套房子。我想要离静雯和程路明更近一些，找机会来破坏他们的感情。凑巧的是，程路明家楼下的一四〇二房间正在出租，我马上把它租了下来。平时我就一个人住在刚租的这套房子里。为了行动方便，原来照顾我的陪护人员，我让她变成非全天陪护了，只有我打电话找她的时候，她才去我自己原来的住处照顾我。但是当静雯说要来看我的时候，我就马上回到自己的住处。

就这样，我趁着程路明和静雯上班外出时，分别用自己配好的钥匙，打开楼上一五〇一和一五〇二他们两家的家门，悄悄地进去查看他们的生活起居。我还在程路明、静雯家中的客厅里，分别安装了一个针孔摄像头。我希望监控他们的日常生活，更细致地了解他们之间的关系。

每次进入他们家里时，我都戴着手套，并且小心翼翼地注意着每一个细节，不让他们发现有外人侵入的迹象。经过一个多月的秘密侦查和摄像头监控，我发现了一个让自己绝望的事实，那就是他们两个彼此之间很相爱，静雯对程路明的感情非常深厚，要想疏远他们的关系几乎不大可能。

要怎么办呢？经过长时间的痛苦思索，我心里萌生了一颗罪恶的种子。我决心要神不知鬼不觉地杀死程路明，这样静雯在没有了他的羁绊之后，也许会慢慢地对我回心转意的。

但要想杀死程路明，却又不能让警方和静雯发现是我所为，这可不是一件容易的事情。

有一次，我在一四〇二房间里，通过跟针孔摄像头配套的手机App，偷听到程路明在家里跟医生通电话的内容。由此，我了解了他的病情进展和准备动手术的安排。我觉得这是一个可以利用的机会，便开始更加用心地设计杀害程路明的计划。针对计划的每一个环节和细节，我都反复地斟酌。当另外一次，我通过摄像头听到程路明跟他的司机李晓明的通话，谈及他的一辆奔驰越野车是挂在李晓明名下时，我决定把李晓明拉入我的计划中。我要借李晓明的手，实现我一个人没法完成的杀人计划。

我花了一千五百元钱，从网上买了一个不用实名验证的手机号（附送一部手机）。从五月中旬起，我开始用这部手机不断地给李晓明发送短信，劝他要为自己考虑，找机会谋杀程路明，这样他名下的奔驰越野车，就会属于他自己了。李晓明的手机号，是我打电话设法从嘉德公司前台人员那里要来的。一开始的时候，李晓明当然不会同意一个陌生人提出的作案计划。他给我打了很多次电话，我从来都不接。而且，我也从来不跟任何其他人用这部手机进行联系，它只用来跟李晓明互发短信。

这样过了一段时间，李晓明好像有些动心了。这也在我的预料之中，毕竟财富对很多人来说都是具有极大吸引力的。于是，我就给他出了很多主意，把我设想的基本方案告诉了他，但是这个计划，需要恰当的时机来实现。

在七月十五日中午，李晓明给我发了一条短信，大体意思是说当天上午程路明去医院看病时，大夫建议他要马上动手术。另外，上午程路明从医院回来后，在车上写了一封遗书，遗书里面列出的遗产没有把奔驰越野车包含在内。李晓明认为这是一个好机会，如果在当天制订一个周密的详细计划，那他把奔驰车据为己有的愿望就能实现了。

看到李晓明的短信后，我马上根据当天发生的这几件事情，对我原来的计划进行了修正、细化。

通过最近几个月对程路明家中的侦查和监控，我知道他每个周五晚上都会买咖啡带回家饮用，这一点我以前也曾经跟李晓明确认过。由此，我给李晓明设计了具体方案——他晚上送程路明回家时，主动提出替程路明去购买咖啡；买咖啡时要多买一份其他饮料，并用现金付账，以免事后被警察发现；把咖啡买回来后，故意把另一份饮料错给程路明；当程路明进入小区后，马上开车去地库，并从消防通道尽快爬到十五楼，以避开单元门口的摄像头；到了十五楼以后，要在楼道里跟程路明当面把咖啡调换过来，一定不要等程路明回家以后再敲门更换咖啡，以防止在门上留下指纹，或者引起邻居的注意；第二天上午尽量不要过早地主动给程路明打电话，以免事后引起怀疑；等警察发现程路明去世并进行调查的时候，要主动告诉警察程路明准备做手术的事情，并且夸大程路明的病情，引导警方调查走向歧途，但是这种引导一定不要太过明显；在警方调查期间，一定要保持冷静并积极配合调查；案件结案后，要尽快向公司辞职，开着奔驰车离开北京躲避风头，尽量切断与程路明家人及同事的联系；等风头过去之后，尽快把奔驰车卖掉，去一个别人找不到他的地方生活；实施谋杀程路明的计划后，马上把我们之间的短信联系记录全部删除，而且永远不再联系。

当天下午，我又进入程路明和静雯两家，悄悄地把两家客厅里的针孔摄像头拆掉了。我之所以取走程路明家里的摄像头，是考虑到要是当晚计划实施成功，第二天警方接到报警后肯定会对程路明家里进行仔细搜查。如果警察发现了客厅里的摄像头，他们一定会觉得这个案子不像表面看起来那样是一桩简单的自杀案件。如果警方怀疑这是一起谋杀案，那可就麻烦了。至于我取走静雯家的摄像头，只是为了防患于未然。据我估计，警察即使发现程路明和静雯的关系，他们应该也不至于会把静雯当成嫌疑人。退一万步来讲，即使警方是这样怀疑的，他们一定也找不出什么证据来，毕竟静雯对这件谋杀案一无所知。不过，谋杀程路明并让警方认为这是一件自杀案件，对我来说是非常重要的，我一定不能在任何一个细节出现纰漏，所以我还是把静雯家的摄像头也一并取走了。

七月十五日晚上六点钟左右，我给静雯打了个电话，问她是否有时间带女儿来看自己，她在电话里告诉我说，当晚她要回她母亲家看女儿，可能会在隔天——也就是周日——来看我。打完电话后，我知道了她当天晚上和第二天不会去我自己的住处找我。于是，当晚我就放心地留在阳光花园小区一四〇二房间，密切关注着事态的进展，并随时准备调整作案计划。

当天晚上九点半以后，我一直隔着房间里的天花板听着楼上程路明家里传过来的声音。我听见程路明穿着他的木板拖鞋，来到客厅里待了几分钟；接下来，他又去书房待了一会儿；在接近十点半时，他来到了卧室，然后直到第二天早上，他家里再也没有传出任何声音。这一夜，我一分钟都没有合眼，一直在听着楼上的动静。随着时间一分一秒地推移，我的心里感觉越来越兴奋，因为我知道程路明平时睡觉都挺晚的，他今天这么早就睡觉了，而且再也没有发出任何响声，这说明很可能是李晓明放在咖啡里的安眠药起作用了，我的计划应该是成功了。

第二天早上六点多钟，我把一四〇二房间收拾了一下就锁门离开了。我自己操作轮椅来到小区北门，打了一辆出租车回到自己的住处。这样，即使警方在调查程路明的邻居时也不会见到我。我一定要把自己完全伪装成一个局外人，与这个案件绝不能有任何牵连。

七月十六日下午，李晓明给我发短信，说计划成功了，程路明已经死了，警察在跟他调查取证时，他也完全是按照我原来的安排回答他们的。我回短信告诉他，马上把我们互发的所有短信都删掉，而且再也不要跟我联系。我以为，从此以后我跟程路明一案再无任何联系，只要等待此事彻底过去，再慢慢争取我的静雯回心转意就万事大吉了。

过了十多天后，我发现此事好像已经过去了，警察也没有找静雯来了解情况。当时我还挺奇怪的，于是大多数时候，我又回到阳光花园小区程路明家楼下的一四〇二房间居住，想就近观察事态的后续发展。我找了一个静雯不在家的时间来到她家，重新在客厅里安装了一个针孔摄像头。我安装这个摄像头有两个目的，一是通过静雯了解程路明一案的进展；二是了解静雯的心情和生活，以争取更早地重新与她和好。

但没过几天，出乎我意料的一件事发生了。八月一日周一上午，我发现有一个女人搬到了程路明家中，而且她刚搬来时还有警察陪着她进出。刚开始时，我猜想她应该是程路明的亲人，来交接他留下来的这栋房子。但是，当时警察的出现引起了我的警觉，难道程路明的案子还没有结案吗？那几天，我特别注意这个女人的行踪。在一四〇二房间里，我仔细地监听楼上房间里传下来的动静。我听见她收拾客厅和书房的声音，我听见她在浴室放水洗澡的声音，我甚至还隐隐约约听见她打电话的声音。当然了，她在说什么话我是不可能听清的。

我琢磨着，看这样子，这个女人是准备要长期在这里住下去了，她的来意是什么呢？我内心里隐隐地有一丝不祥的预感。

八月二日周二晚上八点多钟，我操作着轮椅，在楼下院子里的花园边上乘凉，不时地抬头看着程路明家中亮着灯光的书房。过了一会儿，他家书房的灯光熄灭了。我猜她可能是要外出，于是便躲在花园的银杏树和花丛中间，等待着她从院子里经过。果然，几分钟之后，那个女人就从六号楼三单元的门口出来，经过离我不远的地方，朝着小区北门走去。这个女人好像非常警觉，她路过花园十多米的距离之后，竟然停住脚步，转身往我所在的方向查看。我躲在花园的阴影里默不作声，加之我坐在轮椅上，她从远处是看不到我的。

等这个女人出了北门之后，我看见她坐出租车离开了，看来短时间是回不来的。我急忙乘电梯来到十五层，用钥匙打开程路明家门，进去查看他家里的情况。我不敢开灯，怕别人从外面看见灯光，便打开我随身携带的手电筒四处查看。查看过程中，我戴着薄手套，很小心地不在任何物品上留下痕迹。其他的物品都没有什么异样，但当我在客厅里翻看她的笔记本时，我大吃一惊。笔记本扉页上写着她的名字，叫陆晓君。这个名字我知道——李晓明原来跟我说过——她就是要继承程路明部分遗产的那个女人。

在笔记本上，详细地记录着警方对程路明案件的证据链，以及陆晓君对这些证据的质疑和推翻这些证据的思路。除此之外，上面还写有最近两天她进行调查的进展，她认为，找到S是问题的关键。当时我感到大为惊讶，看起来她朝着找到程路明之死真相的方向已经迈出了一大步，尤其是她对证据链的质疑和假设是非常正确的。另外，虽然说找到静雯可能对破案并没有直接的帮助（因为静雯没有参与犯罪，且对案件背后真相一无所知），但是我既不希望静雯被拖进来，更不喜欢静雯被人找到后可能会带来的让我暴露的风险。

当时，我想马上在程路明家里重新安装针孔摄像机。但那时我并没有随身携带相关设备，如果我到楼下一四〇二房间取了设备再回来安装的话，我又担心陆晓君随时可能回来。所以，我只好快速地把笔记本上的内容看完，并且按照原样把它放好，然后我就离开了。我决定另找合适的时间，再回来安装摄像头。

当天晚上，我躺在一四〇二房间的床上彻夜难眠。本来在程路明去世和警方结案后，我认为自己瞒天过海的计划已经彻底地顺利完成，而我梦想中与静雯重修于好的好日子，也正在向自己招手。可是出人意料的是，这个叫陆晓君的女人突然活生生地出现在我面前，竭尽全力寻求程路明之死的真相，而且她已经向着通往真相的道路前进了很远。我可不能坐视不管，任由她破坏我的完美计划和幸福梦想。

于是，到了半夜十二点多，我用那部非实名认证手机，联系上了原来我在网上认识的一个男人——此人网名叫作“小丑”，是个刑满释放的社会人员，平时没有正经工作，专门靠替人寻仇、报复为生。我把原来从程路明家里影集中拍下来的陆晓君照片发给他，并跟他谈妥以十万块钱的价格（先预付一半，另一半事成后付款），让他尽快跟踪陆晓君，并找机会把她弄伤致残，阻止她继续调查程路明之死的真相。

第二天（即八月三日，周三）早晨，小丑给我打电话，说他已经驾车从阳光花园小区北门跟踪上了陆晓君所乘坐的出租车。他决定要尽快完成我交给他的任务，以便全额领取我们谈妥的费用。但到了上午十点多钟时，小丑打电话告诉我说，他刚刚驾车冲撞陆晓君的行动失败了，那个女人反应很敏捷，看来不是个容易对付的家伙。小丑在电话里跟我说，他会尽快再找机会下手的。

周三晚上，我通过手机的摄像头监控App，发现陆晓君竟然来到了静雯家。她不知道通过什么途径，已经知道了静雯和程路明的关系。通过偷听两人在静雯家客厅里的谈话，我得知了陆晓君找到静雯的过程，也了解到她原来是程路明的初恋情人。从手机里听到两人的对话后，我感到大为惊讶，这两个女人听上去并不相互怨恨，甚至有些惺惺相惜，而且陆晓君看来已经非常信任静雯，并排除了静雯涉案的嫌疑。

听到静雯口中说出她自己对程路明的深厚感情，我忌恨不已；听到陆晓君所说的她寻找静雯的过程和她对程路明绝非自杀的判断，尤其是她们谈话临近结束时还谈到了我的情况，这让我感到无比担忧。陆晓君这个女人太可怕了，我绝对不能小瞧了她，我要尽快把摄像头安装到程路明家里去，随时掌握她的行踪。

八月四日这天，我一直在暗处观察着陆晓君的动向，我看见她在程路明家中进进出出，一副很忙碌、很警觉的样子。当时我因为不知道她外出多久之后会回来，一直不敢去程路明家里安装摄像头。

一直到八月五日周五早上，我实在按捺不住内心的焦虑了，我担心她已经取得很大的进展。当我看到她在小区北门外乘出租车离开之后，我决定尽快行动起来；同时，我悄悄地观察着静雯家的情况，发现静雯不在家中。于是，我马上拿着针孔摄像头和配套工具，坐着轮椅潜入程路明家中，在他家客厅电视机旁边的音箱里安上了摄像头——这个位置的视野很好，能够看到客厅的大部分角落，而且离摄像头所需要的电源又比较近。

到了昨天上午十一点多时，我安装的摄像头起作用了。我看见陆晓君和刘警官一起来到程路明家中。我仔细地听着他们谈话的每一个字，后来，通过他们跟吴处长的电话谈话，我知道警方已经掌握了李晓明犯案的证据，并且马上就要派人去李晓明老家抓捕他。我急忙给李晓明发了一条短信，警告他警察马上就要前去抓捕他，让他马上驾车离开老家外出躲避。

昨天中午，小丑又给我打了一个电话。他说经过这两天的跟踪，发现陆晓君频繁地进出公安局，而且跟几位警官来往也很密切，所以他决定不再继续履行原来的约定了。这个该死的家伙，就这样拿着我预付的五万块钱跑掉了，我再打电话时，他已经关机了。看来这家伙是指望不上了，我只能完全靠自己了。

昨天下午我一直在焦急地等待着，希望李晓明能够顺利逃脱。但是到了昨天下午五点多钟，通过程路明家的监控摄像头，我还是从陆晓君打电话时所说的话中得知了李晓明落网的消息。我的心里一下子紧张起来，这意味着警方马上就会知道李晓明并不是杀死程路明的主谋，而是一直有人在背后指导他行事。虽然我自认为计划里的每一步都是自己精心策划并且深思熟虑的，李晓明也并不知道我是谁，但是，只要李晓明交代了作案的情况，警方马上就会怀疑到背后指使的人一定是程路明身边的熟人，因为陌生人不可能设计出这么严密的作案计划。

昨天晚上，我一直在盘算着下一步应该怎么办，是自己马上想办法离开北京躲避风头好呢，还是静待事态发展再做后续安排更好一些。今天早上，我仔细地监视着摄像头中程路明家里的任何风吹草动。到了七点半左右的时候，我听见陆晓君给吴处长打电话，说她手头有一封信，是程路明生前留下来的。这封信里，据说主要内容是程路明对静雯的怀疑，提到了静雯在今年上半年对他的态度变化。

听到这里，我一下子着急起来，我可不想让警察认为静雯是杀害程路明的主谋。我急切地要了解那封信里面的内容，而且我也想尽快把程路明家的摄像头拆下来带走，因为我估计警察马上就会来程路明家里重新进行细致的现场侦查工作。一旦让警察发现了这个摄像头，那他们很容易就会怀疑手中持有程路明家钥匙的人。静雯手里有程路明家的钥匙，如果警方找她问话了解情况，即使以后会撇清静雯的嫌疑，也可能会把我跟案件联系起来。

想到这里，我马上行动起来。陆晓君已经去程路明单位了，这是个稍纵即逝的好机会。我马上坐着轮椅乘电梯来到十五楼，打开一五〇二房间的门。当我来到客厅正在拆除摄像头时，没想到两位警官一下子从书房冲了出来。我马上明白了，这是一个精心设计的圈套，而我中计了。事已至此，再也没有挽回的余地了。虽然我还不知道自己是什么地方露出了马脚，但我懂得愿赌服输的道理，自己做过的事情既然暴露了，还是要承担后果的。不管最后是什么样的结局，我都认了。

没多久，陆晓君就从外面回来了，这肯定也是你们设计好的。当她问我是不是陈巍时，我感到有些惊讶，这说明她早就怀疑我了。在此之前，我跟她并没有任何直接的联系和交流，当我看到她因悲痛而号啕大哭的时候，内心突然感觉有些后悔。在此之前，我从没有过这种感觉，也许是让静雯回到我身边的渴望，令我忽视了其他人的感受和痛苦吧。现在想起来，我更对不住静雯——毕竟我在过去和她离婚时，已经狠狠地伤害过她一次；而她这两年来跟程路明在一起，本以为找到了终生的幸福，现在却被我处心积虑地一手破坏掉了。等她知道是我害死了程路明，肯定恨死我了。我只希望她能挺过这个难关，把我们的女儿好好地抚养成人。

我明白，现在说什么都已经晚了。我完全认罪，不管以后会受到什么惩罚，我都毫无怨言。

陆晓君和吴处长等人一起，在指挥中心聆听着刘警官他们对陈巍的审讯。她的脸色煞白，自始至终都一言未发，只是呆呆地看着电视墙上的审讯画面。吴处长有很多次担心地扭头看看她的脸，却不知道该说些什么话来安慰她。这个坚强而聪慧的女人，现在内心肯定是悲痛至极、感慨万千，但她的脸上却没有显露出来。她这个样子，只会让身边看见她的人更加为她担心不已。

等审讯完毕、陈警官把陈巍从审讯室带走之后，刘警官走进了指挥中心。他首先向陆晓君看去，然后走到她身边，伸出右手轻轻地拍了拍她的胳膊。陆晓君抬起头，冲刘警官挤出了一丝勉强的笑容，她的眼睛里浮起了一层潮湿的雾。

程晓明去世疑案，时至今日总算是尘埃落定。对于在场的专案组成员来说，这是一件值得高兴和庆祝的事情。但当大家脸上露出开心笑容的时候，却又因为陆晓君在案件中起到的关键作用以及她与程路明的特殊关系，而不由得感觉到有些怅然若失。

这桩案件，真像是一出千回百转的舞台悲喜剧。被害人程路明的去世，牵动着两个女人的心。而这两个女人，其中一个殚精竭虑，终于把真凶绳之以法，但并不感觉到有丝毫释然；而另一个本已了无生意，却早晚会发现挚爱的男人是因为自己而死，从而更加悲痛欲绝。命运剧本的谱写者，跟她们开了一个莫大的玩笑。

刘警官开着车，把陆晓君送往阳光花园小区。在回去的路上，他小心翼翼地问道："陆法官，在你的努力和神奇推演之下，这件案件总算是完结了。但是呢，本案的记录还有一处环节不够完善，需要补充，即你在昨晚回家之后，是怎么判定陈巍有可能是幕后主使的？这是个让人感觉很费解的想法，毕竟一直以来，陈巍并没有出现在咱们的视野里。"

陆晓君坐在副驾驶座位上，把后背稍微挺直了一些。她慢慢地说道：

"刘警官，是这样的。我怀疑可能有人潜入路明家里，最早是从周二那天开始的。周二晚上从外面回到路明家里后，我把放在客厅茶几上的笔记本拿过来，想继续推敲你周一告诉我的五条证据。但翻到记有证据的那几页时，我惊讶地发现夹在其中的书签是背面朝上放置的。而我平时读书或记笔记时有个习惯，就是夹书签时一定是把书签正面朝上放的。所以当时我就有些怀疑，可能是有人趁我离开时，偷偷地潜入路明家中来翻看我的东西。但由于我近来情绪很不稳定，所以当时我并不能完全确定，那个书签之所以背面朝上，究竟是真的有人翻看过笔记本的结果，还是由于我急于外出，而放错了方向。

"不过，从那天开始，我每次外出时都在门口的蓝灰色地毯上撒上薄薄的一层细沙。等我从外面回家时，每次也都仔细地观察沙层是否有所变化，是否有脚印踩在上边。周三和周四两天，我倒是没有看到有人进出的迹象。直到昨天上午十一点多，我和你一起回到路明家，然后咱们跟吴处长通了个电话，告诉他在小区地库发现李晓明视频证据的事情，对吧？一开始我进门时忘记查看门口的地毯了。等到送你离开，我才留意到，在咱们两人此前留在地毯上的脚印底下出现了几条笔直的压痕，而且那几条压痕在隔了一段距离之后，还出现在了门廊靠里的位置。

“看到这几条压痕的时候，我一时也没想明白这是怎么造成的，所以也就没有声张。昨天晚上，当你问我是否对路明身边的某些熟人感到怀疑时，我犹豫着是不是要把叶静雯的情况告诉你。犹豫了半天，我还是没说，这一来是因为我拿不准；另外我考虑到，如果她不是凶手，警方的接触可能会进一步加大她的精神压力。

“昨晚回到路明家中之后，我一直在推测神秘人的身份。这个人既要是路明身边的熟人，还要跟他有非常深的矛盾或利益冲突。按照我在法院办案实践中总结出来的规律，一个人要疯狂到谋杀另一个人的时候，其常见动机不外乎这么几种——图财，宿仇，职场、生意场上的对手，或因情生恨。

“我仔细地把上述因素逐一推敲。李晓明应该属于图财。而宿仇和对手这两种动机，虽然不能断言路明一定就不会存在竞争对手，但是我这几天跟他身边熟人交流时却丝毫没有发现这方面的端倪。至于第四种因素嘛，在一开始我感觉叶静雯具有最大的嫌疑，难道她会因路明把财产留给我而怀恨在心吗？毕竟最近几年中，静雯是路明身边最亲近的人，因此她对路明的工作和生活细节都非常熟悉，而且她手中也有路明家的钥匙。从这几点来看，静雯应该是嫌疑最大的那个人。但是依照我对人之本性的判断和直觉，我感觉静雯确实是个很单纯、善良的姑娘，而且看得出来她对路明真的是一往情深。所以，我推定她涉案的可能性是很小的。不过，无论如何，我并没有完全排除掉静雯的嫌疑。

“那么除了静雯之外，还有谁会跟路明有感情方面的矛盾或冲突呢？我把路明生前有过较多接触的女人，都一一地琢磨了一遍，如路明的前妻俞婧、助理邵晶晶等，但最后都感觉她们不太可能跟此案扯上关系。

“昨天晚上夜深的时候，由于脑中东想西想，再加上身体非常疲劳，我躺在沙发上不知不觉地陷入一种半梦半醒的状态。这样不知过了多久，我的脑海中遥远的地方有个声音告诉我这些想法是不对的，也许这就是人们常说的第六感吧，为什么一定是女人呢？男人也可能会跟路明有感情方面的冲突啊，比如要跟路明争夺静雯的陈巍。

“我一下子清醒过来。对啊！根据静雯周三晚上跟我所说，陈巍可是一直希望她去照顾他的呀；而且，作为一个遭受飞来横祸的公子哥来说，在经受身体上的重大伤残之后，其精神状态出现大幅波动是很正常的，甚至心理上发生严重扭曲，也不是不可能。

“我脑中一旦想到陈巍，马上就记起了那天晚上静雯跟我所说的话。她当时说，陈巍最近两三个月已经能够坐起来了，只是下半身没有知觉，所以平时只能坐在轮椅上进行活动。

“轮椅！我一下子把门口地毯和门廊里的两组压痕跟它联系起来了。对呀，原来让我百思不得其解的这几条压痕，不正可能是轮椅压在地毯上的细沙所留下来的印迹吗？

“我立即从路明家找出卷尺，测量了压痕的长度以及两组压痕之间的距离，然后参考轮椅轮胎的直径、宽度等要素，进行了细致的测算。最后，我基本上可以断定，这些压痕就是轮椅经过时所留下来的痕迹。刘警官，与这些压痕有关的证据，我都已经用手机进行拍照了，可以作为本案存档之用。

“另外，昨天咱们派人去抓捕李晓明时，他已经提前得到神秘人的通知，准备逃跑。这说明这个神秘人肯定事先得到了确切的信息。他会从哪里知道呢？我联想到昨天上午咱们俩在路明家客厅给吴处长打电话的情景。如果陈巍就是神秘人的话，他昨天上午冒着被撞破的风险来到路明家里，是为了什么呢？会不会是为了来安装窃听器或监控摄像头呢？

“想到这一点，我悄悄地沿着墙壁走到客厅里仔细搜索。过去十几年来的判案经验告诉我，一般的窃听和监控设备都需要离电源很近，而且最好伪装到电器中。最后，我在电视机旁边的音箱出声孔中，找到了一个针孔摄像头。

“这一下，我感觉把所有的线索都连到一起了。但我不想轻举妄动，以免打草惊蛇。如果贸然惊动了凶手，让他从此收手，并设法佯装与此案没有关联的话，那我们找到确切的证据可就非常困难了。不行，我要在神秘人还没有警觉的时候设法把他引出洞来。所以，昨晚我发了几条长长的信息，把今天早上想要实施的计划都告诉了你。非常感谢你和陈警官，你们配合我所做的这一切，简直太完美了。

“今天早上我在客厅假装给吴处长打电话的时候，我故意虚构说找到了路明留下来的一封信，里面提到了路明怀疑叶静雯涉案的证据。我在想，不管叶静雯是否真的涉案，陈巍肯定会为了保护她而急于了解这封信件的内容。而且，他肯定想尽快把摄像头拆走，以防专案组可能来路明家里进行新一轮的现场调查。

“所以，我在那个假装给吴处长的电话中说要去路明单位一趟，以便给陈巍留下前来行动的时间。但我当时并不知道他租住在楼下的一四〇二房间，没想到他竟然这么快就来到了路明家中。刚接到你让我回到路明家的电话时，我还以为陈巍一定是住在叶静雯家里，也就是一五〇一房间。所以今天上午在听到陈巍的供词之前，我还以为自己对静雯的判断出错了——似乎她对于路明被害也是知情甚至参与其中了呢。但现在看起来，静雯应该是不知情的。这桩可恨的案件，应该就是陈巍为了重夺静雯的芳心而暗中策划并唆使李晓明实施的。

“刘警官，上面这些，就是我在昨天晚上和今天早上所做的工作。你看，我回答清楚你刚才所提的问题了吗？”

刘警官早就已经把车停在路边。他一边仔细地听陆晓君说话，一边不时地从侧面看着她的脸。这是一个什么样的女人啊，如此智慧、如此坚强，而且，还如此美丽……

# 第十八章 最后的表白

二〇一六年八月七日，星期日，晚上

北京开往济南的火车上

陆晓君谢绝了专案组邀请她留下来参加案情总结会的好意，执意要在八月七日周日晚上坐火车回济南去。陆晓君实在是一刻也不想留在北京，因为每当她看到程路明家中的任何物品，都会忍不住泪如雨下。也许等过一段时间，在她从心灵的重创中稍微恢复一些时，她会再回到北京和程路明家里来的。但这段时间需要多久，眼下她实在是说不上来。

当天上午，叶静雯来到程路明家，跟陆晓君见了一面。见到陆晓君时，叶静雯憔悴不堪的脸上没有一丝血色，看来她已经得知了程路明去世的真相，这应该是刘警官告诉她的。

前一天下午，刘警官联系上了叶静雯，并约她来到小区北门外的云咖啡。刘警官把案件发生前后的经过详细地告知了她，并希望她能提供一些与案件相关的细节和证词，这也是专案组在卷宗存档之前所需要补充完整的最后一部分内容。毕竟，在程路明生前的很长一段时间内，特别是他去世之前的那个晚上，一直都是叶静雯在陪伴着他。警方要构建起完备的证据链，所需要的很多信息和证词都只有她能够提供。此案的主谋陈巍又是叶静雯的前夫，他之所以费尽心思地密谋杀害程路明，缘起也在于让叶静雯重新回到他的身边。

所以，叶静雯见到陆晓君就紧紧地握住她的手，痛哭流涕地说道：“晓君姐，真不敢相信事情竟然是这样子的。我恨透了那个该死的陈巍，他所做的这一切，既害死了路明，也拖累了晓君姐。我既不知道该怎么向您交代，也不知道该怎么样去面对路明的在天之灵！”

陆晓君在周六上午参加完对陈巍的审讯之后，已经明白叶静雯跟他所做的一切都毫无关系，所以她对叶静雯又完全恢复了原来的良好印象和怜悯之情。现在她们这两个女人，也算是同病相怜的姐妹吧。即使陈巍是为了夺回叶静雯而设计害死程路明，那也不是她的错。叶静雯这样一个美丽、善良的好姑娘，就因为认识了陈巍那样一个男人，几乎毁掉了自己一生的幸福，真是可怜可叹，令人惋惜。陆晓君赶忙给了叶静雯一个大大的拥抱，好言抚慰一番。

周日晚上七点多钟，陆晓君乘出租车来到北京南站，买了一张一等座的高铁票，登上了回济南的火车。

当她坐到自己的座位上，听到火车启动的汽笛声传到耳边时，陆晓君突然感觉到自己的心，一下子沉寂了下来。这个熟悉而又陌生的大都市，就这样无声无息地在背后越行越远。今天离开了北京，她还可以再来。但她此后余生里，却再也不可能见到程路明。

陆晓君的此次北京之旅，算是不枉此行，至少在她的努力下，程路明没有枉死，两名凶手被绳之以法，也是一个莫大的安慰。但是，她感觉到自己失去的更多，因为就在这短短的几天里，她赫然发现自己内心深处是如此深地爱着程路明。这份爱情的浓郁与厚重，远远超过了此前十多年来她的所有认知。

悲痛！遗憾！悔恨！种种噬人的情感，交织出现在她的心里，痛得无以复加！

陆晓君坐在靠窗的座位上，呆呆地看着自己映在车窗上苍白的脸。她空洞的眼神里充满了失落，好像身边的整个世界都在慢慢地将她抛离。

巨大的孤独感，充斥着陆晓君的整个身心。更可怕的是，她完全不知道自己应该如何从孤独的围城中挤出哪怕一条小小的缝隙。

陆晓君靠在座位的椅背上，向前伸出了右手。这只白皙的张开的手停在半空中，好像要去抓住些什么。火车外面的灯光，从车窗透过来，一束一束的光影掠过她的手心，她却什么都没有抓住。

陆晓君不愿意就这样变成一具行尸走肉，她想要证明自己仍然活着。可是，她应该怎么办呢？

突然间，一丝亮光从她脑中闪过。她迫不及待地把包拿过来，从里面拿出了两张纸。

这两张纸上面，是她今天特意打印出来的一篇程路明电脑中的日志。

生活日志 4——2015.11.13 晚，周五

今天是晓君三十三岁的生日。

我从北京开车赶回济南，偷偷地跟着她拍了这些照片。从中午开始，我开车一路跟着晓君，看着她开车离开单位、在公园想心事、去超市购物、接孩子放学回家。这一切，既有她的生活日常，估计也有她在今天生日时特殊的安排。

看见她坐在公园的长椅上怅然若失的样子，我真的特别想走到她的面前，紧紧地拥抱她，扫去她眼眉间的惆怅和失落。

可是，今天的我，还有这个资格去拥抱她吗？我已经离开晓君有十多年的时间，我们两个都先后结婚、离婚，她有了一个可爱的儿子，我又有了自己爱着的静雯；更何况，自己还得了不知结果如何的脑瘤！

我为什么今天来偷偷地看她？也许，是在得知自己病情之后，来做一个告别？也许，是为了纪念过去美好的初恋？也许，是突然发觉当初离开她的那个决定，完全是自己生命里的不可承受之重？

自从得知自己生病的消息之后，我一直在思考一个问题——我来到这个世界上，活了三十六年，究竟是为了什么？

是为了毕业后，一个人从济南跑到北京，去取得这所谓的成功和荣耀吗？

是为了寻找更好的感情体验，来证明年轻时的自己并没有错吗？

是为了看着自己从稚嫩到成熟，从一张白纸变成一本厚厚的故事书吗？

也许在年轻时，这些欲望都有一点；但今天看来，好像又全都毫无意义。

就像一首歌里唱的那样：

有谁在人世活着

不像是一场炼狱

我不哭

我已经没有

尊严能放弃

当某天那些梦啊

溺死在人海里

别难过

让它去

这首歌

就当是葬礼

……

谁能证明你在人世来过？只有在爱自己的人的心里，人们才算能给世界留下点自己来过的证明，其他的根本没有太多意义。我现在想明白了，所谓活着，不仅是呼吸和心脏跳动，也不是单纯的享乐，而是要在世界上留下自己的一点痕迹。爱和爱的结果，是留下痕迹的主要凭据。

一个男人，如果足够努力和专注，可能会在某个方面，成为杰出的匠人或艺术家，这要看他对某个事物精通多少、热爱多少。

我精通什么，热爱什么？我的思维方式，应该是推崇质量重于数量。全身心投入一件事与一个人身上的能力，是我最大的特质。至于这种热爱和投入能坚持多久，这要看那件事和那个人值得多少以及能否填满我的内心。

晓君就是证明我曾在世界上留下痕迹的人，我在大学校园里的四年，是和她一起度过的。我现在当然也深爱静雯，那是我成熟后的合适之选；而晓君，是我在自己最美好的年龄，遇到的性格不是最合适的完美初恋和不悔青春。

不是最好的时光有你在，而是有你在，我才有了最好的时光。此生中，我最好的青春时光，就是和晓君在一起的那四年。那些美好的瞬间，将永远留在我的心间。就连我几年前要买房时，之所以选择阳光花园小区的房子，也是为了纪念以前陪着晓君到北京参加托福考试时住在阳光树假日旅馆里所留下的终生难忘的记忆。

下一步，我也许要做手术，我真的会死吗？如果真有那么一天，我一定要把自己的房子，作为遗产留给晓君。

真正的死亡，不是天人两隔，而是世界上再也没有一个人思念你。

我一直以为，爱的反义词是不爱。直到现在我才明白，爱的反义词是遗忘。晓君，我不会忘了你，因为我一直深爱着你。

看着这些文字，陆晓君的眼神慢慢地聚焦和柔和起来。她映在窗子上的眼睛里，有了一抹亮光——那是女人在感到爱和幸福时所散发出来的光芒。

有了这份爱的陪伴和鼓舞，她已经勇敢到足够从生活的废墟里重新站起来。即使爱她的那个男人已经不在身边，但就像程路明自己所说，“爱和爱的结果，是留下痕迹的主要凭据”。

心中有爱的她，自然永远不会被孤独和绝望所击倒。

# 尾　声

二〇一六年十二月

北京，阳光花园小区

过了三四个月，陆晓君又回到了北京。

这次她不是一个人来的，而是带着自己的儿子和程路明的母亲一起搬到北京，住进了程路明留下来的位于阳光花园小区的房子。她决意要在程路明的注视下，在这里长久地陪伴着老人和孩子，一起幸福地生活下去。

至于她的工作，也有了很好的变化。她在侦破程路明一案中的卓越表现和对犯罪心理学理论在实践中的真实演绎，获得了专案组的高度评价，并得到了孙世平副局长的关注和赞赏。于是，孙局长力邀陆晓君来北京工作，进入他所主导的中国人民大学法学院犯罪心理学研究所担任研究员，并以专家身份参加北京市公安局重案组的实际案件侦破工作。

接到这份邀请后，陆晓君只考虑了短短的两天便下定决心接受了。这样的安排，既便于她在程路明留下来的房子里照顾他的母亲，也能让自己更加近距离地接触程路明生前的生活环境，何乐而不为呢？

当然，在做出这个决定的时候，陆晓君可万万没有想到，自己以后竟然在犯罪心理学的研究以及刑事案件侦查领域，取得了那么多不可思议的成就。

搬到程路明家当天，陆晓君就碰到了住在对门的叶静雯。叶静雯得知她搬到阳光花园小区居住的消息，惊喜得叫了起来，给了她一个热情的拥抱。

更让陆晓君想不到的是，叶静雯紧紧地抱着她的同时，在她的耳边悄悄地说：“晓君姐，我怀孕了，是路明的孩子哦，而且我决定要把孩子生下来，这可是路明的骨血呢。”

陆晓君快乐地把叶静雯介绍给程路明的母亲，并把叶静雯怀孕的事情也告诉了老人。三个女人彼此拉着对方的手，竟感觉到幸福得有些恍惚起来。

这天晚上，陆晓君在自己日记本上写下一段话：“如路明所言，生命的意义，也许就在于你想给世界留下的那些痕迹吧。如此说来，两个女人的爱情，一个母亲的思念，还有一个尚未出生的孩子，好像对于逝去的路明来说，已经算是最好的纪念了。路明，如果有一部直达天堂的电梯，我一定会不顾一切地去看你。你在天堂也一定看到了我对你满腔的依恋、静雯挺着大肚子知足的样子和妈妈晚年时光里欣慰的笑容。这也许就是你想要的幸福的模样吧！”

**图书在版编目（CIP）数据**

心路迷宫 / 张永军著．-- 北京：新星出版社，2019.10

ISBN 978-7-5133-3627-7

Ⅰ．①心…　Ⅱ．①张…　Ⅲ．①长篇小说－中国－当代　Ⅳ．① I247.5

中国版本图书馆 CIP 数据核字（2019）第 158256 号

**心路迷宫**

张永军 著

**责任编辑**：王　萌
**责任校对**：刘　义
**责任印制**：李珊珊
**装帧设计**：冷暖儿

**出版发行**：新星出版社
**出 版 人**：马汝军
**社　　址**：北京市西城区车公庄大街丙3号楼　　100044
**网　　址**：www.newstarpress.com
**电　　话**：010-88310888
**传　　真**：010-65270449
**法律顾问**：北京市岳成律师事务所

**读者服务**：010-88310811　　service@newstarpress.com
**邮购地址**：北京市西城区车公庄大街丙 3 号楼　　100044

**印　　刷**：北京美图印务有限公司
**开　　本**：910mm × 1230mm　　1/32
**印　　张**：8.875
**字　　数**：163千字
**版　　次**：2019年10月第一版　　2019年10月第一次印刷
**书　　号**：ISBN 978-7-5133-3627-7
**定　　价**：42.00元